환영 혹은
몬스터

환영 혹은
몬스터
신중선 소설
문이당

발문

보통 사람들의 기이한 생의 이면들

서영은(소설가)

이런저런 잡지 지면으로만 신중선 씨의 작품들을 대해야 했
을 때, 감질나고 미흡한 마음에 어서 한 권의 책으로 묶이기를
고대해 왔다. 때문에, 이번 문이당 출간을 앞두고, 마지막 교정
지를 받아 들자 '마침내' 하는 마음으로 작품에 푹 빠져들었다.

신중선 씨의 작품을 읽어 가노라면, 어느 지점에서 이상한
패닉에 빠져든다. 이웃에 사는 평범한 소시민들의 소소한 삶의
이야기가 마치 냄비에서 익어 가는 고구마를 젓가락으로 찔러
보듯, 담담하게, 그러나 다소 냉담하게 전개되는 듯하다가 돌
연 기이한 함정에 빠져들기 때문이다.

가령 〈환영 혹은 몬스터〉에 등장하는 정훈은 친구 회사에 보
증을 섰는데 회사가 망하는 바람에 어렵게 장만한 집이 날아갈
상황에 처하게 된다. 시름에 잠긴 그는 술집에서 우연히 알게
된 신원 미상 남자의 거부하기 어려운 제의, 자기를 죽도록 도

와주면 전 재산을 주겠다는 허무맹랑한, 그러나 작품 안의 개연성은 너무나 그럴싸한, 제의를 받아들이고, 그를 살해하기에 이르지만 약속한 돈은 받지 못한다. 〈파이트 클럽〉의 평범한 샐러리맨인 남자는, 가정적이라 믿었던 아내가 채팅에 빠져 모르는 남자와 음란한 대화를 나누는 장면을 목격하고, 배신감과 상실감에 괴로워하던 중, 우연히 알게 된 '파이트 클럽'의 회원이 되면서 메저키즘적 자기 학대에 빠져든다. 〈아내의 방〉의 아내는 불임으로 인해 입양을 시도했으나, 그마저 여의치 않아 파양한 뒤부터 우울증 징후를 보인다. 부부는 각자가 마음 붙이고 살 만한 취미 생활을 통해 어렵게 결혼 생활을 유지하고 있으나, 그 이면엔 점점 병리적 현상이 깊어진다. 결국 아내는 집에서 키우던 개를 죽여 뜰에 파묻고, 남편이 아끼는 열대어도 죽이는 등 혼란스러운 정서를 보이며 혼자만의 세계에 갇힌다. 〈가장 유능했던 세일즈맨〉의 여대생 서경은 집안 형편으로 인해 학업을 계속하기 어려운 상황이나, 학교에 책을 팔러 오는 난쟁이의 호의로 학비를 조달 받고 학업을 마치게 된다. 하지만 안으로 숨겨 온 자괴감과 죄책감이 자기도 모르게 사랑의 감정으로 바뀌어 피할 수 없는 운명과 대면하게 된다.

　이처럼 각각의 주인공들이 빠져든 '함정'은 작품 밖 현실에서는 좀체 이루어질 수 없는, 다소 터무니없는 억지 같아도, 작품 내의 개연성에서는 너무나 정밀한 리얼리티를 지니고 있어, 그것이 오히려 재미의 핵심이 되고 있다. 정밀한 리얼리티, 그것은 치밀한 상황 설정이 작품 속 개연성을 높이는 까닭이기도 하지만, 그보다는 작가의 독특한 서술 기조에 기인하고 있는 것으로 보인다.

뜨겁지도 차갑지도, 투박하지도 날카롭지도 않은, 기이하도록 담백한 어조의 서술을 통해, 작품 속 상황의 본질을 사정없이 파고들어, 생의 은밀한 구석을 남김없이 쑤시고 파헤치는데, 이상하게도 그 서술의 칼날에는 피 한 방울 묻어 나오지 않는다. 깊숙이 찔러 넣었지만, 비장하거나 히스테릭하지 않다. 설사 이기적이고, 난폭한 캐릭터의 인물이라 할지라도, 그들의 극단적 행위는 타인을 겨냥하는 폭력이 아니라, 자기 자신을 자책하고, 혼자만 신음하다 더 이상 참을 수 없어 터뜨리는 비명이기 때문이다.

그런가 하면 〈부주의 또는 운명〉〈고요의 저편〉〈최고의 선물〉 같은 작품에는 이 작가만의 독특한 세계관이 무르녹아 있어 현실과 피안을 넘나드는 삶의 단면들이 흥미진진하게 펼쳐져 있다. 어린아이의 영혼과 겹쳐져 있는 노인의 영혼, 또는 뇌졸증으로 몸이 경직되고 의식이 암전된 노인 속에서 깨어난 젊은 '나' 화자는, 작가의 단순한 상상일까, 아니면, 환생 또는 윤회를 지극히 당연하게 받아들이고 있는 작가의 세계관일까, 하는 의문을 가지는 것은 별의미가 없다. 중요한 것은 생의 이면 구석구석을 깊숙이 더듬고 찌르는 작가의 투명한 인식이, 이들 작품에서는 차안과 피안을 넘나들며, 시간의 한계, 도덕 윤리적 의식의

한계까지 넘나들며 더욱 신비로운 생기를 발하고 있음을 주목
하면 될 일이다.
　삶의 진정성을 탐구하는 올곧은 한국 문학의 반열에 이 작품
집을 기꺼이 추천하며 발문에 대신한다.

차례　환영 혹은 몬스터

파이트 클럽

1

애초엔 가볍게 시작되었다. 그렇지만 대응 방법에 문제가 있었다. 차라리 정면 돌파해서 초장에 결판을 내버렸어야 했다. 종기는 놔두면 점점 더 깊게 살을 파고들 뿐이다. 몹시 신경이 쓰였지만 혹시 덧날까 봐 조심했는지도 모를 일이다. 모양이 흉하더라도 적당한 시기에 터뜨려서 흉터를 갖고 살아가든지, 아니면 아예 도려내 버리든지 양자택일을 했어야 옳았는지도 모른다. 언젠가는 해결되리라는 안일한 생각을 가졌을 수도 있다. 그것도 아니라면 될 대로 되라는 식으로 내버려 둔 것일까. 그렇다곤 하나 남자가 〈파이트 클럽〉이란 영화를 보지 않았더라면 이렇게까지 되진 않았을지 모른다. 남자는 영화를 보는 순간 전율을 느꼈고, 상영 시간 내내 자신의 뇌를 파고드는 어떤 강력한 기운을 느꼈던 것이다. 이후 남자의 일상엔 변화가 왔다.

생각해 보면 남자가 우연히 〈파이트 클럽〉을 보게 될 무렵, 그의 아내에게 수상쩍은 면이 없지 않았다. 그럼에도 그는 아내의 변화에 그다지 관심을 두지 않았다. 아니, 그랬다기보다 그 '수상쩍음'이 심각한 변화의 조짐이 되리라고 상상하지 못했다는 것이 옳다.

남자의 아내는 모든 면에서 전형적인 주부의 모습을 갖춘 모범적인 여자였다. 가족들의 건강을 고려하여 영양가가 고르게 섭취될 수 있는 음식을 장만하고, 사나흘에 한 번씩 세탁을 해서 곱게 다림질한 와이셔츠를 옷장 속에 가지런히 걸어 놓아 남자의 불편을 최대한 덜어 주려 애썼다. 아이들의 과제물 같은 것도 정성스레 보살폈다. 아내의 생활반경이란 인근 수퍼마켓에 가는 것이 고작이었다. 하기야 바겐세일 기간이 되면 백화점에도 더러 다녀오기도 했지만, 아직 어린아이들에게 집을 맡길 수 없다며 일 년에 한 번 있는 동창회조차 좀처럼 나가려 들지 않던 여자였다. 그래도 반상회 얘기를 미주알고주알 남자에게 보고하는 걸 보면 아파트 주민들과의 관계는 무난한 듯했고, 위 아랫집이나 앞집과의 사이도 제법 좋아 보였다. 그래도 가끔 앞집 여자에 대한 험담도 서슴지 않았는데, 가령 분리수거하지 않은 잡다한 쓰레기들을 복도에 쌓아 놓은 걸 목격하면 입술을 삐죽이며 남자의 귀에 대고 이렇게 속삭이는 것이었다. "저렇게 놔뒀다가 경비 아저씨 없는 틈 타서 슬쩍 내려다 놓는 거 있지." 그러면 남자는 속으로, 자기도 그러는 거 몇 번 봤는데, 남 흉은……, 이렇게 생각하며 속으로 웃었다.

부부관계에 있어서도 특별한 하자는 없었다. 유난히 돈독한 애정을 과시할 정도라고 자신 있게 말할 순 없어도 남자가 자각하고 있는 한, 다른 부부들과 비슷했다. 남자가 출근할 때면 복도까지 따라 나와, 어깨 위의 먼지를 털어 내는 시늉까지 하던 아내였다. 일주일에 한두 번 정도는 서로의 몸을 안기도 했다. 이를테면 아내는 우리가 일상에서 흔히 맞닥뜨리는 여느 주부와 조금도 다를 바 없는, 이 시대에 가장 흔히 볼 수 있는 평범한 주부였다. 그런 그녀가 언제부턴가 점점 궤도를 이탈하기 시작했는데, 남자는 전혀 눈치를 못 채고 있었다.

2

계속되는 야근으로 사흘째 저녁 식사를 함께 하지 못한 것이 미안해 남자가 아내를 밖으로 불러 냈다. 패밀리 레스토랑에서 쇠고기 안심스테이크와 새우 샐러드를 맛있게 먹고, 와인까지 곁들여 분에 넘치는 식사를 한 후 귀가하는 길이었다. 승용차의 에프엠 라디오에서는 윤도현 밴드의 노래가 나오고 있었는데, 보컬의 음색 때문일까 아니면 가사 때문일까, 감성의 샘을 슬며시 열어 주고 있었다. 조금 전까지만 해도 시끄러울 정도로 수다를 떨던 아내가 갑자기 조용해져서 웬일인가 의아해하던 찰나였을 것이다. 아니, 그 순간이 아니었을지도 모른다. '처음과 끝 모두가 두렵기만 하네. 지나온 날들, 그 기나긴 꿈이……' 노래가 이 대목에 이르렀을 때였던 것 같다. 아내가 갑자기 차를 세워 달라고 요구해 온 것은. 버스로 치자면 아직 두어 정류장 정도는 남아 있는 거리였다.

「왜, 어디 들를 데라도 있어?」

눈곱만큼의 의혹도 품지 않은 채 남자가 일상적인 목소리로 물었고, 아내는 말없이 고개를 저었다. 혹시 음악이 아내의 감정에 일조한 것일까? 남자가 그렇게 생각한 것은 아내의 얼굴에 센티멘털한 기운이 실려 있는 것 같았기 때문이다. 그러나 남자는 곧 실소했다. 제가 무슨 십대 소녀라고…….

때마침 끼어드는 차량 때문에 시선을 앞에 두면서 남자가 물었다.

「그런데 왜?」

「그냥. 좀 걷고 싶어서.」

촉촉이 내리는 부슬비가 왠지 사람 마음을 흔들어 놓는 밤이긴 했다. 그렇긴 해도 남자는 적이 당황했다. 즐거운 마음으로 맛있게 식사까지 잘해 놓고 웬 변덕인가 싶었다.

「왜 걷고 싶은데?」

「갑자기 감상적인 기분이 드는 거 있지.」

「그래서 혼자 걷고 싶다?」

그때 남자는 아내의 변모를 눈치챘어야 했다. 사춘기 여고생도 아니고 삼십대 중반에 접어든 여자가 밤비를 맞으며 혼자 걷고 싶어 한다면 그건 충분히 위험한 신호일 수도 있다는 것을. 하지만 남자는 여자들만의 복잡 미묘한 감정기복이 있을 수 있다는 너그러운 생각으로 아내를 순순히 내려 줬다. 불쾌한 기분이 없는 것은 아니었지만 속 좁은 남자로 비치는 것도 바람직한 일이 아니었다. 하기야 남자가 소심한 성격이란 건 알 만한 사람들은 다 알고 있는 사실이긴 했다. 그래서 더더욱 배려하는 척했는지 모른다. 그리고 단순히 걷고 싶다는데 그런 사적인 자유까지 속박할 권리가 자신에게 있을 리 없다고 생각했다. 아내는 정말 내렸고 바싹 붙어 뒤따라오는 차량들로 자동차는 바로 출발했다. 아내의 모습이 순간 사이드 미러에 비쳤지만 이내 시야에서 사라졌다. 그날 아내는 남자보다 이십 분 정도 늦게 도착했다. 천천히 걸어오면 딱 그만큼 걸릴 시간이었다. 예상보다 일찍 들어온 아내로 인해 남자는 언짢았던 감정이 눈 녹듯 사라졌다. 아내의 말대로 '그냥' 걸어온 것에 불과했기 때문이다.

「이젠 좀 나아졌나?」

고개를 끄덕이는 아내의 얼굴이 다시 밝아져 있었다. 신경 쓸 필요가 없는 일이었다. 남자는 자신의 마음가짐을 스스로 칭찬했다. 울컥하는 심정에 시비라도 걸었더라면 며칠간 서로 불편하게 지내야 할 터였다. 그저 남자가 조금만 감정을 절제하면 되었다. 실은 그럴듯하게 감정을 포장하는 것은 남자의 주특기였다. 가족의 생계 수단인 직장에서도 그랬고 가정에서도 마찬가지였다. 남자는 아주 작은 일에도 쉽게 상처를 입는 성격이라, 되도록 속내를 드러내지 않고자 노력했다.

남자가 데이빗 핀처의 〈파이트 클럽〉을 보게 된 건 그 무렵이었다. 척 펠러니욱의 소설을 바탕으로 만든 이 영화의 내용은 다음과 같다.

상류층 생활을 영위하고 있지만 늘 일탈을 꿈꾸던 주인공이 어느 날 출장 가는 비행기 안에서 독특한 남자를 만난다. 그의 이름은 타일러 더든. 그는 자신을 비누 제조업자라고 소개하며 명함을 건넨다. 그날 집에 도착했을 때 주인공의 고급 아파트가 누군가에 의해 폭파되어 있다. 갑자기 갈 곳 없어진 주인공이 타일러에게 도움을 청하고, 버려진 건물 안에서 두 사람은 함께 생활하게 된다. 타일러는 극장 영사 기사와 웨이터로 일하는 틈틈이 고급 미용 비누를 만들어 백화점에 납품하는 사람이다. 주인공은 점점 타일러의 독특한 카리스마에 끌려들어 간다. 그러던 어느 날 뜬금없이 타일러가 주인공에게 자신을 때려 달라고 부탁한다. 사람은 싸워 봐야 진정한 자신을 알 수 있다는 얘기도 덧붙인다. 이후 두 사람은 서로를 가해하는 행위에 재미를 붙이게 된다. 폭력으로 세상의 더러운 것들을 정화하겠다는 그들의 생각에 동조하는 사람들이 하나둘 늘게 되면서 종래는 매주 토요일 밤 술집 지하에서 1:1 맨주먹으로 격투를 벌이는 비밀 조직을 결성하기에 이른다. 이 조직의 이름이 파이트 클럽이다. 파이트 클럽은 엄청난 반향을 불러일으키면서 지부가 설립되고 군대처럼 변해 간다. 물론 영화의 주제는 다른 데 있지만 남자의 흥미를 끌었던 것은 '싸워 봐야 진정한 자신을 알 수 있다'는 타일러의 어이없는 이론이었다.

'폭력의 미학'이라 흔히 불리는 누아르 장르의 영화에 남자는 예전부터 관심이 많았다. 어린 시절, 지나치게 소극적인 성격을 염려했던 어머니 손에 이끌려 합기도를 배운 적이 있지만 끝내 적응하지 못하고 그만둔 기억 때문일까. 아니면 인간이라면 누구나 갖고 있을 법한 잠재된 폭력에 대리 만족을 느끼기 때문이었을까. 남자는 홍콩에서 제작되어 국내로 수입되는 그런 류의 영화를 거의 빼놓지 않고 봤다. 하지만 〈파이트 클럽〉은 주윤발이나 장국영이 등장하는 홍콩 누아르와는 비교할 수 없을 만큼 강력하고 특별했다. 그랬던 만큼 영화의 위압적인 영상이 남자의 머리를 내내 떠나지 않았다. ‘싸워 봐야 진정한 자신을 알 수 있다’는 정신병 같은 과대망상에 왜 남자는 사로잡히게 되었을까.

남자는 또한 거의 같은 시기에 우연히 싸움 장면을 동영상으로 보여 주는 인터넷 사이트에 들어가게 되었다. 게임 규칙은 1대1 무제한 혈투로, 상대방이 쓰러지거나 항복해야만 끝나게 되어 있었다. 그건 스포츠가 아니었다. 레슬링과 권투, 유도, 가라테, 스모, 킥복싱 등을 총망라한 전천후 막싸움이었다. 일정한 규칙도 없어 보였다. 유혈이 낭자한 동영상을 보면서 남자는 기이한 체험을 하게 되었다. 온몸의 세포들이 일제히 들고 일어나 아우성치는 것 같은 느낌을 받은 것이다. 남자는, 어쩌면 머지않은 미래에 자신 또한 보는 자에서 참여하는 자가 될 수도 있음을 본능적으로 알게 되었다.

3

언제부턴가 남자의 아내는 남편이 혼자 잠들게 만들었다. "안 자?" 남자가 이렇게 물으면 아내는 늘 "조금 있다가"라고 대답했다. 남자는 이해했다. 남자 역시 경험했던 일이다. 컴퓨터를 처음 접하게 되면 누구나 그런 과정을 거치기 마련이다. 웬만큼 다룰 수 있는 수준이 되면 시간 가는 줄 모르고 탐닉하게 되는 것이다. 게다가 아이들과 씨름하느라 낮에는 컴퓨터 앞에 앉아 있을 짬이 없을 것이다. 아내에게 컴퓨터를 배우라고 권한 건 남자였다. 처음엔 온갖 감언이설을 다 동원해 설득해도 고개를 내젓고, 이대로 살아도 하나 불편한 거 없다고 버텼다. 남자의 아내는 그런 여자였다. 운전면허 역시 남자의 간곡한 권유로 하는 수 없이 취득했지만 결국 장롱면허가 되고 말았다. 운전을 배우는 과정에서 어지간히 마음고생을 했던 탓에 연수는 받으려고도 하지 않았다. 남자의 아낸 다신 신경 쓰이는 일은 하지 않겠노라 맹세했었고, 컴퓨터를 배워 두라고 말했을 때도 경기를 일으킬 정도로 거부반응부터 보였다. 그런데 요즘 보니 제법 흥미를 느끼는 눈치였다.

4

남자 아버지의 기일이어서 제사를 지내고 상경하는 길이었다. 고속도로 상행선은 제법 상쾌한 기분으로 달릴 만했다. 그런데 본가에 있을 때만 해도 동서들을 제치고 동이 난 나물을 접시에 다시 채운다거나 탕국을 따뜻한 걸로 바꿔 내오는 등 활기차 보이던 아내가 어느 순간부터인가 조용했다. 자는가 보려고 고개를 돌려 보니 아내의 눈망울은 더없이 초롱초롱했다. 골똘히 생각에 잠겨 있는 것처럼 보이기도 했다.

「힘들었지? 졸리면 눈 좀 붙이지.」

「다음 휴게소에서 쉬면 안 될까?」

「안 될 거 없지. 그러자고. 커피도 한잔 마시고.」

첫 번째로 나타난 휴게소에 차를 세우자 남자의 아내가 제의했다.

「커피 뽑아 올 테니 차 안에 있어.」

「아냐. 바람도 쐴 겸 함께 나가지.」

커피 자판기 앞에 다다랐을 때 남자의 아내가 또 말했다.

「내 것도 뽑아 놔, 프림커피로. 화장실 갔다 올게.」

화장실에 간다던 아내는 커피가 싸늘히 식은 다음에야 나타났다. 더운 날씨도 아닌데 콧등의 모공이 보기 싫게 열려 있었고, 파운데이션의 얇은 막을 뚫고 유분이 촉촉이 배어 나오고 있었다. 이때 남자는 부슬비 내리던 날 밤에 있었던 아내의 센티멘털을 기억해 내고 기분이 언짢아졌다. 그러나 역시 겉으로 드러내진 않았다.

특별히 남자의 아내가 남편을 소홀히 대하지는 않았다. 남자에게 그냥 어떤 느낌이 다가오고 있었다고나 할까. 딱 꼬집어 말할 순 없지만 상당히 신경을 자극했다. 그 때문이었을까, 남자가 밖으로 도는 날이 많아진 것은. 매번 친구들을 만나 노닥거릴 수도 없는 노릇이어서(실은 친구가 그리 많지도 않다) 남자는 손쉽게 영화 관람을 생각해 냈다. 업무를 마친 뒤 사무실에서 어슬렁대다 일곱 시에 나와서 여덟시 반에 상영되는 마지막 프로를 보면 딱 맞았다. 그 시간대는 특별한 영화가 아닌 한 예매가 필요치 않아 더더욱 편안했다.

5

남자는 목이 말라 눈을 떴다. 회식 자리에서 과음한 탓이다. 푸른빛을 발하고 있는 자명종의 형광 바늘은 새벽 두 시를 넘어가고 있었다. 남자는 부스스 일어나 앉았다. 거실 불빛이 침실로 새들어 오는 걸 보면 아낸 아직도 컴퓨터 앞에 앉아 있는 모양이었다. 남자는 조금씩 화가 나기 시작했다. 아내의 늦잠 탓에 아침 식단이 부실해진 것은 물론이고 어느 땐 상을 차려 주기는커녕 남편이 출근을 하든지 말든지 세상모르고 자고 있기도 했기 때문이다.

예상대로 아내는 거실 한쪽에 자리한 컴퓨터 책상 앞에 앉아 있었다. 남자는 아내의 뒷모습을 물끄러미 바라보다 주방으로 발길을 옮겼다. 그러나 아내는 남자가 침실 문을 열고 나오는 것도, 하품하느라 제법 크게 껙 소리가 난 것도, 냉장고에서 물병을 꺼낸 뒤 컵에 물을 따르는 것도, 아무것도 눈치채지 못하고 있었다. 남자는 궁금해졌다. 인기척도 느끼지 못할 정도로 아내가 지금 몰두하고 있는 것이 대체 무슨 프로그램일까. 남자가 그랬던 것처럼 게임을 하고 있는 걸까? 아니면 내려받은 영화를 보는 것일까. 남자는 한 손에 컵을 든 채 아내의 등 뒤로 가 섰다. 남자의 눈에 모니터 화면이 들어왔다.

XY : 몇 번이나 하는데요?

YZ : 일주일에 한 번 정도.

XY : 엑스터시는 매번 느끼세요?

예상치 못한 사태에 직면하자 남자는 얼굴이 확 달아올랐다.

아내는 태연하게 손가락을 움직였다.

　YZ : 못 느낄 때가 더 많아요.

　XY : 남편 분, 혹시 문제 있나요?

　YZ : 잘 모르겠어요.

　XY : 그럴 땐 어떻게 해결하나요?

　YZ : 혼자서, 가끔, 해요.

　XY : 자위 말이죠?

　YZ : 예.

남자는 헉 숨을 들이마셨다. 이런 식의 대화에 이골이 난 사람처럼 아내는 능숙하게 키보드를 두드리고 있었다. 타자 솜씨도 제법이었다. 오타도 없었다. 두 사람의 낯 뜨거운 채팅은 계속되고 있었다.

　XY : 남편이 아닌 남자와 섹스해 보고 싶단 생각, 해 본 적 있어요?

　YZ : 자주 해요.

아, 이 무슨 이런 지랄 같은 대화를! 남자는 몹시 심기가 불편해졌고 자신이 있음을 알리는 표시로 헛기침을 했다. 아내가 기절할 듯이 놀라며 의자에서 발딱 일어섰다. 그 바람에 의자가 뒤로 벌렁 나자빠졌다. 화면에 다시 문자가 떴다.

　XY : 그래서 실제로 해 봤나요?

아내는 더 이상 모니터를 보고 있지 않았다. 그녀의 불안한 눈이 남자를 향해 화등잔만 하게 열려 있었고, 놀라 벌어진 입을 가리느라 입술 위에 얹혀 있는 손은 가늘게 떨고 있었다. 그런데 이상한 일이었다. 남자는 궁금했다. 아내가 다른 남자와 잠자리를 가져 봤는지에 대해. 정말 알고 싶어 미칠 지경이었다. 남자가 재촉했다.

「묻잖아. 얼른 대답해.」

남자가 의자를 바로 세워 주며 아내를 강압적으로 눌러 앉혔다. 자판에 얹힌 아내의 열 손가락이 파르르 떨었다. 남자가 재차 윽박질렀다.

「어서 대답하라니까!」

YZ : 아뇨.

XY : 믿어도 돼요?

YZ : 맹세코!!

남자의 아내는 느낌표를 두 개나 콱콱 찍고는 자판에 손가락을 얹은 채 온몸을 부들부들 떨었다. 남자는 말없이 그 자리를 벗어났다. 주방으로 간 남자는 빈 컵에 물을 그득 따라 단숨에 들이켰다. 그래도 갈증이 풀리지 않자 병째 입에 대고 벌컥벌컥 마셨다. 남자의 아내는 어느새 컴퓨터의 전원을 끄고 남자 옆에 서 있었다. 뭔가 변명을 하고 싶어 입술을 달싹댔지만 남잔 말없이 침실로 들어가 버렸다. 잠시 후 아내가 남자 옆에 누웠다. 두 사람 사이엔 어색한 공기가 흘렀다. 아내가 등을 돌린 남자에게 바싹 다가와 몸을 밀착시켰다. 몰캉한 젖가슴이 남자의 등에 와 닿았다. 아내의 보드라운 손이 남자의 가슴을 쓸어내렸다. 그 손은 조금씩 조금씩, 매우 주의깊게 밑으로 내려오기 시작했다. 그러나 남자는 아내의 팔을 제 몸에서 모질게 떼어 냈다. 아내가 들릴 듯 말듯 한숨을 내쉬더니 남자에게서 등을 돌렸다.

시간이 흘렀다. 남자는 잠을 이룰 수 없었다. 그건 아내도 마찬가지였다. 남자는 이윽고 벌떡 일어나 앉았다. 엄습해 오는 열패감과 배신감을 도무지 어떻게 다스려야 할지 몰라 전전긍긍했다. 남자는 거실로 나가 오랫동안 서성이다 소파에 몸을 눕혔다. 남자는 이날 이후 아내와의 소통에 빗장을 걸어 잠갔다. 그건 욕을 퍼붓고 머리채를 휘어잡은 것보다 더 나쁜 선택이었다.

아내의 취침 시간은 남자의 취침 시간과 동일해졌지만 냉기류가 가신 것은 아니었다. 두 사람은 등을 돌리고 잠을 잤으며 이튿날이면 또 그렇게, 말없이 밥상을 차려 주거나 시선을 비낀채로 차려 준 밥을 건성으로 받아 먹었다. 남자는 목구멍으로 밥을, 반찬을 꾸역꾸역 밀어넣었지만 그것들은 소화는커녕 빳빳이 곤두서서 역류하고 싶어했다. 게다가 신물까지 올라오는데, 정말 괴롭고 고통스러운 일이었다. 남자의 불쾌감은 시간이 지나도 해소되지 않았다. 공교롭게도 새벽까지 채팅을 했던 까닭에 들키고 말았지만 새털 같이 많고 많은 날들이다. 남자가 부재중인 그 많은 시간 동안 무슨 일이 일어나고 있는지 어떻게 알 수 있단 말인가.

6

세상은 완벽하게 프로그래밍된 컴퓨터처럼 여전히 매끄럽게 돌아가고 있었지만 남자의 세계는 변했다. 자신을 지탱하고 있던 줄이 툭, 끊어져 버린 것 같은 상실감으로 자꾸만 헛돌기 시작했다. 하루의 출발지이자 종착역이어야 하는 가정은 더 이상 남자에게 휴식처가 되지 못했다. 안식을 주지 못하는 집에 들어가고 싶지 않은 마음은 점점 커져만 갔다.

매일매일 극장을 찾다 보니 새 프로가 나오기를 기다려야 할 판이었다. 비디오방을 출입하기 시작했지만 낫살깨나 먹은 남자가 밤늦게 혼자 드나들자니 눈치가 보여 그 짓도 오래할 수 없었다. 남자는 귀가 후의 시간들이 곤혹스러운 나머지 하릴없이 거리를 쏘다니는 날들이 빈번해졌다. 이번엔 용서해 주고 다신 그러지 못하도록 단속할까? 이렇게 마음을 먹어보기도 했지만 생각처럼 쉽지 않았다. 남자의 그릇이 작았던 탓도 있었을 것이다.

90년대에 봤던 기억이 있는 액션 영화를 다시 보기 위해 극장에 가는 길이었다. 최신작보다는 지난 영화를 상영하는 소극장으로, 대로변을 비켜난 골목에 호젓하게 자리 잡고 있는 영화관이었다. 매표소 앞에 도착해 막 지갑을 꺼내려던 참이었다. 이때 왜 그랬는지 남자가 문득 왼쪽 편으로 시선을 돌리게 됐는데, 작은 간판 하나가 눈에 들어왔다. 가로 20센티에 세로 10센티 정도 되는 작은 나무 간판은 조명등도 없이 체인에 매달려서 바람의 방향을 따라 이리저리 흔들리고 있었다. 보잘것없는 간판이었지만 남자의 호기심은 갑자기 불같이 타올랐다. 빛바랜 주홍글자 때문이었다. 그곳의 상호가 '파이트 클럽'이었으니 어찌 남자가 그냥 지나칠 수 있었겠는가. 파이트 클럽이라니! 믿기 힘들었던 남자는 짐짓 주먹으로 눈을 비벼 보기도 하고 두어 번 끔벅여 보기까지 했다.

제어할 수 없는 강렬한 호기심에 남자는 빈틈이 없을 정도로 빽빽이 채워져 있는 낙서투성이 출입문을 살짝 밀어 보았다. 목재로 만들어진 출입문은 삐거덕 소리를 낼 정도로 낡았는데, 하마터면 남자는 허방을 디뎌 밑으로 굴러떨어질 뻔했다. 문 아래로 바투 길고 좁은 계단이 지하로 연결되어 있었기 때문이다. 계단 역시 나무로 만들어진 것이었다. 층계는 지루할 정도로 길었다. 머리 위로 얼기설기 설치되어 있는 촉수 낮은 알전구 불빛을 등대 삼아 한발 한발 조심스레 딛고 내려가자 마침내 진짜 출입구라 짐작되는 장소와 맞닥뜨리게 되었다. 남자는 두려움 반 호기심 반으로 심호흡을 크게 한 후 문을 열고 들어갔다.

허술하기 그지없는 바깥 모양새에 비한다면 실내는 크기로 보나 부수적인 장치들로 보나 입이 딱 벌어질 정도였다. 에스에프 영화에나 나옴직한 지하 세계가 거기 있었던 것이다. 넓은 공간을 반으로 갈라 한쪽은 서른 개 정도의 4인용 테이블이 차지하고 있고 다른 한쪽은 레드 카펫이 깔린 채 빈 공간으로 남아 있었다. 비어 있는 공간 바로 위 천장에 크고 작은 조명 기구가 설치돼 있는 걸로 봐서 어쩌면 연극 무대일 수도 있겠다 싶었다. 그, 무대처럼 보이는 장소 안쪽에 자리하고 있는 대형 프로젝션 티브이에서는 영어로 진행되는 운동경기 중계방송이 한창이었다. 손님들은 누구랄 것 없이 모두 넋이 빠진 듯 화면만 주시하고 있었다.

남자가 빈자리를 찾아 앉자 웨이터가 메뉴판을 내밀었다. 식단을 보니 양식당이었다. 남자는 브로콜리 수프와 코코넛 라이스가 포함된 새우 요리, 그리고 목을 축여 줄 음료로 하이네켄 한 병을 주문했다. 남자는 그제야 여유를 가지고 티브이 화면을 제대로 볼 수 있었는데, 자신의 눈을 의심했다. 해부학 실습을 연상케 할 정도로 칼자국이 선명한 섬뜩한 얼굴의 백인이 이미 그로기 상태인 동양인에게 무차별로 공격하고 있었던 것이다. 피로 범벅이 된 동양인은 백인이 왼발로 하이킥을 날리자 마침내 링 위에 나자빠지고 말았다. 동양인은 몇 번이나 일어나 보려 애썼지만 끝내 몸을 일으키지 못했다. 혹시 죽었을까? 흠칫 놀란 남자가 몸을 움츠리면서 주위를 둘러보았는데, 실내는 마치 실전이 벌어지는 체육관처럼 묘한 열기로 가득 차 있었다. 뿐만 아니라 누구랄 것 없이 사람들의 두 눈에선 광기가 뿜어져 나오고 있었고 개중엔 주먹을 불끈 쥐고 있는 이도 있었다. 당장이라도 몰려와 남자의 멱살을 잡을 것만 같았다. 그런데 묘한 것은, 영화 〈파이트 클럽〉을 봤을 때처럼 피가 끓어오르는 느낌을 받았다는 사실이다.

홀린 듯 남자는 이튿날도 그곳에 가서 만만찮은 가격의 저녁밥을 먹었는데, 이틀이나 연거푸 혼자 와서 식사하는 남자를 유심히 바라보는 눈길이 있었다. 콧대가 폭삭 주저앉아 있는 걸로 봐서 혹시 왕년에 권투와 같은 과격한 운동을 하지 않았을까 짐작되는, 한눈에 보기에도 강인해 보이는 사내였다. 그가 남자에게 다가와 악수를 청했다.

「나는 이 클럽의 운영자입니다.」

남자는 씹고 있던 고깃덩이를 꿀꺽 삼켜 식도로 넘겨 버리고 주인장이라는 사내가 내미는 커다란 손을 얼결에 덥석 잡았다. 못이라도 박힌 듯 손끝에서 단단한 굳은살이 느껴졌다. 주인장이 화면을 턱짓으로 가리켰다.

「코마-지피(GP)라 불리는 경기입니다. 원매치이며 토너먼트 경기 방식을 채택하고 있습니다. 프로복싱처럼 10카운트제와 3케이오제를 적용하고 있지요. 저기 붉은 트렁크를 입고 있는 선수 이름은 남삭노이라고 합니다. 무에타이의 천재라고 불리는 선순데 아홉 살 때 선수 생활을 시작했다니 대단하지 않습니까. 한때 태국 최강의 파이터였지요.」

탄탄한 갈색 피부에 불을 뿜을 듯한 야생마의 눈을 가진 화면 속 선수를 남자는 골똘히 주시했다. 투지에 넘치는 그 선수가 부러웠다. 나도 한 번쯤 저래 봤으면, 하는 마음이 들기도 했다.

「내일은 국내에 수입되지 않은 태국 영화를 상영할 예정입니다. 홍콩식 스턴트 액션과 태국 고유의 무술 무에타이를 결합해 만든 액션 영화입니다. 일찍 오셔야 앉아서 보실 수 있을 겁니다. 예약하고 가시면 좋은 자리에서 감상하실 수 있지요. 식사를 하시면 영화는 무료입니다.」

주인장은 일어나서 남자의 어깨를 친근하게 두어 번 두드리더니 다른 테이블로 건너갔다. 남자는 좌석을 예약한 뒤 늦은 밤 클럽을 나왔다.

아내가 옆자리에 없음을 알아차리고 남자가 눈을 뜬 건 다시 새벽이었다. 문틈으로 불빛이 새들어오고 있었다. 예상대로 아 낸 컴퓨터 앞에 앉아 있었다. 분홍색 네글리제 앞섶을 풀어헤친 채 채팅에 몰두하고 있는 아내의 모습이 남자에겐 유령처럼 느껴졌다.

XY : 내일은 집에 없으니 유선 말고 휴대 전화로 하세요.

YZ : 그럴게요.

XY : 보고 싶군요.

YZ : 저도, 그래요.

남자는 말없이 방으로 들어왔다. 머릿속이 복잡했다. 빌어먹을 정보화 사회! 대체 이게 무슨 조홧속이란 말인가. 사적인 외출조차 꺼릴 정도로 가정적이던 아내에게 밀어닥친 이 사건을 인터넷 강국으로 부상한 우리나라의 정보화 바람 탓으로 돌려야 한단 말인가. 남자가 목격한 채팅 문구에 의하면 아내는 폰팅까지 하고 있었다는 얘기가 된다. 그렇다면 부슬비 내리던 날의 낯설던 아내와 고속도로 휴게소에서 커피가 싸늘해질 때까지 돌아오지 않았던 것 역시 같은 맥락으로 이해해야 하는 것일까. 폰팅을 하면서 단순히 일상적인 대화만 했을까, 아니면 음란성 짙은 얘기까지 오갔을까. 이미…… 남자는 자신의 아내가 창녀처럼 느껴졌다.

남자는 특별한 일이 없는 한 클럽에 갔으며 주인장과도 제법 친분을 쌓게 되었다. 늘 혼자 와서 저녁밥을 해결하고 가는 남자를 주인장은 꽤나 챙겨 주었다. 어느 땐 버번 콕을, 또 어느 땐 소금에 절인 땅콩안주를 손수 들고와 남자의 궁금증을 해소해 주고 가기도 했다.

「지금 손님께서 보고 있는 것은 프라이드 에프씨(FC)입니다. 1라운드가 10분, 2라운드와 3라운드는 각각 5분을 채택하고 있습니다. 특이하게 이 경기는 오픈 핑거 글러브와 마우스피스 착용이 필수지요.」

「오픈 핑거 글러브라면?」

「아, 그건 권투 글러브보다 훨씬 얇은 것인데, 손가락이 밖으로 나와 있지요.」

남자는 손가락이 드러난 장갑을 끼고 아내의 그 남자를 때려 눕히는 자신을 머릿속으로 그려 보았다.

「혹시 유에프씨(UFC)라고 들어 봤나요?」

물론 남자가 그런 것을 알 리 만무했다.

「이게 골 때리는 거예요. 1993년 미국에서 시작된 것인데, 애초엔 일명 옥타곤으로 불리는 직경 10미터의 팔각형 철조망 안에서 양 선수가 글러브도 끼지 않은 상태에서 맨 주먹으로 싸웠습니다. 한마디로 백퍼센트 쌈질 대회였다고 이해하시면 됩니다.」

주인장이 남자에게 잠깐 기다리라고 하더니 팸플릿 하나를 들고 나타났다.

「제가 어렵게 입수한 제1회 유에프씨 팸플릿입니다. 보시겠습니까?」

주인장으로부터 건네받은 유에프씨 팸플릿에는 '두 명의 남자가 철조망에 들어가 한 명만 나오는 경기'라는 내용의 영문 슬로건이 큼지막하게 인쇄되어 있었다. 남자가 즐겨하는 비디오 게임 〈모탈 컴뱃〉이 연상되는 팸플릿이었다. 주인장의 설명에 의하면 유에프씨는 브라질에서 미국으로 이민 온 호리온 그레이시라는 사람이 만든 대회이며, 그 사람은 영화 〈리썰 웨폰〉에서 멜 깁슨이나 르네 루소에게 무술을 가르치고 그 영화에 직접 스턴트맨으로 출연하기도 한 무예의 달인이라고 한다.

「현재는 룰을 약간 개정해서 선수들에게 검정색 오픈 핑거 글러브 착용을 의무화시켰지만 너무 잔인한 경기라 텔레비전 중계가 금지되었을 정도랍니다. 경기 시간은 5분 3라운드 혹은 5라운드이고 급소 가격과 깨물기, 눈 찌르기 등만 제외하면 모든 게 허용되고 있습니다. 물론 처음엔 그 어떤 행위도 모두 허용했지만 말입니다.」

험한 생김새와는 달리 주인장은 남자에게 친절했다. 남자에게 '파이트 클럽'은 가정보다 더 편한 장소가 되었다.

8

남자가 아내에게 A4사이즈 종이와 볼펜을 내밀었다.

「적어.」

「뭘?」

「그 자식 전화번호.」

한 줄의 전화번호를 적기엔 지나치게 큰 종이였다. 그것은 남자가 갖고 있던 분노의 크기이기도 했다. 느닷없는 전화번호 타령에 아내가 멀뚱히 남자를 바라봤다.

「그런 표정 짓지 마. 구역질 나니까.」

아내는 그제야 말귀를 알아들었다는 듯 고개를 밑으로 꺾었다.

「대체 뭐 하는 놈이야?」

「특별한 직업은 없어.」

「그럼 놀고먹는 건달이란 얘기야?」

「가게에서 요일제 아르바이트 한대.」

「무슨 알바?」

「레코드 가게.」

「몇 살이야?」

「삼십대 초반이래.」

「초반이래? 그럼 만나 본 적이 없단 말이야?」

꼬박꼬박 말대답하는 아내를 쥐어박고 싶었지만 남자는 폭발하려는 감정을 안으로 눌러 담았다. 남자의 속마음을 읽기라도 한 듯 아내가 이번엔 말대답 대신 고개를 끄덕였다.

「바른대로 말해. 나중에 후회 말고.」

「정말이야.」

「기혼인가?」

「총각이야.」

「총각이건 아니건 상관없어. 얼른 전화번호 적어.」

「몰라.」

「거짓말까지 하네?」

「믿지 않아도 할 수 없어. 채팅만 했단 말이야.」

「자꾸 말 시킬 거야? "내일은 집에 없으니 유선 말고 휴대 전화로 해요" 그 자식이 그렇게 올리니까 당신이 "그럴게요"라고 답했잖아.」

아내는 더 이상 말이 없었다.

「얼른 적어.」

남자가 우격다짐으로 아내의 손에 볼펜을 쥐어 줬다. 마지못해 번호를 적는 아내의 손길이 가늘게 떨고 있었다.

「동생뻘 되는 젊은 놈하고 놀아났다 이거지? ……좋아하나?」

잠시 남자의 눈치를 살피긴 했지만 아내가 고개를 끄덕였다. 뻔뻔스러웠다. 남자는 속으로 한숨을 삼키며 다시 물었다.

「만나 본 적도 없다며?」

「그래도…….」

확신하는 아내를 바라보자니 남자는 왠지 한풀 꺾이는 기분이었다.

「내가, 당신한테…… 뭔가, 잘못한 거 있나?」

아내가 고개를 흔들었다. 남자는 "그런데 왜!"라고 소리치고 싶었지만 그만두었다.

「그놈, 만나고 싶어?」

아내는 이번엔 묵비권을 행사했다. 남자는 기가 차서 더 이상 캐묻고 싶지도, 듣고 싶지도 않았다. 대체 이 무슨 해괴한 일이란 말인가. 그렇게도 모범적이던 아내였는데.

유선 전화 명의자는 예순다섯의 노인이었다. 전화 소유주는 두 아들을 두고 있었는데, 각각 서른한 살과 서른셋이었고 휴대 전화의 소유주는 서른한 살 된 아들의 것이었다. 남자는 내친 김에 더 자세히 알아보고 싶어 그간 자신의 집 전화로 그 두 번호와 통화한 시간대를 뽑아 보기도 하고, 나아가 아내의 휴대 전화와 상대방의 휴대 전화 혹은 유선 전화 간의 통화 시간대도 조사했다. 물론 이런 일은 불법이라 그 계통에 적을 두고 있는 친구의 도움이 없었다면 불가능한 일이다. 남자는 자존심이고 뭐고 팽개치고 그간의 사정을 털어놓을 수밖에 없었다. 배우자의 통화 내역을 의뢰해 오는 일이 의외로 비일비재하다며, 친구는 우리 사회의 도덕 불감증에 대해 한탄했다.

두 사람 간의 최초 통화는 4월로 확인됐다. 그러니까 지금으로부터 6개월 전인 동시에 아내가 컴퓨터를 배우기 시작한 지 2개월째에 접어든 시기였다. 물론 두 사람은 채팅을 통해 처음 알게 되었을 것이고, 감정 전달에 한계가 있자 전화 통화로까지 이어졌을 것이다. 초기에는 일주일에 서너 번 정도이던 통화 횟수가 날이 갈수록 늘어났다. 제일 통화가 잦았던 시간대는 남자가 출근한 직후였다. 남자는 분통을 터뜨렸다. 양복 어깨에 내려앉은 먼지를 털어 주고 웃는 낯으로 남자를 배웅한 뒤 곧바로 전화질을 해댔다는 얘기다. 한 시간 통화는 예사고 그 이상도 수두룩했다. 전화 요금이 얼마가 나오는지, 더구나 아내의 휴대 전화 사용량이 어느 정도인지 남자는 관심도 없었을 뿐더러 알고자 한 적도 없었다. 만약 고지서를 봤다면 갑자기 불어난 전화

요금에 의아해했을까? 대체 이게 무슨 날벼락이란 말인가. 가족을 부양하기 위해 머리 조아리며 죽어라 일한 대가가 고작 이것인가 생각하니 남자는 서러웠다.

남자의 귀가 시간은 여전히 당겨지지 않고 있었다.

9

채팅하는 법은 컴퓨터 학원에서 가르쳐 줬다. 왜 이제야 알게 됐을까 후회될 정도로 재미났다. 일상사나 취미에 관한 얘기만 오가도 마냥 즐거웠던 이유는 상대가 이성이었기 때문일 수 있다. 어느 때인가부터 대화 내용이 변질되어 갔는데, 이 또한 새로운 경험이라 호기심이 동했다. 익명성 때문일까. 남편과는 차마 할 수 없던 얘기도 쉽게 흘러나왔다. 그래도 이렇듯 깊이 빠질 줄은 몰랐다. 단순히 대화의 양으로만 따진다면 남편보다 훨씬 많은 시간을 공유했던 남자다. 내용을 따지고 들면 분명 떳떳한 입장은 아니다. 그러나 실제로 바람을 피운 것도 아니고 말 그대로 가상의 공간이었다. 그런데도 남편은 자신을 송충이라도 되는 듯 스치기만 해도 몸을 피했다. 남편의 행동에 정나미가 떨어졌지만 남편과의 불화에 책임감을 느낀 아내는 채팅을 그만두기로 결심했다. 그렇긴 해도 오랜만에 가슴 설레게 해 줬던 사람이고 장기간 마음을 나눴으니 한 번이라도 만나고 싶다는 바람까지 버릴 순 없었다.

도무지 짐작할 수조차 없지만 남편은 이즈음 그 어떤 것에 홀려 있는 것처럼 보였다. 게다가 언제나 늦게 귀가했다. 밥 먹듯하던 채팅에서 손을 떼고 나니 남편이 부재한 그 길고 긴 시간이 아내는 지루해 미칠 지경이었다. 청소를 해도 설거지를 해도 건성이었고 티브이에 눈을 두면서도 마음은 다른 곳을 헤매기 일쑤였다. 급기야 아내는 다시 컴퓨터 앞에 앉게 되었다. 시간은 얼마든지 있었다.

10

이미지 파일을 통해 사진을 교환하고 나서 한 시간 뒤 두 남녀는 마주 앉았다. 남편이 아닌 남성과 단둘이 만나기는 결혼생활 9년 만에 처음 있는 일이었다. 낯설지 않은 이유는 오랜 기간 주고받은 진솔한 대화 때문이었다. 아내는 그날, 그 남자와 술을 마셨고 취기를 핑계로 노래방에 가서 껴안고 춤을 췄으며 농도 짙은 접촉 또한 마다하지 않았다. 아내는 그런 일엔 이골이 난 여인처럼 아무렇지 않은 얼굴로, 아이들이 학원에서 돌아올 시간에 맞춰 귀가해서 돈가스를 튀겨 주었으며, 남편이 들어오자 여느 날과 마찬가지로 등을 맞대고 잠자리에 들었다.

11

그날은 도쿄돔에서 케이원(K-1) 월드 그랑프리 경기가 있는 날이었다. 세계 최강의 파이터를 가리는 이 경기를 직접 관람하기 위해 클럽의 단골손님 중 몇이 1박 2일 일정으로 여행길에 올랐다는 것을 남사는 알고 있었다. 주인장의 노력으로 구하기 어렵다는 금쪽같은 링사이드 좌석표를 손에 쥐고 떠난 것이다.

80퍼센트의 케이오율을 자랑한다는 이 경기는 그 화려함으로
도 명성이 자자한 터라 남자도 구경하고 싶었지만 회사 때문에
그럴 처지가 못 돼 아쉬웠다. 남자는 그날도 습관처럼 클럽에
들렀다. 그런데 클럽의 모습이 여느 날과 달랐다. 레드 카펫이
깔려 있던, 그러니까 마치 무대처럼 생긴 그곳에 사각링이 설치
되어 있고 테이블도 재배치되어 있었다. 모든 손님이 링을 바라
볼 수 있도록 놓여 있었던 것이다. 낯설어하는 남자에게 주인장
이 다가왔다.

「오늘은 실전이 있습니다.」

「예? 여기에서요?」

주인장이 싱긋 웃었다.

「손님께 기회를 주려고 합니다. 환희의 진수를 만끽해 보시
지요.」

주인장은 남자에게 번개 표시가 새겨진 푸른색 글러브와 같은
색의 슈즈, 타월 따위를 내밀었다. 남자는 엉겁결에 그것을 받아
들었지만 도무지 어떻게 된 영문인지 알 길이 없었다. 남자가 사
태 파악을 못하고 멍하니 서 있자 낯익은 웨이터가 다가와 그를
한 번도 들어가 본 적 없는 내실로 데리고 갔다. 남자가 들어서
자 무릎 보호대를 착용하고 있던 어떤 사내가 힐끗 쳐다봤는데,
그는 요란한 아라베스크 무늬로 치장한 마스크를 쓰고 있었다.

「201번이군요. 나는 156번이오.」

아직도 어리둥절해 있는 남자에게 156번이란 자가 친절하게
설명했다.

「모르시나 보군요. 여기 출입하는 사람들에겐 고유번호가 매겨져 있습니다. 선생님 번호가 201번이란 얘기죠.」
「번호에 무슨 의미가 있나요?」
「내가 156번째 손님으로 이 클럽에 왔고 선생님은 201번째란 뜻 외엔 별 의미 없습니다.」
「난 싸울 줄 모릅니다. 이제껏 남에게 폭력을 행사한 적도 없습니다.」
「이유 없이 한방 얻어맞아 보십시오. 그 다음엔 생각이 달라질 겁니다. 싸워 봐야 진정한 자신을 알 수 있습니다.」
싸워 봐야 진정한 자신을 알 수 있다. 이 말은 영화에서 타일러 더든이 부르짖던 구호 아닌가!
「당신은 누구십니까?」
「정의의 프로 레슬러이자 너무나도 화려한 유도 경력의 소유자지요. 하지만 무릎 부상과 잦은 수술로 선수 생활을 접고 말았습니다. 아무도 나를 찾지 않거든요. 그러니 내게는 싸울 수 있는 장소가 존재하는 것만으로도 행복입니다. 아, 염려 마십시오. 아직은 이곳에서 불구가 되거나 죽어 나간 사람은 없으니까요.」
어두운 실내에 오로지 한 곳, 사각링만이 화려한 조명을 받아 홀로 도도하게 빛나고 있었다. 링은 유혹하듯 요염한 빛으로 남자를 부르고 있었다. 컴컴한 실내에서 황제처럼 군림하고 있는 링과 마주하게 되자 남자의 내부에서 용암 같은 뜨거운 것이 마구 용트림치기 시작했다. 그것은 갑자기 생겨난 감정이었다. 남자는 싸우고 싶었다. 아, 그랬다. 남자는 자신이 얼마나 이 순간을 기다려 왔던가를 불현듯 깨닫게 되었다. 남자의 두 눈에서 눈물이 주르륵 흘러내렸다.

링 위에서 바라본 좌석은 남자가 봐 왔던 그 어느 때보다 가득 채워져 있었고 객석에서 뿜어져 나온 열기가 링으로 몰려들고 있었다. 링아나운서가 올라와 3라운드 경기에 한 라운드당 5분, 각 라운드마다 2분간의 휴식이 주어진다는 내용을 담은 경기 룰을 짤막히 설명한 뒤 내려가자 뒤를 이어 디바걸이 피켓을 들고 관능적인 몸짓으로 링 위를 한 바퀴 돌았다. 그 순간 남자의 눈에 그녀의 인조 속눈썹이 왜 그렇게 도드라져 보였던지. 남자는 결연한 심정으로 마우스피스를 꼈다. 어쩔 수 없었다. 맞지 않으려면 상대방을 때려야 한다!

공이 경쾌한 음악처럼 디잉 하고 울려 퍼지자 발딱 일어선 156번이 먼저 치라는 제스처를 해 보이며 가까이 접근해 왔다. 하지만 남자는 차마 손을 뻗을 수 없었다. 대체 어떻게 멀쩡한 정신으로 사람을 칠 수 있단 말인가. 남자가 머뭇대는 사이 156번이 왼발을 들어 전광석화처럼 남자의 턱을 일격했다. 눈물이 핑 돌고 골이 띵했다. 그런데 이상한 것은 얻어맞게 되자 자신도 모르는 사이 반사적으로 팔을 내뻗었다는 사실이다. 156번은 남자의 주먹을 살짝 피했고 동시에 그의 강철 같은 펀치가 하필이면 남자의 콧등을 내리찍었다. 코가 깨졌는지 선홍색 피가 뚝뚝 떨어져 내려 가슴팍을 적시자 남자는 두려웠다. 피를 본 객석은 동요하기 시작했고 더러는 휘파람을 불었다. 남자가

글러브를 낀 손으로 어설프게 코피를 닦으려는 순간 다시 156
번의 주먹이 남자의 얼굴을 강타했고, 뿐만 아니라 1초의 여유
도 주지 않은 채 발끝으로 남자의 정강이를 힘껏 걷어찼다. 불
행히도 이번엔 남자의 눈가장자리가 찢기고 말았다. 찢어진 부
위에서 피가 줄줄 흘러 자꾸만 눈으로 들어갔다. 주먹 한 번 제
대로 날려 보지 못한 채 남자의 얼굴엔 유혈이 낭자했다. 이때
공이 울려 1라운드가 끝났다. 남자는 멈추지 않는 피 때문에 눈
앞이 어른거려 제자리를 찾아갈 수도 없을 지경이었다. 흐르는
눈물과 함께 피범벅이 되어 버린 얼굴을 타월로 닦았다. 타월은
금세 붉은색으로 물들었다. 이때 누군가 올라와 찢어진 눈 주위
에 약을 발라 주었다. 그가 남자의 귀에 대고 속삭였다.

「무릎을 집중 공격하세요. 저 선수는 무릎이 약합니다. 때려
봐야 비로소 자신의 참모습을 알게 됩니다.」

2라운드 공이 울리자마자 156번이 쏜살같이 남자에게로 달
려오더니 턱을 강타했다. 불시의 공격에 균형을 잃은 남자가 바
닥에 벌렁 나자빠지자 156번은 아예 남자의 배 위에 올라탔다.
양 주먹으로 번갈아가며 남자의 몸 이곳저곳에 무차별 펀치를
날렸다. 156번의 주먹은 흉기였을 뿐만 아니라 애초에 남자는
그의 상대가 될 수 없었다. 남자는 자신이 이 자리에서 죽을지
도 모른다고 생각했다. 그럼에도 저릿저릿 온몸을 타고 흐르는
전율과 황홀경이라니. 참으로 이상했다.

남자는 사력을 다해 156번을 밀치고 일어섰다. 그리고 156번
의 무릎을 향해 처음으로 펀치를 날렸다. 놀랍게도 제대로 맞은

모양이었다. 156번이 주춤하는 기색을 보였다. 남자는 힘이 솟았다. 신이 났다. 몹시 즐거워 육체의 고통 따윈 싹 가시는 것 같았다. 객석에서 우레와 같은 박수가 터져 나왔다. 약자를 응원하는 소리였다. 그러나 노련한 156번은 꺾고 던지고 메치는 다양한 기술을 총동원하여 남자를 거의 초주검으로 만들어 버렸다. 이후론 팔 한 번 마음껏 뻗어 보지 못한 채 2라운드가 끝났고 3라운드의 5분은 기억에 들어 있지도 않았다.

다음 달에는 특별히 유도 괴물 127번과 엎어치기의 달인이며, 스모 선수 출신인 26번과의 대격돌이 있을 예정이라는 링아나운서의 멘트를 들으며 남자는 아득한 나락으로 떨어졌다. 바로 이때 남자는 그날이 바로 자신의 생일임을 깨달았다. 어머니가 끓여 주던 미역국이 생각나 남자는 슬펐다.

12

남자의 아내가 외출에서 늦게 돌아왔을 때 그녀는 현관 바닥에 시체처럼 널브러져 있는 남자를 발견했다. 뜻밖의 모습에 기겁한 아내가 남자를 끌다시피 하여 겨우 거실로 옮겼다. 부어오른 콧등과 피투성이 얼굴이 생소했지만 실로 오랜만에 들여다보는 남자의 얼굴이었다. 아내는 물수건을 가져와 남자의 얼굴을 조심스레 닦아 냈다. 물수건이 닿을 때마다 남자의 피부 조직이 움찔댔다. 아침나절, 딴에는 정성스럽게 끓여 놓은 미역국에 손도 대지 않은 채 출근했을 때는 남자가 미웠다. 그러나 지금, 더러운 눈물 자국이 피딱지들과 엉겨 붙어 있는 몰골을 보자 가슴이 아렸다. 대체 무슨 일을 벌이고 다니는 걸까. 어디서 이렇게 엉망이 되도록 맞고 들어왔는가. 당신은 내 채팅 때문에 아프게 맞았다고 생각하겠지? 그러나 나 또한 당신의 무관심에 얻어맞은 거야.

남자의 입술이 달싹였다. 아내가 남자의 입술 가까이에 귀를 갖다 댔다.

「나도 박수갈채를 받았어.」

도무지 무슨 소린지 이해할 수 없는 아내가 남자의 몸을 흔들자 그가 다시 입술을 움직였다.

「내가 156번의 무릎을 한 방 갈겼어.」

남자의 입술에 희미한 미소가 번지는가 싶더니 꼭 감은 두 눈에서 눈물이 흘러내렸다. 안쓰러운 마음에 아내가 남자의 눈물을 닦아 주려는 순간 그녀의 휴대 전화가 요란하게 울렸다.

아내의 방

현관문을 여는 순간에야 아차 싶다. 거울을 세워둔 채 출근했던 것이다. 구두를 내던지듯 벗어젖히고 한걸음에 달려가 수조를 굽어본다. 꼬리지느러미가 갈라지지 않았는지, 혹시 움직임에 이상이 생긴 건 아닌지. 그동안 제법 긴장한 듯 엄청난 양의 거품집을 만들어 놓았지만 특별한 징후는 없다. 다행이다. 남자는 수조를 비추고 있는 거울을 얼른 거둔다. 베일테일베타. 남자가 베타라고 줄여 부르는 열대어는, 아직은 무사했다.

자정이 임박한 시각임에도 대형 마트엔 제법 쇼핑객들이 있었다. 남자는 한두 달에 한 번 꼴로 장을 보러 가기 때문에 늘 하나의 쇼핑 카트로는 비좁을 만큼이나 구입할 품목이 많다. 먹을거리야 당연히 사야 하지만 더러는 샴푸나 쿠킹호일, 두루마리휴지, 주방 세제 따위를 사야 할 때도 있고 의류용 합성 세제

나 칫솔, 치약, 수세미 같은 물건들이 필요할 때도 있다. 쇼핑 카트를 최대한 활용하기 위해선 상품 배열이 관건이다. 손에 잡히는 대로 엉성하게 넣다간 쇼핑 목록을 다 채우기도 전에 넘쳐나서 애를 먹기 일쑤다. 남자는 언제나 공산품 코너를 먼저 들른다. 부피가 크고 무거운 상품순으로, 가능하면 공간이 남지 않도록 배려하면서 밑에 깐다. 여섯 개들이 생수와 맥주는 늘 맨 처음에 구입하는 물건이다. 그리고 주스와 주방용품, 욕실용 물건들을 집어넣는다. 그 위로 사과, 배와 같은 단단한 과일류나 인스턴트식품을 넣은 다음 햇반이나 치즈, 어묵, 육류나 생선 종류를 넣는다. 마지막으로 손 가는 것이 다치기 쉬운 채소지만 가급적 구매하지 않는 편이다. 아직은 나물을 무친다거나 국을 끓인다거나 하는 일엔 취미를 붙이지 못한 탓이라 인스턴트 완제품으로 자족하고 있다. 아내는 음식 솜씨가 좋은 편이지만 그것은 과거 얘기다. 아내가 살림에서 손을 뗀 지는 제법 되었다.

그날도 같은 방식으로 장을 본 다음 장바구니 세 개에 물건을 나눠 넣었다. 이때도 들기 쉽게 고루 무게가 실리도록 요령껏 담아야 한다. 정리정돈이 끝난 장바구니들을 카트에 담은 뒤 밀고 나오는데, 공교롭게도 남자의 카트가 다른 고객의 카트와 부딪혔다. 그가 선택한 카트의 바퀴가 그날따라 어쩐 일인지 통말을 들어먹지 않았기 때문이다. 남자의 의지와는 다르게 엉뚱한 방향으로 간 카트가 남의 것과 부딪힌 그 순간이었다. 남자의 눈을 사로잡는 것이 있었다. 오묘한 빛깔로 자신의 존재를

드러내고 있는 물고기였다. 기다란 지느러미를 흔들며 유영하
는 물고기는 투명한 플라스틱 용기 안에 담겨 있었다. 부딪힌
카트를 밀고 있던 여인 옆에 바싹 붙어선 사내아이가 보물이나
되는 양 소중히 들고 있던 것이다. 왜 그것이 남자의 눈길을 끌
었을까. 색채 때문이었을까. 화려한 모양의 지느러미를 소유하
기엔 다소 괴기스러워서였을까.

　남자는 무빙워크로 향하려던 카트의 머리를 홱 돌렸다. 행동
이 느린 남자로선 꽤 이례적인 결단이라 할 수 있었다. 수족관
코너는 홀의 변두리 한쪽을 차지하고 있었다. 그를 매료시킨 물
고기는 쉽게 찾을 수 있었다. 그때 알았다. 그 물고기는 열대어
이며 학명이 베타스플렌덴스란 것을. 개량종이 하도 많아 유전
자에 따라 이름이 제각각이고, 그곳에 진열되어 있는 것들은
모두 베일테일베타로 불린다는 것도. 뚜껑 부분이 십자로 절개
되어 있는 아주 작은 투명 플라스틱 용기에 한 마리씩 따로 들
어 있었는데, 굳이 색깔을 말하자면 자줏빛과 푸른빛 두 종류라
할 수 있었다. 하지만 우리가 알고 있는 색상으로 단순히 표현
하기엔 턱없이 부족할 만큼 오묘한 색의 혼재였다. 남자는 열대
어에게 특별한 감정을 느꼈다. 그렇다곤 하나 물고기는 길러 본
경험이 없어 딱히 구매 의사를 굳히지 못한 채 서성댔다.

「미궁 기관이라는 보조 호흡 기관이 있어 산소를 별도로 공급
　하지 않아도 돼요. 기르기 수월해요. 암컷보다 수컷이 훨씬
　아름답고요. 여기 있는 것은 모두 수컷입니다.」

　마트 판매원은 이어 플라스틱 용기의 윗부분이 십자로 절개

돼 있는 이유는 산소 공급을 해 주기 위해서라고 설명했다. 애지중지 기르던 시추를 잃은 지 얼마 되지 않은 터라 그것이 무엇이든(심지어 식물이라 해도) 애완용을 집에 들인다는 게 다소 부담스럽긴 했다. 남자 자신이야 그렇다 쳐도 아내가 걸렸다. 이런저런 생각에 골몰해 있는 남자의 모습이 판매원의 눈에 어정쩡해 보였을 수 있다.

「저는 와인 잔에 넣어서 기르고 있는데요, 하루에 한 번씩 먹이 주고 이삼일 주기로 환수해 주면 그 외엔 신경 쓰지 않아도 돼요.」

자세히 보아도 역시 녀석은 색깔만 화려할 뿐 그리 선량한 모습은 아니었다. 동굴 속에 거꾸로 매달려 있는 음침한 박쥐의 느낌이랄까. 어찌 보면 해리포터 시리즈에 나오는 디멘터 같기도 했다. 음산한 구석이 없지 않음에도 남자는 홀린 듯 그것을 사지 않을 수 없었다. 단 한 마리의 물고기가 살기에는 우스꽝스러울 만큼이나 커다란 수조도 함께.

하루 두 번씩 십오 분가량 플레이어링을 해 줘야 지느러미 엉킴 현상을 방지할 수 있다기에, 남자는 두 번까지는 못 해도 한 차례는 꼭 해 주려고 노력했다. 플레이어링이란 물고기에 거울을 비추면 싸우려고 하는 동작을 일컫는 말로, 이것을 게을리하면 아가미에 지느러미가 붙는 등 엉키는 현상이 생긴다고 했다. 거울을 비쳐 주면 녀석은 꼬리를 세우고 아가미를 벌렁댄다. 거울을 통해 보이는 제 모습을 적으로 오인한 놈이 또 하나의 자신을 향해 잡아먹을 듯 공격적인 자세를 취하게 되는데,

이때 지느러미가 일제히 일어서기 때문에 엉킴 현상이 방지된다는 이론이다. 그래서 거울을 세워 뒀던 것인데, 그만 깜빡 잊고 출근했던 것이다. 녀석으로선 하루 종일 적과 대치했던 것이니 마음고생이 오죽했을까 싶다.

남자는 문득 생각한다. 어쩌면 아내에게도 플레이어링이 필요했는지 모른다고. 하루에 단 한 번만이라도. 안으로 안으로만 침잠해 들어가는 아내를 남자는 그동안 속절없이 내버려 뒀던 것이다. 그러다 말겠지, 저러다 털고 일어나겠지. 남자는 기다리고만 있었고 아내는 점점 더 나빠져 갔다.

애초에 아이를 입양하자고 했던 것도 아내고, 멋대로 파양을 결정한 것도 아내였다. 남자는 조금 더 참고 노력해 보자고 했다. 입양할 때도 그랬고, 파양할 때 역시 앵무새처럼 똑같이 말했다. 입양할 때는 "십 년 기다렸으면 됐어"라는 말로 남자의 말을 무시했고, 파양할 때 역시 "할 만큼 했어"라고 단호히 못을 박았다. 과연 그럴까? 하는 의문이 내내 남자의 머릿속을 떠날 줄 몰랐고, 돌려보낸 아이에 대한 죄책감으로 제법 괴로운 나날을 보냈다.

입양을 원한 쪽은 아내였지만 정작 시설에 갔을 때는 아내보다 남자 쪽이 더 적극성을 띠게 되었다. 왜 그랬는지 모른다. 평소 남자답지 않은 행동이었다. 정부 보조가 미진해서 아이들이 제대로 먹지 못하고 있다는 말을 듣고는 선뜻 후원금 지원을 자청한 것도 남자였다. 처음 그곳을 방문했을 때, 아이 하나가 남자의 마음을 파고들어 왔다. 눈동자가 새까맣고 귀여운 인상이었지만 제대로 성장할 수 있을까 의심스러울 정도로 야윈 여자아이였다. 아이는 커다란 눈망울 가득 눈물을 그렁그렁 매단 채 엄지를 빨아대고 있었다. 측은해서 차마 외면할 수 없었다. 남자는 그 아이를 데려다가 잘 먹여서 살찌우고 싶었다. 25개월째에 막 접어든 아이라 했다.

남자가 그 아이를 지목하자, 갓 낳은 사내 아기를 입양하고 싶어 하던 아내는 말문을 닫았다. 아내가 내켜하지 않는다는 걸 눈치챘지만 틀림없이 다정한 모녀지간이 될 거라 남자는 믿어 의심치 않았다. 아내의 선택에 맡겼어야 했을까.

아이와 아내는 끝내 화합하지 못했다. 지나고 보니 화합하지 못한 게 아니라 아내가 정을 주지 않았다는 게 옳다. 어쩌면 선천적으로 온정이 부족한 여자라서 삼신할미가 지레 아이 점지를 포기한 것일 수도 있다고 남자는 불순한 생각도 여러 번 했다.

입양아와 함께 했던 기간은 불과 한 달 남짓이었다. 아내는 할 만큼 했다고 우기고 있지만, 겨우 삼십 일을 견디지 못해 파양해 버린 것에 대한 책임을 묻지 않을 수 없다. 양육에 무지한 아내는 아이 돌보는 것을 인형놀이쯤으로 간단히 여겼을 수 있다. 아이를 파양한 후 아내는 신경질적으로 변했고, 끔찍한 후유증에 시달리고 있다. 밤잠을 이루지 못하는 아내는 모자란 잠을 낮에 보충하기 시작했다. 그때부터였다. 장 보는 것이 남자의 몫이 돼 버린 것은.

남자의 일생은 외롭고 불우했다. 그래서 마침내 꽃 같은 여자와 결혼식을 올리게 되었을 때 남모르게 입이 째져라 웃었다. 예식 중에도 자꾸만 입이 벌어졌다. 내게도 가족이 생겼다고! 이제 어머니 따위 기다릴 필요 없어! 이렇게 외치고도 싶었다.

돌이켜 보니 아기를 기다리던 십 년은 차라리 좋은 한때였다. 입양을 하지 않았더라면, 아니 아이를 돌려보내지만 않았더라도, 하는 후회는 이제 와서 부질없는 일이다. 남자는 기다리고 있는 중이다. 아내가 스스로 치유하여 훌훌 털고 일어나기를. 기다림이야말로 남자를 이제까지 버티게 해 준 힘의 원천이었다. 일곱 밤만 자면 데리러 온다는 엄마를 기다리며, 친구들이 하나둘 고아원을 탈출할 때도 우직하게 자리를 지켰다. 일곱 밤이 일곱 달이 되고 칠 년이 되어도 남자는 같은 장소에서 기다렸다. 기다림을 포기하는 건 버려졌다는 걸 인정하는 거니까. 기다림은 그에게 처세였다. 그 외에 뭘 할 수 있었을까. 지금의 상황도 그리 다르지 않다.

남자는 수조를 꾸몄다. 백자갈을 깔고 피브이시 소재 인조 수초도 집어넣었다. 진짜 물미역처럼 생긴 인조 수초는 무게추가 달려 있어 바닥에 굳건히 자리 잡았다. 베타가 심심하지 않도록 미니어처 풍차와 불가사리 모형도 넣어 줬다. 아침이면 맨 먼저 베타에게 다가가 밤새 안녕했나를 살피고 먹이를 줬다. 붉은색 사료를 서너 알만 집어 주면 되는데, 줄 때마다 과연 무슨 맛이 날까 궁금했다. 이따금 사료는 밑으로 가라앉기도 하는데, 이내 붉은 색소가 사라져서 꺼림칙했다. 녀석은 바닥에 고여 있는 먹이엔 절대 입질을 하지 않았다. 그래서 더욱 수상쩍은 사료였다. 그렇다고 생먹이를 구해다 먹일 수는 없었다. 먹이 주는 시각이 규칙적이어서인지, 베타는 남자가 먹이를 집으려고 하면 벌써 알아차리고 지느러미를 호들갑스레 흔들며 작은 주둥이를 오물댔다. 먹이를 삼킬 때 내는 아주 미세한 소리에도 기쁨을 느낄 정도로 남자는 녀석을 사랑했다. 먹이를 주고 나면 거울을 비쳐 줬다. 시추를 데리고 왔을 때와 마찬가지로 정성을 다해 돌봤다. 남자는 물고기가 아니라 달팽이를 사육하라고 해도 남보다 잘 길렀을 것이다.

아내가 먼저 마음의 문을 잠가 버렸다. 당분간 자신을 내버려 달라는 말로 대화의 창도 닫아 버렸다. 아내는 자기 방에서 웅크리고 낮잠을 잤다. 아이를 돌려보낸 다음날이던가, 남자가 아내에게 스킨십을 시도하려고 한 것이 직접적인 화근이 된 것 같다. 딴에는 아내를 위로하고 싶었다. 이번엔 아내 맘에 드는 아이를 데려다가 정성을 들여 보자고 말할 참이었다. 그러나 아낸 남자의 손길을 냉정하게 뿌리치고 작은방으로 건너가 버렸다. 이때부터 그 방에서 똬리를 틀어 버렸다. 작은방은 아내의 방이 돼 버렸다.

베타의 몸놀림이 달라졌다. 헤엄치는 품새가 영 시원찮은 데다 수조 바닥에 엎뎌 미동 없이 떠 있는 모습이 자주 눈에 띄었다. 외로움을 타고 있는 게 틀림없었다. 그렇다면 가족을 만들어줘야 하지 않을까. 가족! 그는 갑자기 명치끝이 컥 막혀 왔다.

남자는 베타에게라기보다 자기 연민에 빠져들었다.

남자는 청계천 주변을 걷고 있었다. 세밑이라 화려한 루체비스타를 보러 나온 인파들로 북적였다. 적어도 겉으론 행복해 보이는 사람들이었다. 그래서 더욱 적적하게 느껴지는 밤이었다. 거래처 직원과 함께 한 저녁 식사가 그다지 유쾌하지 않았던 것도 우울한 기분에 일조했을 것이다. 남자는 청계천을 따라 하염없이 걷고 또 걸었다. 그러던 어느 순간 전류가 들어오듯 남자의 눈동자에 반짝 불이 켜졌다.

눈짐작만으로도 수십 군데가 넘는 수족관들이 화려한 조명을 밝히고 늘어서 있었다. 상점마다 붉고 푸르고 노란 물고기들이 넘쳐 났다. 엄청나게 많은 물고기들의 향연이었다. 세상에 존재하는 모든 빛깔이 거기 모여 있었다. 남자는 갑자기 황홀해진 나머지 열대어 전문 수족관으로 빨려 들어가듯 한 발을 집어넣었다.

하프문베타로 불리는 열대어는 생긴 모양은 사나웠지만 눈부셨다. 형광빛이 나는 푸른색 몸뚱이에 타원형으로 생긴 지느러미 끝부분이 피처럼 붉었다. 형언할 수 없는 아름다움이 느껴졌다. 마트 수족관과는 비교할 수 없을 정도로 버라이어티한 열대어들의 전시장이었다. 이 개성 넘치는 열대어가 집에 있는 베타의 외로움을 덜어 줄 것이라 남자는 기대했다. 왕방울 눈에다 입매가 붕어를 빼다 박은 주인은 비닐봉지에 수족관 물을 듬뿍 담아 넣어 주면서 한마디 건넸다.

「베타는 성질이 사나운 거, 알고 계시죠?」

「생긴 것만 봐도 그래 보입니다.」

희망에 부푼 남자가 주인의 말에 실없이 대꾸했다. 우리 인간도 심보를 못되게 쓰면 인상이 나빠지지 않던가. 처음 볼 때부터 성질깨나 부리겠다 싶었다. 그래봤자 물고기다.

모양새도 그러려니와 빛깔까지 특별하다 보니 하프문베타는 지하철에서 단연 돋보였다. 남자 주위를 떠나지 못하고 서성이던 한 아이가 특히 관심을 표했다. 그러다 그 아이가 물고기를 기르고 싶다며 제 엄마를 조르기 시작했다. 신기한 표정으로 아이와 함께 물고기를 구경하던 아이 엄마의 태도가 금세 돌변했다. 저런 거 금세 죽어. 병아리 길러 봤잖아. 아이 엄마는 아이를 윽박지르면서 다른 칸으로 옮겨 갔다.

베타가 두 마리다 보니 이름이 필요했다. 애초에 베타로 부르던 놈은 베일로 개명하고, 새로 들여온 놈은 하프문이라 작명했다. 하지만 소리 내어 부를 일은 없을 테니 실은 녀석들에게 이름 따윈 필요치 않았다.

베일은 여전히 저기압 상태로 보인다. 수조 위에 거품집을 잔뜩 만들어 놓았다. 배설물도 다른 때보다 많이 고여 있다. 남자는 베일을 채집통에 옮겨 놓은 다음 수조를 깨끗이 씻어 새 물로 갈아 넣었다. 작은 채집통에서 갑갑한 듯 요동치고 있는 베일을 수조에 도로 집어넣고는 하프문이 들어 있는 봉지를 텄다. 아무래도 제 놀던 물을 함께 넣으면 적응이 쉽지 싶어 봉지에 채워져 있는 물과 함께 하프문을 수조에 흘려보냈다. 이제 두

놈의 합사 작업이 끝났다. 두 녀석이 단란한 가족이 되기를 남자는 염원했다.

거래처 직원과 함께 먹은 북엇국이 짰나 보다. 남자는 냉장고를 열어 탄산수가 들어 있는 페트병을 꺼낸다. 1리터짜리를 사면 다 마시기도 전에 가스가 새나가기 때문에 그는 반드시 500밀리를 사고 마개를 개봉하면 한번에 마셔 버린다. 습관이다. 탄산수를 마시지 않으면 배가 더부룩해서 견딜 수 없다. 이 안 좋은 습관은 아내와의 불화 이후에 생겼다.

수조를 바라보는 남자의 입가에 빙그레 미소가 떠오른다. 흐뭇한 마음에 빈 페트병을 버리고 와서 또 들여다본다. 다만 하프문이 제집인 양 활개 치며 너른 수조가 비좁다는 듯 돌아다니는 데 비해 수초 사이에 은신한 채 배지느러미만 달싹대는 베일이 어쩐지 마음에 걸린다. 벌써 나름의 위계질서가 잡힌 것일까.

남자는 녀석들을 물끄러미 바라보다 자신과 아내의 처지를 되돌아본다. 십 년이란 세월은 이들 부부를 참 많이도 변화시켰다. 아기가 생기지 않자 아내는 남자의 눈치를 살피기 시작했다. 남자가 담배를 손에 쥐면 어느 사이 재떨이를 대령했으며 커피가 몸에 나쁘다는 남자의 말 한 마디에 다시는 아내가 커피 마시는 모습을 볼 수 없게 되었다. 지나가는 말로 음식 얘기를 하면 어김없이 밥상에 올랐다. 아낸 남자를 위해 태어난 사람인 듯 지나치게 남자에게 순종했다. 변모해 가는 아내를 지켜보면서 남자는 가슴이 아렸다.

아내가 입양을 결심하게 된 동기는 텔레비전에서 방영된 다큐멘터리를 보고 난 다음이었다. 불편한 장면들이 얼마나 많이 잘려 나가고 편집되었는지 아내는 모른다. 아내는 아름다운 장면만 기억 속에 저장했다. 아내는 입양을 열망하게 되었다. 흔히들 입양아를 일컬어 가슴으로 낳은 아이라고 한다. 아내도 제 가슴으로 예쁜 아이를 낳아 기르고 싶어 했다. 십 년간 잘 견디던 아내가 갑자기 조급하게 굴었다. 빨리 진짜 엄마가 되고 싶어 했다. 그러나 데려왔던 아이는 낯선 여자에게 쉽사리 마음을 주지 않았다. 아이를 나무랄 일이 아니다. 한 달은 아이에게도, 아내에게도 적응하기엔 짧은 기간이었다.

하프문과 베일을 합사한 이튿날 아침, 남자는 여느 날과 마찬가지로 눈을 뜨자마자 수조로 갔다. 실은 선잠을 잤다는 게 옳다. 왠지 녀석들이 신경 쓰였다. 시추가 가출하기 전날 밤도 그랬다. 이상하게 불안했었다.

수조에서는 놀라운 일이 벌어지고 있었다. 화려한 지느러미를 활짝 펼친 하프문이 아가미를 벌렁대며 베일을 향해 덤벼들고 있었던 것이다. 베일이 꼬리에 힘을 주고 대항하는 시간은 잠시였을 뿐, 전의를 상실한 듯 꽁무니를 빼기 시작했다. 승산 없는 싸움이라 지레짐작하고 포기하는 것일까. 남자는 베일이 반격하길 원했지만 그건 남자의 바람일 뿐이었다. 다치기 전에 둘 중 하나를 건져 내야 했다. 다급한 나머지 남자가 손을 수조 속으로 쑥 집어넣었다. 두 놈 다 어찌나 재빠르고 매끄럽든지 좀체 잡히지 않았다. 그러는 사이 하프문이 베일의 꼬리지느러미를 물고 늘어지는 것이 남자의 눈에 잡혔다. 어찌 손 써 볼 사이도 없이 베일의 꼬리지느러미가 찢겨 나갔다. 남자의 귀에 베일의 울부짖음이 들리는 것 같았다. 아니 매서운 추위에 떨고 있을 시추의 울음소리였다.

뜰채를 이용해 하프문을 떠내는 걸로 둘의 격리 작업을 끝냈지만, 하필이면 왜 아침에 전투를 벌였는지 남자는 궁금했다. 하프문은 새로운 장소에 대해 적응이 필요했을지 모른다. 아무리 사납기로서니 그래도 낯선 환경 아니던가. 밤새 베일을 가지고 이리저리 실험했을 것이다. 그러다 드디어 자신이 상대보다 우위라는 걸 깨달았을 테고, 그 순간 공격을 가했을 것이다. 약육강식, 승자독식, 우승열패, 적자생존, 뭐 이런 단어들이 그의 머릿속을 끊임없이 헤엄쳤다. 분노가 치밀었다. "성질이 사나운 건 알고 계시죠?" 수족관 주인의 말소리가 하루 종일 이명처럼 귓속에서 잉잉댔다. 그게 그 얘기였나.

불임이라는 상서롭지 못한 일만 아니면, 아무 문제없을 부부였다. 아기를 기다리는 십 년 사이 그의 나이도 마흔 줄에 접어들었다. 전혀 아쉬움이 없다면 거짓말이겠지만, 아기가 없다고 삶이 특별한 지장을 초래하진 않을 것이란 게 남자의 생각이었다. 아기에 관해 남자의 사고는 유연한 편에 속했다. 남자의 기억에, 아기 문제로 아내에게 부담을 준 적은 없었다.

파양 이후 변해 가는 아내가 안쓰러워 남자는 눈처럼 하얀 시추를 사왔었다. 사자머리에 눈이 앞으로 튀어나오고 납작한 코가 귀여운 애교 넘치는 강아지였다. 아내는 처음엔 시추를 좋아

했다. 목둘레에 빨간 리본을 달아 주면서 오랜만에 웃기도 했다. 그러나 맨 처음 자신을 데려온 사람에게 충성을 나타내는 의미였을까, 남자가 귀가하면 시추는 경중경중 뛰면서 남자의 주위만 맴돌았다. 그 행동이 유난스러워 농담삼아 이렇게 말한 적이 있다.

「얘가 왜 이러지? 혹시 나 없는 사이 구박하는 거 아냐?」

아내의 얼굴에 핏기가 가셨다. 그렇게 예민하게 받아들일 줄은 몰랐다. 남자 입장에서는 단순한 유머였는데, 어두워진 아내의 얼굴에는 화색이 돌아오지 않았다. 그의 마음이 무거워졌다. 아내는 필경 파양했던 아이를 내심 떠올렸을 것이다.

그로부터 며칠 후 남자가 귀가했을 때, 시추가 보이지 않았다. 그가 두리번대자 싸늘한 목소리로 아내가 말했다.

「찾지 마. 개, 집 나갔어.」

"개, 집 나갔어"라고 했을 수도 있다. 어쨌든 그 표현에서 시추에 대한 아내의 반감이 물씬 묻어났다. 애교덩어리 시추가 없으니 집안이 휑하니 빈 것 같았다. 이후 남자는 강아지만 보면 가슴이 더럭 내려앉았고, 귀가할 때마다 시추가 돌아오지 않았을까 두리번댔다. 마트에서 열대어를 만난 시점은 시추의 귀환을 포기할 즈음이었다.

아내는 절대로 열대어를 돌보지 않았다. 더러 출근 시간이 다급하여 먹이를 못 줄 경우, 가엾게도 꼼짝없이 굶어야 했다. 환수도 당연히 남자가 할 일이었다. 마트에서 처음 녀석을 사 왔을 때 아내의 미간이 깊게 접히는 걸 남자는 놓치지 않았다. 이

60

제 하프문까지 들여왔으니 아내의 기분은 더욱 나빠졌을 것이
다. 또 괜한 짓을 한 것일까.

상처투성이 녀석을 그대로 둔 채 출근할 수는 없었다. 남자는
베일을 위해 소금욕을 해 주기로 했다. 물과 천일염을 100대 2
비율로 섞어 소금물을 만들었다. 수조의 물 가운데 4분의 3 정
도를 버린 후, 만들어 놓은 소금물을 수조에 부었다. 아직도 충
격이 가시지 않았는지 베일은 수초 사이에 작은 몸을 숨기고 나
오려 하지 않았다. 가련해서 콧등이 다 시큰할 지경이었다. 남자
는 스스로 생각해도 열대어를 향한 자신의 애틋한 감정이 수상
했다. 열대어뿐만 아니라 시추를 향한 애정도 아내의 눈으로 봤
을 땐 거슬렸을 수 있다. 불현듯 남자는, 처음으로 자신도 아내
와 마찬가지로 아기를 원하고 있었는지 모른다는 생각을 하게
되었다. 아이는 있어도 좋고 없어도 괜찮다는 생각은 괜한 허세
에 지나지 않은 것일까.

남자는 하루 종일 베일의 상태가 궁금해서 전전긍긍하다, 복
주머니 형태의 작은 어항과 생먹이를 사가지고 귀가했다. 집안
은 아침나절 그가 난장판을 만들어 놓은 상태 그대로였다. 아직
도 채집통에 들어 있는 하프문을 복주머니 어항으로 옮겼다. 네
가 베일을 공격한 벌이다. 넌 이제부터 이 작은 어항에서 불행
하게 지내야 할 것이다.

남자는 강자인 하프문보다 베일에게 몇 배 마음을 쓰게 되었
다. 베일의 건강을 회복시키기 위해 인공 사료를 끊고 냉동 장
구벌레를 먹이기 시작했다. 소금욕도 꾸준히 해 주었다. 그 덕

인지 베일의 상태는 점점 좋아졌다. 그러나 물어 뜯겨서 너덜너덜해진 꼬리지느러미는 원상태로 돌아오지 않았다. 뿐만 아니라 날이 갈수록 허옇게 변색되더니 꼬리 부분에 깨알 같은 점도 여럿 생겨났다. 꼬리바늘병이라도 걸린 것일까. 어떻게 해야 건강을 되찾을 수 있을지 짬이 나면 수족관에 가서 물어 보리라고 남자는 생각했다.

각기 다른 수조에서 이웃하고 있는 두 베타는 종종 마주 보면서 아가미를 벌렁대며 전의를 불사르기도 했다. 그때마다 두 놈의 지느러미에 자못 생기가 돌곤 한다. 더 이상 플레이어링은 해 주지 않아도 되었으나 동시에 남자는 임무를 게을리하는 것 같은 허전함도 느낀다. 남자는 언제나 물고기에게 먹이를 준 다음 스스로 밥을 차려 먹고 집을 나선다. 그리고 저녁이면 돌아와 또 물고기를 돌본다. 남자의 출퇴근 시간은 시계와도 같이 거의 정확하다. 그것도 남자의 천성이다.

아내와 눈 맞추고 대화하던 때가 아득히 먼 옛날 같다. 남자는 막연하게 예측한다. 엄마가 자신을 버렸듯이 언젠가는 아내도 떠날지 모른다고. 그러나 남자 스스로 아내를 버리는 일은 없을 것이다. 기다림에 이골이 난 남자는 언제까지라도 참을 수 있기 때문이다.

결혼기념일이었다. 남자는 일부러 늑장을 부리며 출근을 미루고 있었다. 아내의 방이 열렸다. 역력히 잠을 설친 얼굴로 아내가 나왔다. 남자가 아직도 집에 있다는 사실 때문인지 아내는 순간 흠칫 놀란 표정을 지었다.

「여보, 오늘이 우리 결혼기념일인데.」

아내의 표정은 서늘하기만 하다. "그래서 어쨌다는 거야?" 마치 이렇게 되묻고 있는 듯하다. 불현듯 남자는 아내가 밉다.

「당신 언제까지 그럴 건데? 질린다, 질려!」

아내는 대꾸 없이 욕실로 들어간다. 조금 더 인내하지 못한 자신을 스스로 꾸짖으며 남자는 출근 준비를 한다.

퇴근길에 남자는 다양한 조개들로 구성돼 있는 조개 바구니를 샀다. 아내의 결혼기념일 선물 대신 베일에게 줄 선사품을 택한 것이다. 조개들이 베일의 공간을 아름답게 장식해 줄 것이라 기대하면서 귀가했다. 그러나 조개바구니는 무용지물이 되고 말았다. 시커멓게 변색된 아가미를 외부로 내놓은 채 베일이 수조 바닥에 모로 가라앉아 있었다. 어쩌면 소금욕의 농도 조절이 잘못되었을 수도 있다. 아니다. 소금욕을 시킨 이튿날이면 반드시 환수를 해 줘야 하는데 그걸 게을리했던 탓일 수도 있다. 그랬던가? 물을 갈아 주지 않았던가?

남자는 채 포장도 풀지 못한 조개 바구니와 함께 베일이 들어 있는 수조를 통째로 마당에 파묻었다. 그로부터 며칠이 경과한 날의 일요일 오전, 하프문도 배를 드러낸 상태로 표면에 떠 있었다. 남자는 자신의 미숙한 사육을 한탄하며 이번에도 복주머니 어항을 마당에 묻었다. 일을 마치고 손을 씻고 옷을 갈아입고 있는데 장모가 들이닥쳤다. 아니, 들이닥쳤다는 표현은 틀렸다. 별스럽게도 아내가 이른 아침부터 요리를 하고 있던 것을 보면 장모의 방문은 미리 예고된 것일 터였다. 단지 남자에게 알리지 않았을 뿐이다.

　장모와 아내, 남자는 머리를 맞대고 정겨운 얼굴로 점심 식사를 하고 여기저기 채널을 바꿔 가며 드라마 재방송까지 함께 봤다. 저녁 식사를 끝내고 코미디 프로를 볼 때는 허리가 꺾일 정도로 낄낄대기도 했다.

「자네, 참 고맙네.」

아내가 보통의 주부의 모습으로 에이프런을 두르고 설거지를 하고 있을 때 장모가 느닷없이 이렇게 말했다. 남자가 영문을 몰라 어리둥절해 있자 다시 덧붙였다.

「두 사람 화목하게 잘 사는 모습을 보니, 내, 자네가 고마워.」

　남자의 기분이 갑자기 울적해졌다. 가면을 쓰고 있는 자신이 가증스럽게 느껴졌다.

　장모는 그날 밤 남자의 집에서 묵었고 월요일 아침 세 사람은 함께 집을 나섰다. 회임에 용한 한의를 알고 있으니 가 보자는 장모의 간곡한 청을 차마 거절할 수 없었던 것이다. 회사 출근을 늦춘 채 한의원에 갔다. "부부가 함께 복용하면 좋다니까 열심히 먹도록 하게"라는 장모의 당부를 끝으로 남자는 이들 모녀와 헤어져 회사로 갔다. 끝까지 더없이 자상한 남편, 다정한 사위의 얼굴을 장모에게 보여 줬음은 물론이다.

　남자는 한약을 찾고 싶지 않았으나 한의원에서 하루가 멀다 하고 전화를 해대는 통에 내버려 둘 수 없는 처지가 되고 말았다. 혹시 장모의 귀에 들어갈 수도 있으니 복용하든 말든 갖다 놓긴 해야 했다. 점심시간을 이용해 찾아온 한약은 두 박스였다. 남자는 한약이 들어 있는 종이 박스를 자동차 트렁크에 아무렇게나 쑤셔 넣었다. 운전하는 내내 남자는 자신의 이중성에 치를 떨었다. 언제까지 이렇게 가짜로 살아야 하는가. 자동차가 회사 주차장의 차단기를 통과할 즈음엔 자기혐오가 보다 격해졌다. 그러다 마침내 주차를 마쳤을 때, 남자는 자신을 향한 모멸감으로 한계에 도달하고 말았다. 주체할 수 없는 어떤 힘에 떠밀리듯 트렁크를 벌컥 열었고, 종이 박스를 꺼내 주차장 바닥에 힘껏 패대기쳐 버렸다. 터져 나온 박스에서 파우치가 와르르 쏟아졌다. 나머지 한 박스도 마저 꺼내 난폭하게 내동댕이쳤다. 남자는 미친 사람처럼 구둣발로 파우치를 짓이기기 시작했다. 폴리에스테르 포장 용기를 뚫고 나온 액체가 주차장을 검게 물들였다. 남자의 구두에, 바짓가랑이에, 심지어는 얼굴에까지 검은 액체가 튀어올랐다. 오랜만에 마음이 다 시원했다.

　남자는 아무 일 없었다는 듯 천연스럽게 트렁크를 닫고는 손수건을 꺼내 얼굴을 닦고 바지를 닦고 구두까지 깨끗이 닦아냈다.

　아내가 대문을 열고 나온다. 아내의 성장은 오랜만에 본다. 예쁘다. 아내가 저렇게 아름다웠던가? 남자를 발견한 아내의 입가에 뜻 모를 미소가 엷게 번지다 사라진다. 남자는 일순 멍해진다. 자동차에 올라탄 아내가 시동을 건다. 어쩌면 아내는 플레이어링을 하기 위해 나서는 길인지도 모른다. 이제 세상과의 소통을 시작하려는 것인가.

자동차가 멀어지면서 뒤꽁무니까지 시야에서 벗어나자 남자는 그제야 집으로 들어간다. 아내의 방은 잠겨 있다. 그래서 그 방이 수상하다. 수상하다고 여겨지니 반드시 들어가야 할 것 같다. 입주할 때 각각의 방 열쇠를 두 벌씩 받은 터라 마음만 먹자면 못 들어갈 것도 없다.

방문을 열고 들어가니 정면으로 붙박이장이 보이고 오른쪽 벽에 면해서는 침대가 길게 놓여 있다. 왼편 안쪽으로 경대가 있는데 붙박이장과 경대 사이 모서리 공간에는 보자기에 덮여 있는 물건이 있다. 얼핏 봐서는 옷가지 등속을 포개 놓은 모양새를 띠고 있다. 삼면의 벽에 이렇게 각각 자리 잡고 있는 가구들을 보면서 남자는 문득 생각한다. 남자와 아내 역시 이 방에 놓여 있는 가구들과 별반 다르지 않다고. 본래 가구들끼리는 말을 하지 않는* 법이어서 남자와 아내 사이에 대화가 없는 것이라고. 남자와 아내가 가구라면, 말을 하지 않고 사는 것이 설명된다.

장롱 서랍의 아래쪽에는 속옷, 스타킹, 면양말, 스카프 등의 소품이, 위쪽에는 티셔츠라든가 잠옷, 돌돌 말아 놓은 벨트 등이 제법 가지런히 정돈되어 있다. 이번엔 경대 서랍을 뒤져 본다. 목걸이와 귀고리, 반지 따위가 어지럽게 뒤엉켜 있을 뿐 남자의 의심을 살 만한 것은 없다. 그러나 아내가 굳이 방문을 잠그고 외출하는 데에는 그만한 이유가 있지 않을까 하는 미심쩍은 생각이 자꾸만 든다. 남자는 이번엔 보자기를 벗겨 보기로 한다.

---

* 도종환의 〈가구〉 중에서.

66

　　보자기를 들추는 행위와 남자가 엉덩방아를 찧은 것은 거의 동시에 일어났다. 보자기 안에서 실체를 드러낸 것은 다름 아닌 남자가 파묻은 수조였던 것이니! 한때 베일의 보금자리였던 수조 안에는 자줏빛 사랑초가 흐드러지게 피어 있었다. 가녀린 줄기는 구부러져 있고 나비 같은 꽃잎들이 서로의 몸을 맞대고 포개져 있었다. 학명은 옥살리스, '당신을 버리지 않음'이라는 꽃말을 갖고 있는, 멕시코가 원산지인 열대 식물이다. 햇빛을 좋아하는 식물이라 형광등 불빛만 봐도 꽃잎이 만개한다. 그러나 빛을 받지 못하면 여린 꽃잎들은 몸뚱이를 꼭 부여안고 포옹한다. 아내는 방 안에 웅크리고 앉아 사랑을 기다렸는가?

　　수조 안은 흙으로 가득 차 있다. 통째로 땅에 묻었으니 내부가 흙으로 메워져 있는 것은 당연하다. 고약한 냄새가 코끝을 훅 스친다. 섬뜩한 기운이 등골을 훑고 지나간다. 이마에 찐득하니 땀이 배어난다. 남자는 떨리는 손으로 수조를 헤집는다. 사랑초가 남자의 성급한 손길에 뿌리째 뽑혀 나온다. 남자의 머릿속이 뒤엉키기 시작한다. 손길이 허둥댄다. 장롱을 다시 뒤지고 서랍도 열어 보다가 침대 밑에 손을 넣어 휘휘 저어 본다. 손끝을 스치는 것이 있다. 배를 방바닥에 밀착시키고 가능한 한 팔을 깊숙이 넣어 손에 닿는 것을 조심스레 끄집어낸다. 예상대로 복주머니 어항이다. 이 역시 흙으로 가득 차 있고 제대로 발육하지 못한 작고 여린 사랑초가 피곤한 날개를 접고 잠들어 있다.

　　너무나 두렵다. 남자는 쫓기듯 마루로 나와 버린다. 온몸이 땀으로 흠뻑 젖어 있다. 남자는 담배 생각이 간절해진다. 담뱃갑에서 담배 하나를 꺼내는 간단한 행위조차 쉽지 않다. 수전증이 있는 사람마냥 덜덜 떨리는 손으로 겨우 한 개비를 꺼내고는 입술에 문다. 폐부 깊숙이 들이마신 담배 연기를 공기 중으로 내뱉는다. 필터까지 타들어가도록 한 개비를 연소시키는 동안에도 요동치는 그의 심장 박동은 진정되지 않는다.

남자가 마당으로 나간다. 깨꽃이나 봉숭아, 맨드라미 같은 소박한 꽃들이 피었다 지곤 하던 뜰이지만 지금은 황량하기 그지없다. 버드나무와 단풍나무는 제 몸을 감싸던 이파리를 다 잃어버리고 앙상한 가지만 겨우 붙들고 있다. 어린아이 키 정도 되는 삽자루는 함부로 내던져져 있고, 물뿌리개나 빈 화분들도 여기저기 뒹굴고 있다. 마당을 샅샅이 뒤지니 유독 가랑잎이 수북하게 쌓여 있는 장소 몇 군데가 눈에 들어온다. 긁어모은 이파리들로 감쪽같이 위장되어 있지만 그것들을 거둬 내고 보니 흙을 새로 메운 자취가 역력하다. 베일과 하프문을 묻었던 자리 외에 또 하나의 흔적! 주위를 두리번대다 꽃삽이 눈에 띄자 남자는 결연히 집어 든다.

남자가 아내의 방으로 다시 들어간다. 깊이 심호흡을 하고는 꽃삽으로 수조를 조심스럽게 이리저리 찔러 본다. 꽃삽을 타고 신경 세포를 자극하는 물체가 있다. 온몸의 털이 아우성치며 일제히 일어선다.

환영 혹은 몬스터

혹시 한겨울 밤의 악몽이었을까? 정신없이 줄행랑을 친 이튿날, 죽자고 거부하는 다리를 재촉하여, 도망쳐 나온 별장을 다시 찾았다. 하지만 그곳은 놀랍게도 텅 비어 있었다. 사내도, 사내의 목에 걸었던 아르마니 넥타이도 함께 사라지고 없었다. 그것은 공포이면서 동시에 안도이기도 했다.

「당신 같은 자들이 살 수 있는 방법은 딱 한 가지, 한탕 하는 길 밖에 없어.」

생면부지의 사람들끼리 술을 나눠 마신 뒤, 헤어지기 직전 사내가 토해내듯 정훈에게 내뱉은 말이다. 한탕. 그날 이래 줄곧 정훈의 마음 한 가운데 박혀서 뽑힐 줄 모르던 가시와도 같은 단어, 그것은 바로 '한탕'이었다. 듣고 보니, 절박한 정훈에게 그 외엔 아무리 용을 써 봐도 다른 방법은 없을 것 같았다.

정훈이 묘령의 사내를 처음 만난 장소는 시내의 한 포장마차
였다. 그날, 정훈은 벼랑 끝에 선 심정으로 주황색이 선명한 포
장마차를 찾았다. 포장은 쳐 있었지만 널따란 터에 여남은 개의
테이블을 놓고 장사하는 소위 기업형 술집이랄 수 있었다. 비통
함에 잠겨 하릴없이 걷던 정훈의 눈에 포장마차가 들어왔을 때
그는 주머니에 손을 넣어 지폐의 수를 가늠한 다음에야 포장을
들추고 들어갈 수 있었다. 그에게 필요한 건 마취효과로 현실을
잊게 해줄 강소주뿐이었지만 주인은 남의 속도 모르고 메뉴판
을 내밀었다. 포장마차에 메뉴판이라니! 정훈은 씁쓸한 심정으
로 가격을 훑다가 잔치국수를 시켰다. 요기와 안주 기능을 동시
에 충족할 만한 음식이었다. 그러나 어묵 두어 개와 가락국수
몇 가닥 들어 있는 양은 대접이 숟가락과 함께 서비스 안주로
나왔을 때, 그는 즉시 자신의 선택을 후회했다. 실패한 그의 인
생처럼 잘못 뽑아든 패였기에 서럽기까지 했다.

정훈은 굵은 면발과 가는 면발이 각각 들어 있는 양은 대접과
플라스틱 용기를 난감하게 내려다봤다. 국수엔 손도 대지 않은
채 연거푸 잔을 비웠다. 그가 마시고 있는 것은 술이 아니었다.
시름이었고 분노였다. 패배의 쓴잔이었다. 마시고 마셔도 오히
려 정신이 명료해지는 이유는 그의 안에 팽배해 있는 억울함이
눈을 부릅뜨고 있는 탓이었으리라. 취하는 것조차 뜻대로 되지
않는 현실에 정훈은 종주먹이라도 들이대고 싶었다.

사내는 정훈이 들어올 때부터 눈여겨보았다며 옆자리에서 말
을 붙여 왔다.

「성경 말씀에 따르면 술 취하지 말라 했소.」

성경을 인용하면서 미소를 띠고 있는 이 사내는 누군가? 내
게 기독교의 교리를 전하고자 하는가. 아, 이젠 술집에서도 전
도를 하는구나! 정훈이 다시 술병을 잡으려는 찰나 사내가 왼
손엔 자기가 마시던 소주병을, 오른손엔 잔을 들고 정훈의 테
이블로 옮겨왔다. 어디선가 희미하게 나쁜 냄새가 났다. 정훈
이 코를 킁킁대며 주위를 둘러봤지만 냄새의 진원지를 알 수는
없었다.

「술값은 내가 내리다.」

한푼이 아쉬운 정훈의 처지로선 유혹의 말이 아닐 수 없었다.
정훈은 그가 들고 온 잔에 말없이 술을 따랐다. 작은 잔은 말간
술로 가득 채워졌다. 술잔을 들어 단숨에 입 안에 털어 넣은 사
내가 닭 모래집과 낙지볶음을 주문했다.

「경제적인 고통에 시달리고 계신가요?」

흡사 "도를 아시나요?" 투의 말투긴 했지만 정훈은 정곡을
찔렀다. 기분이 나빠졌다. 별놈이 다 집적대는구나. 막 뭐라 한
마디 하려는 참에 전형적인 더티 걸 복장의 한 무리가 시끄럽게
떠들면서 들어왔다. 정훈은 입술을 닫아걸고 그곳에 시선을 던
졌다. 하나같이 굽 높은 신발과 번쩍이는 싸구려 트레이닝복에
썰렁한 외모를 지니고 있었다. 가두 홍보 요원인 것 같았다. 음
악을 크게 틀어 놓고 누가 보거나 말거나 맹렬하게 춤을 춰대는
신종 직업. 십대 후반에서 잘해야 이십대 초반 정도로 보이는
그녀들은 잠시 추위를 달래러 들어온 듯 따끈한 어묵 국물에 소

주 한 잔씩을 돌려 마신 뒤 곧바로 일어섰다. 이때 그녀들 가운데 하나가 "이상한 냄새가 나지 않니?" 하면서 코를 감싸 쥐었다. 그 말이 들려옴과 동시에 잠시 잊고 있던 냄새가 정훈의 콧속을 다시 파고들었다. 포장마차 가까운 곳에 하수구가 있는 모양이었다. 정훈은 국수 국물을 후루룩 마신 뒤, 자신이 주문했던 음식값만큼만 계산해서 테이블 위에 얹었다. 막 일어서려는 찰나 사내가 혼잣말처럼 웅얼댔다.

「우리 나이의 현대인에게 고민이란 딱 두 가지, 금전 아니면 가정 문제 아니겠소.」

정훈을 붙들 의도로 내뱉은 말이었다면 제대로 적중했다. 대문 앞에서 흙장난하고 있는 자식을 향해 탁발승이 혀만 몇 번 끌끌 차도 대번에 숨이 넘어가는 아이 엄마의 심정이 되어 정훈은 들어 올리려던 엉덩이를 도로 의자에 붙이고 말았다.

「이기지 못하면 누군가의 자양분이 될 뿐이지.」

음울하게 내뱉는 사내의 말에 정훈은 한숨을 길게 내쉬었다. 정훈이야말로 애써 이뤄 놓은 소중한 것들이 누군가의 양분으로 변해버렸기 때문이다. 이리도 정훈의 심정을 속속들이 꿰고 있는 사내의 정체는 대체 무엇이란 말인가. 툭툭 내뱉는 한 마디 한 마디가 정훈의 아픈 곳을 후벼 팠다. 정훈은 새삼스런 눈길로 사내를 뜯어보았다. 중키에 나이는 정훈 또래로 보이지만, 날카로운 눈매와 다부진 체구로 봐선 거친 세계에 몸담고 있는 사람 같았다. 정훈이 자포자기 심정으로 도로 주저앉아 손으로 잔을 감싸자 사내가 냉큼 말간 액체를 가득 채워 넣었다.

「자, 이젠 사연을 읊어 보시죠?」

사내의 표정에는 그럼 그렇지, 하는 득의의 미소가 번지고 있었고 정훈은 생면부지의 사내에게 자신의 딱한 처지를 토해 내기 시작했다.

「친구 회사에 보증을 섰는데, 그 회사가 망했답니다. 배 곯아가며 장만한 내 집이 날아기게 생겼습니다.」

「성경도 안 읽어 봤소? 하나님께서도 보증은 서지 말라 하셨소. 잠언 6장 6절이던가? 하나님이 말씀하신 보증은 그 보증이 아닐 테지만…… 어쨌든 알면서도 당하는 게 우리 인간들이지. 주 예수 그리스도의 이름으로 아멘.」

사내의 말장난에 울컥 짜증이 솟구친 정훈이 목소리를 높였다.

「나를 교회로 이끌 생각이라면 오산입니다. 교회라면 말만 들어도 치가 떨리는 사람이오.」

「분명히 말하지만, 난 기독교인은 아니오. 오히려 반기독교 정서에 가득 차 있는 인간이라고 할 수 있지. 핫하.」

사내가 뭐 하는 사람이건, 설사 도둑이나 살인자라 해도, 실은 붙잡고 하소연하고 싶은 마음이 굴뚝 같았다. 누구라도 좋았다. 답답한 심경을 털어내 버리지 않으면 지레 미쳐 버릴 것 같았다.

「그 친구를 처음 알게 된 장소가 바로 교회였소. 그는 하나님 말씀에 따라 살아가는 착실한 사람이었소.」

「과거형으로 말하는 걸 보니, 지금은 아니라는 얘기군. 결국 사기를 당하셨군.」

「돈이 요물이지, 사람이 거짓말하는 건 아니니까요. 이십 년 우정입니다.」

정훈의 말에 사내가 혀를 끌끌 찼다.

「아직 정신 못 차렸군. 세상 물정을 알 만한 나이는 한참 지난 것 같아 말이지만, 살아 보니 어떻소? 세상에 나쁜 사람은 그리 많지 않아요. 겪어 보면 다 좋은 사람들이지. 아무렴 그렇고말고. 그러나 이게 돈과 결부되면 상황이 달라지더란 말씀이지. 목적 달성을 위해서라면 우정이란 단어가 상당히 유효한 미끼임에 틀림없어. 우정 좋아하십니다그려. 어리석은 사람은 걸려들게 되어 있소. 내 단언하지만 그 이십 년 우정이란 작자, 회사는 거덜났지만 제 배는 불렸을걸?」

「믿을 수 없지만, 소문에 의하면 그렇다고 합디다.」

「당신 같은 자들이 살 수 있는 방법은 딱 한 가지, 한탕 하는 길밖에 없어.」

너무도 자신만만하게 정훈을 어리석은 사람으로 단정하고 있는 사내에게 반감이 일었지만 돌이켜 보면 맞는 말이었다. 정훈은 불끈 쥐었던 주먹을 스르르 풀었다. 처음 보는 상대에게 반말을 찍찍 해대는 몰상식한 처사도 분통이 치밀었지만 그 또한 그냥 넘겨 버렸다. 이것저것 따지고 있을 정도로 여유로운 마음이 아니었던 탓이다. 세상의 끝이 바로 앞에 펼쳐져 있는데 그깟 것들이 뭐 그리 중요하단 말인가. 이 모든 것의 시시비비를 가리는 일조차 정훈에겐 사치스런 감정이었던 것이다.

당신 같은 자들이 살 수 있는 방법은 딱 한 가지, 한탕 하는 길밖에 없어……. 사내와 정훈은 그 말을 마지막으로 헤어졌다. 과하다 싶게 마신 그날의 술값은 약속대로 사내가 지불했다. 택시값이라며 슬쩍 정훈의 주머니에 돈을 찔러 넣어 주기까지 했다.

정훈은 무엇으로 한탕을 해 볼까 궁리하기 시작했다. 복면강도가 나오는 영화 장면들을 떠올리기도 했지만 현실성이 없어 보였다. 그런 짓을 할 만한 담력도 없었다. 과거에는 미친 짓이라고 쉽게 매도해 버리던 가족 동반자살까지 생각이 미친 건, 그만큼이나 정훈의 사정이 딱하다는 증거일 것이다. 정훈은 문득 세상의 지탄을 받으면서까지 가족을 죽음의 동반자로 삼는 적지 않은 가장들의 처지를 이해하게 되었다. 세상의 많은 일들은 이처럼 다 나름대로 절박한 사연이 있는 것이니 함부로 돌을 던져선 안 되리라. 사내가 말하는 한탕이란 과연 어떤 것일까. 그 사내는 혹시 뭔가 특별한 방도를 알고 있는 것은 아닐까. 그렇다면 사내를 한 번 더 만나 보면 어떨까. 날카롭게 빛나던 사내의 눈빛이 머리에서 내내 떠나지 않았다.

크리스마스 캐럴이 울려 퍼지는 12월의 도심은 분주하기 그지없었고, 상점들은 앞다퉈 트리에 불을 밝혔다. 쇼핑백을 손에 들고 가족이 있는 곳으로 향하는 행인들 틈에서 정훈은 고독했다. 그는 절박한 심정으로 이튿날 그 포장마차를 다시 찾았다. 사내는 보이지 않았다. 혹시나 하는 기대로 천천히 술을 비우면서 기다렸지만 끝내 그는 나타나지 않았다. 이튿날도 또 그 다음날도 포장마차를 찾았지만 역시 만날 수 없었다.

정훈이 사내를 다시 보게 된 것은 닷새째 되던 날이었다. 그때부터였을 것이다, 현실감을 잃기 시작한 시점은. 정훈이 포장을 들추고 들어섰을 때 사내는 벌써 한 자리를 차지하고 있었다. 반가운 마음을 지그시 누른 채 사내의 앞자리에 털썩 주저앉았다.

「아, 목이라도 매고 싶습니다.」

사내가 비웃음 비슷한 표정을 순간 내비친 듯했지만 그는 저번과는 달리 말을 아꼈다. 표정조차 냉혹해 보였다. 정훈이 말을 이었다.

「많다곤 할 수 없어도 사망 보험금이 가족 앞으로 떨어질 겁니다. 그 방법밖에는 도리가 없네요.」

「세상은 그렇게 호락호락하지 않소. 자살은 재해가 아니잖나. 보험금 같은 건 지급되지 않을걸. 당신 같은 사람은 위장 자살도 완벽하게 못 해낼 위인임에 틀림없어. 값없이 목숨을 잃을 뿐만 아니라 아이들에겐 아버지 없는 설움만 안겨 주게 되는 것이지. 그러면 너무 억울하잖아.」

「내가 그렇게 변변찮은 인간으로 보입니까?」

「척 보면 알아. 당신의 정신력은 나약하기 그지없어.」

「나는 어떻게 해야…….」

정훈은 더 이상 말을 잇지 못한 채 고개를 떨어뜨리고 말았다. 통한에 찬 굵은 눈물방울이 뚝뚝 떨어졌다. 송아지처럼 크고 순한 눈동자를 가진 아내와 여섯 살 응석받이 아들 그리고 집에 들어갈 때마다 깡충 뛰어올라 품에 안기는 사랑스런 딸아이. 아, 마흔 줄이 되어서야 얻게 된 소중한 이들을 어떻게 하면

좋단 말인가. 사내는 다소 누그러진 표정으로 정훈을 그윽하게
바라보다 작은 소리로 속삭였다.

「세상의 많은 사람들은 목숨 걸고 돈을 벌고 있소. 그것을 얻
기 위해 인생의 많은 부분을 사용하고 있지. 돈을 벌기 위해
생명을 깎아 먹으면서 아이러니컬하게도 그 생명을 유지하기
위해 또 돈을 벌고 있소. 존재 자체를 돈으로 바꾸고 있더란
말이지. 단지 인간들은 그 본질을 보지 못할 뿐. 좋은 학교 가
려고 박 터지게 공부하는 것도 따지고 보면 후일 품위 있게
잘살아 보려고 그러는 거 아니오. 잘산다는 건 또 무엇이겠
소. 자본주의 사회에서 돈이 없다면 어떻게 그런 삶을 누릴
수 있겠나. 좋은 회사 취직하려는 이유 또한 연봉을 많이 받
을 수 있기 때문 아니요. 자아성취? 웃기시네. 그게 그거란
얘기지. 엎어치나 메치나. 아, 개중엔 거룩한 목적을 가진 자
들도 있긴 하지. 그건 나도 인정하는 바요. 그러나 대부분의
인간들은 돈을 벌기 위해 살아가는 것이라 해도 과언이 아니
지. 인간이란 참으로 영리한 존재라서 그 모든 것을 점잖은
언행으로 포장하고 있을 뿐 속내를 들여다보면 반드시 돈이
란 괴물이 도사리고 있단 말이지. 다른 사람들이야 불편하든
말든 만연하고 있는 그 많은 시위들을 어떻게 생각하오? 구
호야 그럴 듯하지만 내가 보기엔 밥그릇 싸움일 뿐이야.」

사내가 노골적으로 말하는 돈에 대한 정의가 상당 부분 천박
스럽긴 해도 나름대로 일리 있는 말이었다. 단지 정제되지 않았
을 뿐이다. 그러했기에 정훈은 사내의 말 한 마디 한 마디에 머

리칼이 삐죽 서는 전율을 느꼈을 것이다. 그 느낌이 적이 강력하여 정훈은 저도 모르게 부르르 떨면서 사내에게 물었다.

「그렇게 잘 알고 있는 형씨는 그 대단히 소중한 돈을 많이 벌었소?」

「나는 돈이 많아요. 유일한 목표가 그거였는데 어찌 없을 수 있겠소.」

「그렇다면 형씨의 고민은 무엇이오? 왜 이런 싸구려 장소에서 술을 마시고 있소? 내가 형씨의 말을 믿을 것 같소?」

사내의 말이 거짓이란 걸 거의 확신하고 있는 듯 정훈이 따져 물었다. 물론 술의 힘이 한몫 거든 탓일 게다.

「요전에 내가 했던 말 기억 못하오? 우리 또래 현대인에게 고민이란 딱 두 가지, 금전 아니면 가정 문제라 하지 않았소.」

「그렇다면?」

「당신은 돈, 난 가정이지.」

「돈이 있어도 마음대로 못 하는 것이 있군요.」

「그게 억울해서 이렇게 술을 마시는 거 아니오. 돈이면 무엇이든 할 수 있다는 내 믿음이 깨져 버린 것이지.」

「그래서 형씨는 이제 어떻게 할 거요?」

「나야말로 오늘밤을 제삿날로 정했소.」

정훈이 피식 웃자 사내가 정색을 하고 쏘아보았다.

「웃지 마시오. 진담이오.」

「부자시라며? 그 돈 다 어쩌고?」

「내 재물이 탐나시나?」

「솔직히 그렇소. 나는 지금 너무도 급박한 나머지 보험금을 타낼 계략까지 꾸미고 있지 않소. 그런데 형씨는 재산을 놔두고 죽는다고 하니 내 어찌 탐나지 않겠소.」

「그럼 제안을 하나 하지. 내 숨통을 끊어 주시오. 대신 가진 걸 다 드리리다.」

사내의 말이 진담이라면 못할 것도 없다는 생각이 들었다. 어쩌면 그 순간 정훈의 눈이 살기를 머금었을지도 모른다. 정훈의 마음속을 훤히 읽기라도 하듯 사내가 양복 상의 안주머니를 뒤지더니 예금 통장 몇 개를 펼쳐 보였다. 입이 떡 벌어질 정도로 엄청난 액수였다. 위기에 처한 정훈의 집을 건지고도 네 식구 평생 호강하며 쓸 수 있을 만큼의 엄청난 액수! 정훈은 몸이 달아오르기 시작했다.

「내 목숨을 끊어 주면 이걸 모두 주겠소.」

정훈은 침을 꼴깍 삼켰다.

「어, 어떻게 해야 하는 거요?」

「인터넷 사이트의 자살클럽, 그런 데도 접속해 봤지. 그런데 약속 장소에 나타나지 않거나 만났다 해도 결정적인 순간에 발뺌을 하더군. 물론 그들한테는 통장을 보이지 않았지만.」

「왜 그렇게 어렵게 죽으려고 합니까? 가령 한강 다리에서 뛰어내리든가 달리는 자동차에 뛰어들거나…….」

「나는 물에 팅팅 불기도 싫고 도로에 내 시체를 초크로 그려 놓고 싶지도 않아. 웃기는 얘기지만 난 이 돈을 의미 있게 쓰고 싶거든.」

사내가 말하는 의미란 어떤 것일까. 정훈은 그 의중을 알 수 없었다.

「궁지에 몰린 한 인간과 그의 가족을 내 돈이 구원할 수 있다면 제법 의미 있는 일 아니겠소. 나는 이제부터 '배에 탄 사람'이 되어 물에 빠진 사람을 구할 것이오. 당신을 위해 기꺼이 소금이 되어 주겠소. 할렐루야.」

「형씨, 크리스천이지? 그렇지 않고서야 매번…….」

「아니라고 말했잖소. 나쁜 짓은 많이 했어도 거짓말은 하지 않소.」

말하자면 사내는 일종의 자살 도우미를 찾고 있는 것이었고 정훈에게 수탁 살인을 실행해 달라고 제안하는 참이었다. 덧붙여 사내는, 거저 줘 버리면 재미없으니 뭔가 대가를 치르게 하고 싶고, 자신도 힘들여 번 돈이니 새 임자도 그만한 노력은 해야 할 것 아니냐고도 했다.

「여기 현금 카드와 도장이 있소. 마지막 순간에 비밀번호만 알려 주면 모든 게 당신의 소유가 되는 것이오. 우리 둘 다 이 지옥에서 탈출할 수 있는 합리적인 방법이지.」

「형씨가 말하는 한탕이란 게 바로 이것이오?」

「단 한 방에 거액을 손에 쥐는 것이니 이거야말로 한탕이 아니고 무엇이겠소. 당신이 손을 더럽힐 각오만 되어 있다면, 밑천조차 들지 않는 대단한 돈벌이지. 로또가 서민의 꿈이라고? 헛소리 말라 그래. 요행을 바라고 언제까지 그따위 걸 구입해야 하는데?」

손을 더럽힌다는 사내의 표현에 잠시 움찔했지만 까짓 못할 것도 없지 않은가. 본인이 원하는 것이니까. 사내는 이때를 놓치지 않고 고삐를 잡아당겼다.

「결심이 섰나?」

이판사판 죽기 아니면 까무러치기다. 자신의 딱한 처지를 외면하지 못한 하늘에 계신 저 높으신 분이 주신 기회일지 모른다! 정훈은 비장한 각오를 다지면서 동의의 표시로 고개를 크게 끄덕였다. 사내와 정훈은 마지막 남은 술을 동시에 목구멍에 쏟아붓고는 약속이나 한 듯 동시에 결연히 일어섰다. 비워 낸 술병이 제법 여럿이었지만 사내는 취하지 않았고 정훈 역시 마찬가지였다.

연말의 거리는 여전히 행복한 사람들로 넘쳐 났다. 세상에서 불행한 사람이란 정훈 하나뿐인 것 같았다. 사내가 앞장서 걸었고 정훈이 그 뒤를 따랐다. 사내가 발걸음을 멈춘 곳은 황제비즈니스클럽 입구였다. 그곳에서 무슨 비즈니스를 하는지는 몰라도 네온사인이 반짝반짝 빛나고 있었다. 클럽 바로 앞 대로변에는 택시들이 줄지어 서 있었다. 정훈의 예측과는 달리 사내는 클럽으로 들어가지 않고, 대신 검은색 모범택시의 차창을 똑똑 두드렸다. 소리도 없이 창이 열리자 사내와 운전기사가 대화를 나눴다. 흥정을 벌이는 것 같았다. 사내는 조수석에, 성훈은 뒷자리에 탔다. 정훈이 사내에게 행선지를 물었지만 그는 대답하지 않았다. 택시가 시내를 벗어나기 시작했다. 화려한 불빛들이 눈을 붙잡는 속칭 라이브 카페촌을 지날 무렵 정훈은 갑자기 두

려운 생각이 들었다. 모르는 남자를 따라나선 자신이 한심하기
도 했다. 이러다 쥐도 새도 모르게 사라져 버리는 거 아냐? 급
기야 의심스런 마음이 든 정훈은 '헨젤과 그레텔'의 심정이 되
어 주위의 풍광을 머릿속에 집어넣었다. 빵이라도 있었더라면
잘게 뜯어서 거리에 던졌을 것이다. 모범택시 기사는 이들을 화
강암으로 견고하게 지어 놓은 제법 번듯한 저택에 내려 주고 왕
복 택시비를 챙겨 돌아갔다.

　턱없이 높게 치솟은 철제 대문이 두 사람 앞에 우람하게 버티
고 있었다. 어둠 속에서 보기에도 칠이 벗겨진 게 역력히 드러
나 있는 대문은 여간 을씨년스러운 게 아니었다. 한동안 주인의
손길이 닿지 않았다는 걸 고스란히 드러내고 있었다. 사내가 진
정 이 집의 주인이고 부자라면, 대문 안에는 사내가 그동안 누
려 오던 온갖 호화로운 것들이 자리 잡고 있을 것이다. 저택을
에워싸고 있는 야트막한 동산엔 제법 나무가 많았다. 계절이 계
절인 만큼 지금은 비록 헐벗은 모습으로 추위에 떨고 있지만 여
름철엔 꽤 울창할 것이라 짐작될 정도였다. 메마른 바람이 앙상
한 나무 사이로 한바탕 지나가자 들짐승의 울부짖음과도 같은
기분 나쁜 소리가 흉흉하게 귀를 때렸다. 으스스한 느낌에 정훈
은 자신도 모르게 몸을 부르르 떨었다.

　사내가 벌겋게 녹이 슨 육중한 철문을 밀자 끼이익 날카로운
소리가 허공에 메아리쳤다. 지옥의 문에서 들려오는 듯한 소름
끼치는 음향이었다. 때마침 두 눈에 파란 불을 켠 야생 고양이
두 마리가 후다닥 튀어나와 쏜살같이 사라지자 정훈은 자신도

모르게 사내의 소맷부리를 부여잡았다. 철문 안쪽의 드넓은 마당은 자갈밭이었다.

「형씨 소유요? 그렇다면 진짜 부자가 맞는 모양이군.」

「별장으로 쓰는 곳이오. 내 진짜 집은 시내에 있지.」

차가운 달빛을 온몸에 받으며 두 사람은 자갈이 잔뜩 깔린 마당을 가로질러 걸어갔다. 구둣발에 밟히는 자갈 소리에도 정훈의 머리칼이 쭈뼛 선 것은 앞으로 전개될지도 모를 무시무시한 상황에 대한 두려움 때문이었을 것이다. 마당 한쪽에는 노천카페를 연상케 하는 커다란 파라솔이 기우뚱한 모습으로 위태롭게 서 있고 그 아래엔 중량감이 느껴지는 대리석 테이블이 놓여 있었다. 테이블 주위로는 흰색 철제의자들이 제멋대로 엎어져 있거나 뒹굴고 있었다.

「저 파라솔 밑에서 나도 한때는 행복했었지.」

사내에게 대체 무슨 일이 일어났더란 말인가. 어찌하여 재산을 놔두고 죽고자 하는가. 사내는 정훈에게 점점 더 불가사의한 존재로 다가오고 있었다.

주인임을 인식한 지문 인식 감지기가 현관문의 잠금장치를 해제하자 사내가 먼저 들어갔고 정훈이 바짝 그 뒤를 따랐다. 예상대로 귀신이라도 나올 것 같던 외관과는 달리 거실은 호화찬란했다. 한눈에 보기에도 값진 가구들로 채워져 있었다. 최고급 카펫 위에 놓여 있는 웅장한 천연가죽 소파와 키 큰 장식장, 같은 재질의 콘솔, 눈부신 샹들리에, 대규모 파티를 열어도 될 정도로 너른 만찬용 식탁, 그 위 알맞은 위치에 자리하고 있는 화려한 촛대 등에 이르기까지 모두가 예사롭지 않은 것들이었다. 단지 수상쩍은 것은 그림 한 점쯤은 걸려 있어도 무방하련만 벽면 어느 곳에도 장식품이 단 하나도 없다는 사실이다. 하다못해 벽걸이 티브이라도 있어야 마땅하지 않은가.

오래 묵은 것 같은 집의 분위기에 비해 벽면은 갓 칠한 듯 깨끗했다. 그러고 보니 희미하나마 칠 냄새가 풍기는 것도 같았다. 벽면엔 이 집과 어울리지 않는 극히 간단한 달력 하나가 덜렁 걸려 있었다. 어떠한 풍경도 없이 단지 숫자만 인쇄된 달력이었다. 달력은 한 해의 마지막 장 12월 치를 내보이고 있었다. 정훈의 시선이 2층과 연결되는 나선형 계단에 이르자 사내가 리모컨을 집어 버튼을 눌렀다. 그러자 각기 다른 예쁜 색등이 층 따라 차례로 켜지면서 실내를 별천지로 바꿔 놓았다.

「아내의 화려한 취미가 남겨 놓은 유산이지. 아름다운 아내였어. 난 아름다운 것만을 사랑해. 돈도, 그녀도 모두 아름다워. 그래서 사랑했다고. 그런데 내가 말이야, 어느 순간부터 돈보다 아내를 더 사랑하게 돼 버렸는데, 젠장 맞을 그것이 화근이었어.」

생전 처음 보는 고급스러운 실내 장식에 온통 넋을 다 빼앗겨 버린 정훈은 정체를 알 길 없는 사내와 외진 곳에 단둘이 있다는 두려움조차 인식하지 못할 지경이 되었다. 그러다 어느 시점인가부터 문득 사내의 모든 것을 제 걸로 만들고 싶은 욕망에 사로잡히기 시작했다. 이 남자는 죽고 싶어 한다. 자기를 없애 주면 재산을 주겠다고 한다. 못할 것도 없다. 이곳엔 현재 아무도 없고, 사내가 실제로 죽은들 쉽게 발견될 것 같지도 않다. 사람들이 뻔질나게 드나드는 장소라면 분위기가 이럴 수 없다. 한편, 설사 사내가 제시한 그 모든 것이 사기극이라 할지라도 정훈으로선 손해 볼 것이 없다. 사내 대신 자신이 죽어 나간다 해도 마찬가지일 거란 생각까지 들었다. 이젠 하나도 두렵지 않았다. 죽음을 두려워한다는 건 잃을 게 있다는 뜻이니까.

사내는 문득 이 집을 처음 지었을 때의 기쁨을 돌이켜본다. 아내의 매력적인 미소가 눈앞에서 어른대자 사내는 괴로운 듯 두 눈을 질끈 감는다. 부를 창출하려면 타인을 밟고 일어서야 한다. 수백 수천의 신음이 한 명의 풍요로운 생활을 지탱한다는 절대 진리를 깨우치면 돈을 벌 수 있는 것이다. 이 사람 저 사람 배려하다간 절대 성공할 수 없다. 그것은 세상의 구조랄 수 있었다. 주식 부자나 부동산 재벌도 바로 이러한 세상의 구조 속에서 탄생한다. 로또란 것도 마찬가지 룰 안에서 돌아간다. 수많은 사람들이 손해를 봐야 극소수의 행운아가 탄생한다. 이놈 저놈 사정을 봐주다가는 죽었다 깨어나도 부자가 될 수 없다. 사내가 엄청난 부를 축적하게 된 비결은 그러나, 이러한 일반적인 방법이 아니다. 여러 사람이 피를 흘린 대가로 형성된 재산이다. 그렇게 모은 것들을 사내는 정훈에게 물려주려고 한다. 아니, 더 정확히 말하자면 자신의 괴로움을 정훈에게 떠넘기고 이 세상과 이별하려고 한다.

「그건 그렇고 언제 실행에 옮길 작정이오?」

「의외로 서두는군.」

빈정대던 사내가 잠시 후 통장들을 다시 정훈 앞에 꺼내 놓았다. 정훈의 두 눈이 탐욕스럽게 번들댔다. 사내만 사라져 준다면 저 돈은 내 것이다. 깊은 두려움과 기대에 살이 떨렸지만 휘몰아치듯 치받고 올라오는 황홀한 감정 또한 정훈은 부인할 수 없었다.

「당신을 보니 옛날의 내가 생각나는군. 과거의 내가 바로 지금의 당신 모습이란 말이지. 내게서 제대로만 전수 받으면 당신도 나와 같은 부자가 될 수 있을 거요.」

「전수라니? 뭘 전수한단 말이오?」

「눈치가 없는 편이군. 여러 사람이 죽어 줬기 때문에 내가 부자가 된 것이오. 아직도 모르겠소? 아무래도 내가 사람을 잘못 고른 것 같아. 후회되려고 해. 젠장.」

「그렇다면 지금의 형씨처럼 누군가가 형씨에게 죽여 줄 것을 부탁했고, 그 수탁 살인의 대가로 돈을 받았다는 말이오?」

「빙고! 그것도 여러 번 했지. 그렇기 때문에 부자가 되었소.」

과거의 어느 날, 고달픈 삶에서 한계를 느꼈을 때 사내는 죽기를 결심했다. 지금의 정훈의 모습과 별반 다르지 않다. 바로 그때 고통에서 벗어나고자 몸부림치는 첫 번째 고객을 우연히 만나게 되었다. 그는 자신을 죽여 주면 전 재산을 물려주겠다고 제의했다. 사내는 그 고객으로부터 자신이 어떻게 부자가 되었는지에 대해 듣게 되었다. 놀라웠다. 더 놀라운 것은 이러한 살인 행각이 암암리에 대물림을 하듯 이 사회에 퍼지고 있다는 사실이었다. 그러니까 이 시간, 또 다른 장소에서 이와 유사한 협상이 이뤄지지 않고 있다고 누가 단언할 수 있겠는가. 갑자기 부를 거머쥔 사람이나 미제 사건으로 처리돼 영원히 묻혀 버린 적잖은 실종 사건에 대해서도 사람들은 한 번쯤은 의심해 볼 필요가 있을 것이다.

사내의 아내는 그에게 죽여 줄 것을 부탁했던 첫 번째 고객의 여자였다. 그 고객은 자신의 여자까지 덤으로 선물하고 사라져 갔다. 첫 번째 고객에게서 적잖은 돈을 받긴 했지만 큰 부자가 될 정도는 아니었다. 게다가 설상가상으로 그 여자는 남자의 등골을 빼먹는 여자였다. 명품이 아니면 걸치려 들지 않고 무엇이건 최고가 아니면 상대를 하지 않았다. 샐러리맨 몇 달치 월급은 족히 되는 의상을 눈 하나 깜빡이지 않고 골라 입고 나오는 걸 보곤 사내는 큰일이다 싶었다. 불행한 것은 사내가 그 여자에게 홀딱 빠져 버렸다는 사실이다. 사내는 아내를 잃지 않기 위해 계속 돈을 벌어야 했다. 그것도 아주 많이 벌어야 했다. 어렵지 않았다. 가만히 숨어 있어도 고객들은 연락을 해 왔다. 그들끼리 통하는 지하 세계의 냄새가 존재한다고나 할까.

사내의 얼굴에 잠깐 고통스런 빛이 떠올랐다 스러졌다. 사람이, 어떻게 그런 악행을 저지를 수 있는가, 보통 사람들은 이해할 수 없을 것이다. 그러나 사내와 동일한 부류들은 그걸 악이라고 말하지 않는다. 이들에겐 이들만의 정의가 있다. 원하지 않는 사람을 살인하는 일은 없다. 반드시 그래 주길 원하는 사람만을 처단하고 대신 그의 재산을 모두 갖는 것이 이 세계의 규칙이다.

분명 처음엔 그러지 않았다. 그런데 몇 차롄가 일을 성사시키고 난 다음의 언제부턴가 사내의 몸에서 냄새가 나기 시작했다. 초기만 해도 자신만이 느낄 수 있을 만큼의 미미한 냄새였다. 향수를 뿌려 완화시킬 수 있을 정도였다. 그러나 사내에 의해 사라지는 사람들이 늘어날수록 냄새는 점점 더 독해졌다. 급기야 사내는 냄새 때문에 바깥출입을 꺼리게 되었다. 사람들과 만나는 것에 두려움을 느끼기 시작했다. 그때부터 사내는 아내에게 집착하기 시작했다. 자신을 버리고 갈까 봐 겁이 난 사내는 아내를 거의 가둬 두다시피 했다. 무엇보다 견딜 수 없었던 건 아내가 사내의 냄새를 못 견뎌했다는 것이다. 온갖 것을 다 사다 바쳐도 아낸 사내 옆에 누우려고 하지 않았다. 독취를 견딜 수 없었던 아내는 결국 도망가 버리고 말았다. 사낸 아내를 어렵지 않게 찾아냈다. 두 번째 도망갔을 때는 사람을 사서 의뢰했을 만큼 아주 힘들게 찾아냈다. 세 번째 도망을 시도했을 때, 사내는 격정을 이기지 못하고 아내를 살해하고 말았다.

깊은 생각에 잠겨 있던 사내가 메마른 목소리로 물었다.

「느끼지 못하나? 내 몸에서 나는 이 지독한 냄새를. 언제부턴가 나기 시작한 이 죽음의 냄새를 나는 더 이상 견딜 수 없게 되었지. 추악한 냄새를 풍기는 난 더 이상 인간이 아니오. 나는…… 몬스터요.」

사내는 몹시 괴로운 듯 표정마저 일그러뜨렸다.

「나는 처음으로 죽음을 원하지 않는 사람을 죽이게 되었소. 당신을 처음 만나던 바로 그날이었지. 이, 내 손으로 사랑하는 아내의 목숨을 끊어 놓고 말았지.」

핏발이 가득 선 눈알을 굴리며 사내는 괴로운 듯 가쁜 숨을 토해 냈다.

「독취로부터 벗어나는 길은 오로지 하나뿐이란 걸 난 알고 있소. 죽음만이 해결책이지. 우리 세계의 끝은 이처럼 모두 동일해. 이 일을 수행하면 당신도 괴물이 되는 것이고, 나와 같은 길을 걷게 될 거요. 세상에 대가가 없는 일이란 없지.」

사내의 두 눈이 피를 머금은 듯 점점 더 시뻘게지고 있다고 느꼈을 때, 지독히도 심한 악취가 정훈의 콧속을 파고들었다. 정훈은 자신도 모르게 코를 감싸 쥐었다. 와락, 섬뜩한 한기가 온몸을 휘감았다. 너무나 두려워 갑자기 이 일이 하고 싶지 않았다.

「냄새를 제대로 맡은 모양이군. 무서운가? 피하고 싶은가? 하지만 당신은 하지 않을 수 없어. 우리 세계의 비밀을 공유하게 되었으니까. 만일 포기한다면…….」

「포기한다면?」

「비밀 유지를 위해서 당신 목숨을. 핫하하.」

정훈은 자신이 헤어나올 수 없는 덫에 걸렸음을 깨달았다. 사내를 쫓아온 것에 대해 처음으로 후회했다.

「결심이 섰소? 날 어떻게 살해할 참이오?」

「……정 견디기 어려우시다면, 스스로 목숨을 끊는 게…….」

아직도 손가락으로 코를 감싸고 있는 탓에 코맹맹이 소리가
나왔다.

「싫다면 나도 억지로 권하진 않겠소. 대신 목숨은 내놓으셔야
지. 그러나 난 또다시 원치 않는 사람의 목숨을 끊어 놓는 일
따윈 하고 싶지 않은걸.」

「해 볼게요. 하지만 처음이라.」

「처음이 가장 어려운 법. 뭔가 무기를 사용하면 수월할 거
같소?」

하얗게 질린 정훈이 마지못해 고개를 끄덕이자 사내가 자신
의 넥타이를 풀어 정훈의 눈앞에 흔들어댔다.

「이래 봬도 아르마니요.」

구체적인 살인 도구를 보자 정훈은 숨이 헉 막혔다. 하지만
사내를 해치지 않으면 자신이 당하게 된다는 사실을 상기하자
용기가 솟았다. 그 순간 살의가 발동했으며, 살의를 스스로 감
지한 그때 정훈은 자신의 몸에서도 불쾌한 냄새가 나는 것 같은
착각에 사로잡혔다. 정훈은 제 몸의 냄새를 맡아 보느라 코를
킁킁댔다.

「비밀번호는 내가 숨을 거두기 직전에 알게 해 주겠소. 당신
이 똑똑하다면 내 재산을 다 가질 수 있을 것이고 어리석은
자라면 끝내 챙길 수 없겠지. 나는 첫 번째 고객의 수수께끼
를 풀었기 때문에 부자가 될 수 있었소. 물론 쉽지 않았어. 하

지만 그 다음부터는 식은 죽 먹기였지.」

사내는 식탁 의자를 하나 들고 와 널따란 거실 한가운데로 옮겨 놓았다. 달력이 있는 새하얀 벽면을 정면으로 바라보는 위치였다. 사내는 의자 안쪽으로 엉덩이를 깊숙이 집어넣고는 바르게 앉았고 정훈은 그 뒤쪽에 바싹 붙어 섰다. 사내의 눈이 달력을 뚫어져라 보았기 때문에 정훈 역시 달력을 힐끗 보게 되었다. 그러나 곧 사내가 신호를 보냈기 때문에 정훈은 사내의 뒤쪽에서 그의 목에 넥타이를 걸었다. 느슨했던 넥타이가 사내의 목을 압박하자 사내가 캑캑거리며 버둥댔다.

「자, 이제 비밀번호를 말하시지.」

「이렇게 간단히 내 재산을 가질 순 없어.」

「이래도?」

정훈은 더욱 바짝 힘을 가했다.

「아직 아냐.」

「이래도 아냐?」

손등과 팔뚝의 힘줄이 부풀어 올라 터져 버릴 것 같았지만 사내의 숨통은 쉽사리 끊어지지 않았다.

「어서 말해.」

「돈은 그렇게 쉽게 벌리는 게 아니지.」

「이젠 됐지?」

「쉽게…… 가르쳐 주면…… 재미가…… 없, 잖, 나.」

사내의 키득거림이 들려오는 듯했다. 정훈의 이마와 콧등, 얼굴 곳곳에서 뚝뚝 떨어지는 땀방울이 사내의 목 언저리와 머리칼을 적시기 시작할 즈음 정훈은 그의 몸뚱이가 축 처지는 것 같은 느낌을 받게 되었다. 깜짝 놀란 정훈이 불현듯 팔의 힘을 풀고 사내 앞에 가 섰다. 사내는 눈을 감은 채 말이 없었다. 정훈의 낯빛이 하얗게 질렸다. 이때 사내가 반짝 눈을 뜨면서 장난기 섞인 목소리로 외쳤다.

「속았지?」

목둘레에 통증을 느끼는 듯 사내가 고통스런 표정으로 자신의 목을 쓸었다.

「좀 쉬었다 합시다. 막간을 이용해 퀴즈를 하나 내지. 이 집에서 뭔가 수상한 점을 발견하지 못했나?」

찬찬히 사방을 둘러보았지만 이렇다 할 점을 발견하지 못한 정훈이 고개를 저었다. 실은 이제 더 이상 쓸데없는 대화 따윈 나누고 싶지 않다는 게 솔직한 심정이었다.

「천장이나 바닥재에 비해 저 벽이 유난히 깨끗하다고 느껴지지 않나?」

그렇지 않아도 정훈은 그 점이 처음부터 이상하긴 했다. 호화로운 실내 장식이 무색할 정도로 그림 한 점 걸려 있지 않은 벽하며 최근에 칠한 것 같은 페인트. 죽을 결심을 한 사람이 무슨 이유로 벽을 새로 단장했단 말인가.

「나는 애드가 앨런 포를 좋아해. 그의 일생은 고통과 불행, 가난으로 점철된 비탄 그 자체였지. 그래서 좋아하게 됐는지도 몰라. 내 청년기가 그랬거든. 내 부모는 늘 돈 때문에 다퉜고, 그로 인해 서로 미워하다가 결국은 남남으로 갈라서고 말았지. 포의 작품 중 맘에 쏙 드는 것이 바로 〈검은 고양이〉야.
핫하하, 책을 많이 접하진 못했지만 그 정도는 나도 읽었다
고. ……당신은 아직도 내 말뜻을 이해하지 못한 거 같군. 그
렇게 둔하니까 친구한테 사기를 당하지, 쯧. 아무러나, 자, 다
시 시작할까. 오래 끌면 내가 너무 괴로우니까 속전속결로 처
리하자고.」

사내의 말을 음미해 볼 여유도 없이, 아니 둔하다는 말에 잔
뜩 화가 난 정훈이 다시 그의 목을 힘껏 조르기 시작했다. 그 순
간, 정훈에겐 살인에 대한 죄의식조차 없었다. 단지 상대를 죽
여야 내가, 가족이 살 수 있다는 절박한 생각만이 지배하고 있
을 뿐이었다. 악마가 몸속으로 들어와 조정하는 듯했다. 정훈은
무아지경에 돌입했다. 숨이 막히는지 사내가 컥컥댈 때에서야
겨우 제정신이 돌아왔다. 그 와중에도 사내는 끊임없이 중얼댔
다. 무척이나 말이 많은 사람이었다.

「누구든지 귀가 있거든 들을지어다. 사로잡는 자는 사로잡힐
것이요, 컥, 칼로 죽이는 자는 자기도 마땅히 칼에 죽으리니,
컥. 컥. 요한계시록 13장 10절, 컥컥.」

「십삼? 십? 오호! 일삼일영? 맞지? 이 숫자 맞지?」

사내가 고개를 흔들더니, 정훈을 향해 가까이 와서 귀를 대라
는 시늉을 했다. 간신히 알아들은 말은 바로 이것이었다.

「예루살렘과 온 유대와 사마리아와 땅 끝까지 이르러 내 증인
이 되리라 하시니라. 예수그리스도의 이름으로 아멘. 내가 죽
으면 내 생일이나 좀 챙겨 주게. 저기 달력에 표시되어 있으

니까. 잊지 말고 부탁해.」

「미친 놈!」

정훈은 온 힘을 다해 다시 넥타이를 졸라맸다. 사내의 몸에서 갑자기 힘이 빠져나가는 것을 느낀 바로 그 순간이었다. 사내가 주먹을 꽉 쥔 오른손을 앞으로 쭉 뻗더니 마치 욕을 하듯 가운 뎃손가락을 불쑥 솟구치는 것이 아닌가. 사내의 손가락은 정면 즉 하얀 벽에 있는 달력을 향하고 있었다. 이건 뭔가. 나더러 엿이나 먹으란 얘기야, 뭐야. 달력엔 사내의 말대로 사내의 생일을 알리는 동그라미 표식이 있었다. 그래, 네가 죽으면 네 생일만큼은 내가 챙겨 주마. 죽는 마당에 생일상 차려먹는 게 그렇게도 중요하단 말이냐.

사내가 아직도 짓궂은 장난을 치는 것이라 생각한 정훈은 오기가 솟았다. 그럴수록 그는 목적 달성을 위해 힘겨운 사투를 계속했다.

「빨리 말해!」

제 정신이 아닌 정훈은 사내가 죽는 것 따윈 이제 두렵지 않았다. 다만 비밀번호를 실토하지 않은 채 숨을 거둘까 봐 그것만이 신경을 자극할 따름이었다. 사내는 자신의 재산을 쉽사리 내 주기 싫은 듯 번호를 말하지 않고 있었지만 정훈은 더 이상은 힘을 쓸 수 없을 만큼 기력이 빠져 있었다. 그런데 이때 불현듯 시간이 멈춘 듯한 소름끼치는 정적과 함께 아주 진한 독취가 정훈의 후각을 자극했고 참기 힘든 욕지기가 밀려올라 왔다. 급히 화장실로 뛰어간 정훈은 속이 시원해질 때까지 토악질을 했다. 이때

문득 바라본 세면대의 거울을 통해 결코 자신의 것일 수 없는 추악한 형체를 보았다. 흰자위 가득 핏발이 선 두 눈에서 시퍼런 광기가 뿜어져 나오고 있는 그 얼굴은 바로 괴물이라 불러 마땅한 것이었다. 사내가 말하는 몬스터란 바로 이런 얼굴일까.

화장실을 나온 정훈이 사내 쪽으로 향하던 발길을 문득 멈추고 지나치게 새하얀 벽을 바라봤다. 페인트 냄새에 섞여 에탄올 소독액 냄새가 흐릿하게 후각을 자극했다. 아니, 냄새보다는 뭐라 표현하기 힘든 엄청난 불쾌감이 정훈의 정신을 뒤흔들었다. 하얀 벽에 바싹 코를 대자 그 기운은 한층 가까이 다가왔다. 섬광처럼 스치는 섬뜩한 상상으로 정훈은 몸을 떨었다. 사내가 말한 에드가 앨런 포의 〈검은 고양이〉! 정훈은 자신도 모르게 뒷걸음치고 있었다.

정훈은 결연하게 사내 앞에 다시 섰다. 그런데 사내가 이상했다. 어떠한 움직임도 감지되지 않았다. 사내는 다만 눈을 치켜뜬 채 정면의 벽을 응시하고 있을 뿐이었다. 두려움과 초조함, 두근대는 가슴을 간신히 억제하며 정훈이 사내의 심장 부근에 손바닥을 대보았다. 심박동이 느껴지지 않았다. 사내는 끝내 비밀번호를 발설하지 않은 채 죽고 만 것인가.

「안 돼! 이럴 수는 없어!」

정훈의 울부짖음이 천장 높은 별장에 울려 퍼졌다.

정훈이 사내의 몸을 사정없이 흔들었지만 힘없이 덜렁일 뿐이었다. 사력을 다한 듯 부릅뜬 사내의 두 눈은 새하얀 벽의 어느 한 지점에 고정되어 있었고 오른손 가운뎃손가락은 아직도

저 홀로 솟아 있었다. 정훈은 머리칼을 쥐어뜯으며 절규했다. 아아아악! 정훈의 짐승 같은 절규가 별장 가득 퍼져 나갔다. 한밤의 정적을 깨는 울부짖음에 깜짝 놀란 날짐승이 나뭇가지를 박차고 푸드득 하늘 높이 솟아올랐다. 어디선가 불어온 바람에 달력이 잠시 펄럭였다.

부주의 또는 운명

사건 1

불과 십여 분 사이에 일어난 일이었다. 서점에서 지체된 시간이 그 이상일 리 없다. 불법주차구역에 자동차를 세워 놓았기에 마음 또한 다급했다.

한 일간지에서 영채에게 칼럼난을 주 1회 고정으로 내주었다. 작가주의 감독을 선정해서 써 달라는 조건이었다. 대학에서 영화를 전공했고 나름대로 이 분야에서 밥 먹고 산 지 제법 되었지만 정확성을 기하기 위해선 관련 서적이 필요했다. 서점은 아파트에 딸린 상가건물 모퉁이에 있었다. 아파트와 함께 건축된 상가이니 아파트 주차장은 입주민들과 함께 상가손님도 이용해야 마땅하거늘 경비원들은 이를 용납하지 않았다. 영채가 불법주차구역이 분명한 뒷길에 부득이 주차한 것은 그 때문이고, 아쉽게도 원하던 책을 사지 못한 채 금세 서점을 나왔다.

「《불타는 필름의 연대기》 있어요?」

「불타는…… 뭐요?」

「영화 전문 서적인데요. 그러니까 1995년에 초판이 나왔고,
발행처는…….」

말이 채 끝나지도 않았는데, 서점 주인은 확신에 찬 표정으로
고개를 세차게 흔들었다. 그 표정에는 무슨 책 이름이 그리 이
상하냐는 의미도 내포되어 있었다. 아이들 참고서나 베스트셀
러 정도 팔아 명맥을 유지하는 동네 서점에 들른 것부터가 잘못
된 발상이었다. 영화 탄생 백주년을 기념하는 뜻에서 그 책이
발간됐을 당시 발행인 격인 '문화학교 서울' 관계자 중 몇을 알
고 지내던 터라 용케 입수할 수 있었던 것인데, 그 책이 영채의
서가에서 어느 날 감쪽같이 사라져 버렸던 것이다.

《불타는 필름의 연대기》는 1895년에서 1995년에 걸친, 세르
게이 에이젠스테인에서 아키 카우리스마키에 이르기까지 보석
같은 영화들을 감독 소개와 함께 추려놓은 국배판 크기의 책이
다. 영채는 이미 읽은 책 중 누군가가 갖기를 희망하면 별 망설
임 없이 양도해 버리곤 했지만 영화책만큼은 남의 손 타는 걸
꺼렸다. 그 가운데서도 《불타는 필름의 연대기》는 특히나 그랬
다. 그것이 없어졌다는 사실을 알았을 때, 영채는 잠시 현기증
을 느꼈다. 누구의 소행인지 짐작되는 바 없진 않았다. 그 아이
만 왔다 가면 소리 없이 책이 사라지곤 한다고 입소문이 무성한
대학 후배가 장본인이 아닐까 막연히 추측하고는 있다. 일 년
전이던가 그 후배가 놀러온 적이 있고, 믿을 만한 기억력은 못

되지만 이후 그 책의 행방이 묘연해진 것 같으니까.

　일간지 측으로부터 원고청탁을 받는 순간 영채는 퍼뜩 프리드리히 빌헬름 무르나우의 〈노스페라투〉를 떠올렸다. 표현주의적 색채가 짙은 그의 영화는 영채에게 신비로움으로 각인돼 있다. 〈노스페라투〉는 올리버 스톤이 만든 〈드라큐라〉의 무성 영화판이라고 할 수 있다. 대다수 영화 평론가들은 올리버 스톤 작품이 가장 원전에 충실하면서 잘 만든 영화라 칭찬하지만 영채의 생각은 달랐다. 영화란 장르가 영상을 가지고 만든다는 점 때문에라도 프리드리히 무르나우의 것을 제일로 쳤다. 영화장면 가운데 드라큐라 백작이 머나먼 길을 이동해 와서 니나를 덮치는 장면이 가장 압권인데, 특이하게도 이 감독은 그 커트를 그림자로 표현, 뛰어난 영상 화법을 선사했던 것이다. 그에 대해 자세히 기술하려면 참고 자료로 《불타는 필름의 연대기》가 있어야 했다.

　후배 집에 가서 슬쩍 책꽂이를 살펴 볼까? '문화학교 서울'이 아직도 건재하다면 한 권 더 얻을 수 있는지 알아 볼까? 광화문 대형 서점엔 있을까? 이런저런 궁리를 하면서 자동차를 세워둔 장소로 왔는데, 그 사이 자동차는 낯선 모습으로 변해 있었다. 전면의 왼쪽 깜빡이등이 박살나 있었던 것이다. 깨진 플라스틱 조각들이 자동차 주위에 널려 있고 꼬마전구는 붉고 푸른 전선을 드러내어 흉물스럽게 축 처져 있었다. 이럴 때 사람들은 흔히 황당하다고 하던가. 아무 생각도 나지 않았다. 화조차 나지 않았다.

잠시 후 정신을 수습한 영채가 고개만 움직여 주위를 둘러봤다. 가해 차량이 근처에 있을 리 없건만 무의식적으로 나온 행동이다. 근처에서 생선 좌판을 벌이고 있는 오십대 남자가 눈에 들어왔다. 영채는 그 남자를 알고 있다. 이 동네 주민이라면 누구나 다 알고 있다. 벌써 십 년이 넘게 같은 장소에서 생선을 팔고 있는 사람이기 때문이다. 영채는 4차선 도로 건너편의 아파트에 살고 있지만, 만화책을 빌린다든가 문구점을 이용하기 위해 가끔 이쪽 상가로 건너오곤 한다. 한 번도 이 남자에게 생선을 산 적은 없지만, 벌써 오래전부터 그 자리를 독차지하고 있다는 걸 알고 있다. 이따금 남자가 쉬는 날이면 이때다 싶어 잽싸게 뻥튀기나 붕어빵 파는 장소로 접수되기도 하는, 말하자면 목 좋은 자리였던 것이다.

무심코 그쪽을 바라보는데, 남자와 영채의 시선이 허공에서 만났다. 진작부터 영채를 쳐다보고 있었을 거라 짐작되는 눈길이었다. 어쩌면? 하는 기대가 영채를 부추겨 그녀는 남자가 있는 좌판 쪽으로 걸음을 옮겼다.

자세히 보니 물오징어나 낙지, 동태, 가자미 따위의 생선이 각각의 스티로폼 안에 들어 있었다. 영채는 앞뒤 말을 다 잘라 내 버리고 물었다.

「혹시 아세요?」

남자는 한 점의 표정 변화도 없이 몽땅한 검지로 자기 땅인 양 한없이 늘어놓은 여러 개의 스티로폼 상자 중 하나를 가리켰다. 처음으로 가까이 본 남자의 눈은 깊이를 가늠할 수 없는 우물처럼 가라앉고 진흙탕처럼 탁했다. 남자의 손가락이 향하고 있는 곳은 예닐곱 마리의 딱딱한 동태가 얼음덩이와 함께 들어 있는 상자였다. 과연 상자 모서리에는 자동차 번호로 짐작되는 숫자가 매직펜으로 휘갈겨서 적혀 있었다.

「언제 그랬어요?」

「아가씨가 상가로 들어가자마자 금세.」

좀 붙잡아 두지 그랬어요, 이렇게 말하고 싶었지만 자칫 힐난하는 투로 들릴까 봐 꿀꺽 삼켰다.

「차종이 뭔데요?」

「녹색 봉고.」

「승합차 말이죠? 저렇게 만들어 놓고 그냥 갔어요?」

「다들 그러지 뭐.」

그런 광경은 하도 흔하게 봐서 이골이 났다는 표정으로 남자가 뚝뚝하게 대꾸했다. 그 말투 속에는, 너라면 안 그럴 거 같니? 라는 의미도 내포돼 있었다. 영채는 펜과 수첩을 꺼내 자동차 번호를 옮겨 적었다. 경기 73 고 6XXX. 필기를 하면서 영채는 내심, 언제 봤다고 반말이야 재수 없어, 이렇게 반발한다. 고마운 마음보다 어째 반감이 고개를 쳐들었다. 고맙습니다, 빈말이나마 치하하고 막 돌아서려는데 남자가 당부한다.

「내가 그랬다고 말하면 안 돼.」

「딱 잡아떼면 어떻게 해요? 증인이 필요할 수도…….」

「그거야 아가씨가 알아서 할 일이고.」

「알았습니다.」

막 돌아서려는 영채를 향해 남자가 중얼대듯 낮게 읊조렸다. 좋은 일 하느라 알려 주긴 하지만 세상이 험하니, 어떤 봉변을 당할지 모르잖아.

「아저씰 곤경에 빠뜨리진 않을 테니 걱정 마세요.」

잠시 말을 끊은 영채는 어쩐지 그래야 할 것 같아 동태를 가리킨다.

「물 좋은 걸로 두 마리만 손질해 주세요.」

「좋고 말고가 어디 있어. 어차피 냉동인데, 매한가지지.」

그냥 쥐도 될 일을 남자는 밉살스럽게 그예 말을 더한다. 안 그래도 속이 상한 판에 남자의 말본새까지 맘에 들지 않으니 기분은 점점 더 나빠졌다. 남자는 딱딱하게 굳은 동태 두 마리를 커다란 목판 위에 턱하니 올려놓았다. 제법 연륜 있어 보이는 튼튼한 목판엔 생선 비늘과 창자 찌꺼기 같은 것들이 너저분하게 들러붙어 있었다. 큼지막한 청록빛 똥파리들도 목판의 일부인 양 미동도 없이 시치미를 뚝 떼고 붙어 있었다. 남자는 목판 모서리에 비스듬히 박혀 있는 중식도(中食刀)를 뽑아내더니 동태 머리 부분을 힘껏 내리쳤다. 생선머리 두 개가 단숨에 툭 끊어졌다. 영채는 순간 오싹해지면서 소름이 돋아났다. 영화 〈델리카트슨〉의 한 장면이 불현듯 떠올랐다. 잘려나간 생선머리는 목판 밑을 받치고 있던 아가리가 넓게 벌어진 붉은 함지로 솜씨 좋게 떨어져 내렸다. 남자가 또다시 식칼을 쳐드는가 싶더니, 그 상태 그대로 스톱모션인 채 물었다.

「두 토막? 세 토막?」

영채는 잠시 황망한 마음이 들어 두 토막에도 세 토막에도 고개를 연신 끄덕였다. 영채의 어정쩡한 반응을 나름대로 해석한 남자는 두 마리의 생선을 다시 나란히 한데 모으더니 몸체를 툭툭 두 번 내리쳤다. 두 마리 동태는 여섯 토막으로 잘라져 노란 비닐에 한 번, 검정 비닐에 또 한 번, 이렇게 두 번 포장되어 영채에게로 넘어왔다.

「대가리도 드릴까?」

남자가 비릿한 웃음을 날린다. 와락 비위가 상한 영채는 입을 꾹 다문 채 잰걸음으로 자동차 가까이 걸어간다. 생선 내장처럼 기어 나와 있는 붉고 푸른 전선을 꼬마전구와 함께 안으로 밀어 넣으며, 한 시간여 전 이수교차로 부근에서 발생했던 또 다른 사고를 떠올린다. 오늘은 참 이상한 날이야…….

약 한 시간 전, 서초동 예술의 전당 맞은편에 위치한 월간 잡지사 〈영상〉에서 일을 마친 후 귀가하던 길이었다. 영채의 자동차는 방배로에서 이수교차로로 진입할 예정이었고, 신호 대기에 걸려 정차하고 있던 상태였다. 신호등이 녹색으로 바뀌자 브레이크 페달을 밟고 있던 오른발을 뗐다. 그 발을 액셀로 옮기려는 찰나, 옆 차선에 있던 트럭이 영채 쪽으로 머리를 들이밀면서 끼어들기를 시도했다. 운전하다 보면 그런 일이란 세끼 밥 먹듯 흔한 일이다. 액셀을 성급하게 밟았더라면 부딪칠 뻔했던 위험천만한 상황이지만 별 불만 없이 길을 터 주었다. 그러나 영채 앞으로 완전하게 끼어들기엔 공간이 부족했던지 트럭은 삐딱하게 진입할 수밖에 없었다. 굳이 당시의 모양을 그림으로 표현하면, 삐딱하게 들어온 트럭의 왼쪽 꽁무니 끝에 영채의 자동차 오른쪽이 거의 붙은 형국이었다.

그 상태로 영채의 자동차를 비롯한 모든 자동차들은 한동안 꼼짝도 못하고 머물러 있어야 했다. 이수교차로는 평소에도 교통 체증으로 악명 높은 지역이지만 영채는 이날처럼 북새통인 것을 본 적이 없다. 꼬리에 꼬리가 물려 있는 자동차들로 거대한 주차장을 방불케 했다. 사당에서 반포 방면으로 직진하려는 차량들이 이상하게 꼬이는 바람에 이쪽저쪽 할 것 없이 근방의 교통 흐름이 원활하게 흐르지 않고 있었던 것이다. 그러다 자동차들이 조금씩 움직이기 시작하자 영채 역시 브레이크 페달에 놓여 있던 발을 살짝 뗐는데, 순간 자동차 오른편에서 뭔가가 깨지는 소리가 났다. 영채의 자동차 오른쪽 깜빡이등이 트럭 뒤편 모서리에 부딪쳐 깨졌을 거라 상상하기는 어렵지 않았다. 아무리 트럭이 끼어들었다 해도 앞차를 받은 건 뒤차의 잘못임에 틀림없었다. 도로교통법 제17조에 명시된 '안전거리 확보'를 위반한 것일까? 아, 빌어먹을. 공연히 양보했잖아. 좋은 일하고 욕먹게 생겼네.

트럭 운전자가 제발 시비 걸어오지 않기만을 기원하며 초조한 심정으로 기다렸다. 그 운전자가 다가와 뭐라고 하면 재빨리, 얼마 드리면 될까요? 이렇게 저자세로 나간 뒤 그가 하자는 대로 해결을 볼 참이었다. 그런데 이상했다. 트럭 운전자는 하차하기는커녕 어떤 신호도 보내지 않았다. 너나없이 짜증 내고 있을 혼잡한 도로 여건상 트럭 운전자는 현명한 선택을 한

것이다. 적어도 영채 입장에선 그랬다. 그렇긴 해도 솔선수범
하여 먼저 미안하다고 말해야 하나 말아야 하나 갈등을 겪은
건 사실이다. 영채가 취해야 할 행동을 결정짓지 못하고 망설
이고 있는 사이 자동차들은 또다시 올스톱 상태가 돼 버리고
말았다.

　이때 옆 차선 앞쪽에서 갑자기 다투는 소리가 들려왔다. 고
개를 빼서 내다보니 코란도와 소나타였다. 두 운전자는 도로에
내려서서 삿대질을 해대며 다투고 있었다. 사고가 난 것 같진
않지만 무리하게 끼어들기를 시도하던 코란도가 양보할 의사
라곤 눈곱만큼도 없던 소나타에게 된통 걸린 것 같았다. 하지
만 코란도 역시 성질이 만만치 않았던지 서로 잘났다고 다투고
있었다. 우락부락하게 생긴 소나타 운전자는 그렇지 않아도 짜
증 나 미칠 판이었는데 너 잘 만났다, 하는 식이었고 코란도는
코란도 대로, 이렇게 개판인 터에 좀 끼어들었기로서니 그것
가지고 치사하게 뭘 따지고 드느냐, 는 식이었다. 때 아닌 소란
은 지루하던 도로에 돌연 활기를 불어넣었다. 덕분에 운전자들
은 잠시나마 머리를 식힐 수 있었다. 싸움 구경은 불구경만큼
이나 재미지다고 하지 않던가.

　아무튼 영채는 오른쪽 깜빡이등을 순전히 자신의 부주의 탓
에 생으로 깨먹었으며, 제법 시간이 경과된 후에 비로소 동네에
도착할 수 있었고, 책을 사기 위해 그 아파트 상가 뒷길에 자동
차를 세웠던 것이다. 그즈음 영채는 이수교차로에서 깨먹은 깜
빡이등에 대해선 까맣게 잊고 있었다. 다만 차를 세운 곳이 이

따금 구청에서 단속하는 장소였기 때문에 얼른 일을 마치고 돌아와야 한다는 급한 마음만 있었다. 그런데 책은 사지도 못하고 자동차로 돌아온 순간 박살 나버린 왼쪽 깜빡이등이 눈에 들어온 것이다. 영채는 어리둥절했다. 이수교차로에서 일어난 사고가 이렇게까지 엉망은 아니었는데, 라는 생각이 언뜻 들었기 때문이다. 이상하다 생각하며 고개를 갸웃거리는 순간 영채의 시야에 바닥에 흩어져 있는 플라스틱 파편이 들어왔고, 그제야 두뇌가 제대로 기능하기 시작했다. 이건 아까의 사고와는 별개였던 것이다. 영채는 당연히 오른쪽 깜빡이등도 살폈다. 역시나 그것 역시 정상은 아니었지만 상처는 미미했다. 그대로 도로를 활보한다 해도 괜찮을 만큼 등을 감싸고 있는 플라스틱 한 귀퉁이만 조금 깨져 있었다. 그러나 이번에 당한 왼쪽 깜빡이등의 경우는 달랐다. 처참한 모습이었다.

동태가 든 비닐봉지를 들고 자동차를 다시 살펴보자니 속이 상했다. 불쾌하기도 했다. 불편한 심기를 안은 채 영채는 집에 돌아왔다. 우선 시원한 냉수를 한 컵 들이켠 후 이 사태를 어떻게 수습해야 하나 궁리하기 시작했다. 얼마 후 영채는 가해 차량 운전자에게 괘씸죄를 적용하기로 마음 먹고, 114를 통해 경찰청 민원상담실 전화번호를 알아낸 뒤 다이얼을 눌렀다. 전화는 여자 경찰관이 받았다.

「뒷길에 자동차를 주차했는데, 일을 보고 나와 보니 깜빡이등이 박살 나 있었어요. 그런데 사고 낸 자동차의 번호는 알고 있어요.」

「번호는 어떻게 알았어요?」

「근처의 가게 주인이 목격했어요.」

「그러니까 가게 주인이 번호를 가르쳐 준 건가요?」

「예.」

「차주가 자신의 번호를 적어 놓고 간 게 아니고요?」

「그렇죠.」

「뺑소니 사고군요.」

영채는 뺑소니란 단어를 듣는 순간 갑자기 심장이 뛰었다. 텔레비전 뉴스와 신문지상에 오르내리는 무서운 범죄, 뺑소니!

「그런 것도 뺑소니라고 하나요?」

「사고를 내놓고는 도망갔으니까요. 사고 지점이 어디죠?」

영채는 머리로는 뺑소니란 단어를 반복적으로 생각하면서도 입으로는 사고장소를 애기했다.

「그렇다면 영등포구 관할이군요. 제가 가르쳐 드리는 번호로 전화를 거셔서 담당자에게 자세히 말씀하세요.」

전화번호를 받아 적으며 영채가 다시 물었다.

「여기가 어딘데요?」

「교통사고 조사반입니다.」

교통사고? 그 단어도 영채에겐 다소 위압적으로 들렸다. 영채는 경찰관이 일러준 번호로 곧장 전화를 했고, 같은 말을 반복했다. 그리고 덧붙였다.

「이런 경우 뺑소니라면서요?」

「그렇죠.」

영채는 잠시 생각하다 질문을 던졌다.

「깜빡이등 가는 데 얼마 정도 들까요?」

경찰관이 말해 준 가격이 맞는다면 맛있는 점심 식사 했다고 생각하고 그냥 넘어가도 될 만한 금액이었다. 외식했다 치고 그냥 놔둬 버려? 고민하는 사이 경찰관이 말했다.

「사고 자동차를 직접 봐야 하니까 서까지 나오셔야 합니다.」

「지금 당장이요?」

「시간 나실 때 오세요. 절대로 수리하시면 안 됩니다.」

영채는 오늘 내일 사이에 들르겠노라 말하고는 전화를 끊는다. 그제야 시장기를 느낀 영채가 주방 싱크대 위에 놓여 있는 검정 비닐봉지에 시선을 던진다. 저걸 지금 해먹어 말아? 그새 비닐봉지 안엔 물이 흥건했다. 봉지를 거꾸로 들고 플라스틱 바가지에 쏟으니 동태 토막들이 뿌연 물과 함께 우르르 떨어져 내렸다. 내장을 하나도 안 뺐잖아. 영채는 인상을 찌푸리다 문득 동태는 내장째 얼큰하게 요리해야 제 맛이란 사실이 생각났다. 영채는 토막 난 동태의 배를 갈라 내장은 내장대로 살코기는 또 살코기대로 흐르는 물에 몇 차례 씻어 냄비에 넣었다. 그러다 문득 찌개에 들어갈 무가 없다는 사실이 생각나자 맥이 풀린다. 하는 수 없이 냄비째로 냉장고에 넣고는 밑반찬 몇 가지를 꺼내 식탁 위에 늘어놓았다. 젓가락으로 밥알을 집으면서도 내내 머릿속을 떠나지 않는 생각은 가해 차량에 대한 대처였다. 고발을 하면 그 운전자는 졸지에 뺑소니범이 돼 버릴 테고 가만히 있자니 약이 오른다. 인사사고를 낸 것도 아니고 일

부러 그랬을 리 없으니 그냥 참으면 어떨까 하다가도 다시 꽤
씸한 마음이 들면 당장이라도 자동차를 끌고 경찰서로 가고 싶
기도 하다.

식사를 마친 후 양치를 하고 지워진 립스틱을 새로 칠하는 이
유는 경찰서에 가겠다는 마음가짐의 발로랄 수 있다. 영채는 발
코니로 나갔다. 그녀가 살고 있는 아파트는 고층에 위치해서 발
코니에서 내려다보면 근처의 도로 상황을 잘 알 수 있다. 외출
하기 전 흔히 그런 식으로 교통 상황을 체크해 보는 것이 습관
처럼 된 지 오래다. 퇴근 시간이 임박하는 때라 그 시각 4차선
도로는 제법 붐비고 있다. 집에서 영등포 경찰서까진 통상 삼십
분이면 갈 수 있는 거리지만 이 상태라면 좀 더 시간이 소요될
듯하다. 영채는 교통 체증으로 겪게 될 심신의 고단함에 대해
상상해 본다. 가능한 한 많은 경우를 머릿속에 그려 보는데, 이
를테면 이 상태에서 교통 체증으로 인해 피곤함이 더해진다면
스트레스만 더 쌓일 것이라든가, 혹은 나쁜 일은 연이어 온다는
속담처럼 또다시 무슨 일을 당할지 모른다든가 하는 궁리들이
었다. 이런 궁리들은 경찰서에 가고 싶지 않은 마음의 증거라고
할 수 있다. 영채의 이러저러한 궁리는 날이 어두워지도록 이어
졌다.

사건 2

영채의 자동차가 서초동에 있는 잡지사 〈영상〉을 향해 달리
고 있다. 〈영상〉 편집장과 열시 반에 약속이 돼 있기 때문이다.

잡지사의 회전문을 밀고 들어가면서 언뜻 시계를 보니 약속 시간보다 십 분가량 늦었다. 하지만 서울의 교통 사정상 그 정도 늦은 것으론 아무도 시비 걸지 않는다.

사무실에 들어서자 바로 정면으로 편집장이 보이고 그녀는 패션 디자이너 정다나와 수다를 떨고 있다. 정다나는 다리를 외로 꼬고 앉아 있는데 검정 미니스커트 밑으로 퉁퉁한 허벅지가 다 드러나 있고 앞코가 뾰족한 구두가 다리 끝에 달려 있다. 분명 명품이겠지만 비좁은 구두 위로 솟아오른 발등의 살집 때문에 구두의 신음이 들리는 듯하다. 편집장은 큐빅이 촘촘히 박힌 자주색 헤어밴드를 하고 있고, 손톱으로 연신 머리를 긁고 있다.

그런데 그 순간 영채는, 혼란에 빠져든다. 분명 이와 똑같은 상황을 경험한 적이 있기 때문이다. 이게 뭐지? 영채는 눈을 꾹 감았다가 다시 뜬다. 만약 그 상황의 반복이라면, 잠시 후 편집장이 영채에게 정다나를 소개할 것이다. "어, 소리도 없이 오셨네. 아시죠? 패션계의 떠오르는 별 정다나 씨." 이렇게 말한 다음 정다나에게도 영채를 소개할 것이다. "이쪽은 우리 잡지 〈영상〉의 고정필진 오영채 씨예요. 노처녀, 호호. 웬만한 감독들의 필모그래피 정도는 줄줄이 꾀고 있다지요."

영채는 편집장의 분홍빛 입술을 예의 주시하면서 어떤 말이 튀어나오나 긴장한다. 얘기에 열중하던 편집장은 그제야 영채를 발견한 듯 호들갑스럽다.

「어, 소리도 없이 오셨네. 아시죠? 패션계의 떠오르는 별 정 다나 씨.」

영채는 현기증을 느끼지만 어쨌든 정다나와 인사를 나눈다. 그때와 마찬가지로 영채는 편집장의 정다나에 대한 소개에서 패션계의 떠오르는 '뚱보' 정다나 씨, 라는 말로 편집해서 받아들이고는 혼자서 고소해한다. 편집장의 다음 말이 두려운 가운데 기다려진다. 편집장은 정다나를 바라보며 이번엔 영채를 소개한다. 그녀는 여전히 머리를 긁어대고 있다.

「이쪽은 우리 잡지 〈영상〉의 고정필진 오영채 씨예요. 노처녀, 호호. 웬만한 감독들의 필모그래피 정도는 줄줄이 꿰고 있다지요.」

영채는 불가해한 상황에 어쩔 줄 몰라 하면서 의자에 털썩 주저앉는다. 이 정도면 그 다음 상황 전개도 뻔하다. 영채를 홀로 내버려두고 둘이 이제까지 하던 얘기를 마저 할 것이고, 정다나가 "어머 나 약속 있는데 깜빡했네. 내가 요즘 이렇다니까. 손에 가위 들고도 그거 찾느라 사무실을 온통 들쑤셔 놓고 그래요." 이렇게 말하고 나서도 15분가량은 더 떠들다 일어날 것이며 다분히 오버액션을 동반하면서 둘이 작별 인사를 나눌 것이다. 정다나가 사라진 것을 확인하면 편집장은 "디자이너라는 사람이 왜 저렇게 옷 입는 센스가 젬병인지 몰라." 이렇게 흉을 보며 영채가 맞장구 쳐 주길 바랄 것이다. 영채는 물론 그런 말에 대꾸하지 않을 것이며 다소 무안해진 편집장이 아까보다 더심하게 머리를 긁다가 "나 요즘 이상해. 비듬 생겼나 봐. 영채 씨는 두피 가렵지 않아요?"라고 하면 영채는 약간은 비굴한 어투로 "나도 수시로 그래요. 샴푸 바꿔 보시지 그래요?" 이렇게 말을 받을 것이다. 그 다음엔 편집장이 "비듬에 좋은 샴푸 알아요?" 이렇게 물어오면 영채가 "다음에 올 때 하나 사다 드릴까요?"라는 말로 화답할 것이고, 그녀는 또 "어머 어머, 정말?" 이렇게 안면 가득 미소를 띠우며 즐거워할 것이다.

영채의 예상대로 대화는 비듬에서 샴푸로 넘어갔고 다음에 올 때는 그녀가 샴푸를 가지고 오는 것으로 얘기는 매듭이 지어졌다. 이후 두 사람은 내달 원고에 대해 진지한 회의를 했다. 편집장과의 일을 끝내고 지하 주차장으로 내려와 자동차에 시동을 걸며 시계를 보니 점심시간이 훌쩍 넘어 있었다. 식사를 제의하지 않은 것이 못내 마음에 걸렸다. 자기 생각에 골몰하느라 미처 챙기지 못했다. 운전하는 내내 마음이 찜찜했다. 그 편집장은 수다스럽긴 해도 좋은 사람이다. 편집장은 벌써 오 년째 그녀에게 밥벌이를 시켜주고 있다. 그 잡지사는 제법 큰 규모로 출판 사업도 함께 하고 있는데, 영미권 서적을 한글로 번역하는 일감 같은 것도 영채를 위해 챙겨 주고 있다. 그 돈으로 영채는 노후를 보장하는 황금열쇠라는 종신 연금 보험도 들었고 아파트 관리비도 내고, 혹시 모르는 일이라 상피암까지 보장해 준다는 여성 전용 암보험에도 냉큼 가입했던 것이다. 그뿐이랴. 없어서는 안 되는 귀여운 애마의 기름 값도 충당하고 있다. 일을 한 대가로 돈을 받는 거야 당연하지만, 그간 얼마든지 사람을 교체할 수 있었던 것도 사실이다. 해박한 지식을 보유한 영화 마니아도 많고, 이 방면의 평론가들도 널려 있지 않은가. 맘만 먹는다면 얼마든지 바꿀 수 있었겠지만 편집장은 한 번도 그런 눈치를 보인 적이 없다.

자동차는 어느새 이수교차로 가까이 가고 있었고 그녀는 끈적끈적하게 배어 나오는 손바닥의 땀을 감지한다. 지금까지 진행돼 온 것으로 미뤄 본다면 조금 후에 사고가 날 것이기 때문이다. 오른쪽 깜빡이등이 조금 깨지는 정도의 경미한 것일 테고 크게 걱정할 상황은 아니겠지만 같은 일이 재현될지 모른다는 생각에 더럭 두려웠다. 아니나 다를까, 트럭이 영채 쪽으로 머리를 들이밀기 시작했고 잠시 후 그녀의 자동차가 트럭을 박았으며, 부서지는 소리가 났고, 두 운전자 사이에서 싸움이 벌어졌다. 다음 상황은 보지 않아도 뻔했다. 어째서 이미 겪었던 상황이 되풀이되는지 이유야 알 수 없지만 이제 왼쪽 깜빡이등마저 깨지게 될 것이다! 이때 어떤 생각 하나가 퍼뜩 영채의 뇌리를 스치고 지나갔다. 그래, 서점을 가지 않으면 그 사고만큼은 방지할 수 있을 것이다. 자신이 생각해도 신통한 작전이라 영채는 갑자기 즐거워졌다. 갑자기 기분이 너무 좋아져 버린 나머지 이현우의 시디를 찾아서 플레이어에 밀어 넣었다. 테크노 버전으로 출시된 것이기 때문에 이 분위기에선 제격인 음악이었다. 영채는 볼륨을 한껏 올리고 고개까지 까딱대며 노래를 따라 불렀다.

"날 사랑했나요~ 그것만이라도 내게 말해 줘요오오~ 날 떠나가나요~"

영채의 자동차는 복잡한 이수교차로를 통과한 뒤 흑석동을 지나 올림픽대로로 진입하여 아파트를 향해 신나게 달렸다. 드디어 아파트 진입로를 얼마 남겨두지 않은 지점까지 왔다. 왕복 4차선 도로를 얼마간 직진하다가 택시 정류장을 지나자마자 우회전을 하면 아파트 정문으로 들어서게 된다. 영채는 얼마간 기쁨에 들떠 아파트 정문을 향했다. 바로 그 순간이었다. 갑자기 모습을 드러낸 승합차가, 정확히 표현하자면 영채가 들어가려던 아파트에서 튀어나온 '봉고'가 영채의 자동차를 치고 지나간 것이다. 브레이크 페달을 밟고 자시고 할 경황도 없이 와장창 시끄러운 소리가 귀를 때렸고 영채의 자동차 왼쪽 깜빡이등은 그예 박살이 나고야 말았다. 승합차의 운전자는 그러나 자기의 범행을 아는지 모르는지 냅다 달리고 있었다. 자동차의 번호판은 경기 73 고 6XXX였다. 색깔도 같은 녹색의 '봉고'.

몸의 기억

올여름엔 호박 쌈을 참 많이도 먹었다. 야들야들한 호박잎을 손바닥에 펴 놓고 걸쭉하게 끓여 낸 된장국을 밥과 함께 얹어 먹는 맛에, 날이 저물면 절로 입안 가득 군침이 돌곤 했다. 여름 내 먹어도 물리지 않았다. 어머니가 아기 키우듯 정성을 다해 일군 텃밭에서 나온 먹을거리다. 이사 온 첫해엔 고추랑 깻잎만 심었었다. 그러다 감자를 추가해서 올해엔 호박까지 가꾸게 된 것이다. 임자를 알 수 없는 조그만 텃밭은 우리 가족에게 맛난 음식을 제공해 줄 뿐더러 겨울이면 두어 개의 김장독이 깊숙이 묻힐 자리이기도 하다.

날림이 분명한 연립 주택은 나대지로 방치된 너른 땅 한쪽에 지어져 있었다. 지역정보지에 난 분양 광고를 보고 선택한 집 이었다. 서울에서 나고 자란 아내는 성에 차지 않은 눈치였지 만 어머닌 달랐다. 집을 보러 올 때 이미 빈 땅을 눈여겨봤는지,

이사한 이튿날부터 호미를 손에 쥐고 놓을 줄 몰랐다. 처음엔 잡초 무성한 땅이었지만 입주민이 하나둘 늘어남에 따라 사람들은 저마다 눈치껏 땅을 차지했다. 제법 너른 땅을 차지하고 옥수수를 재배하는 주민도 있었지만 아무도 뭐라는 이 없었다. 넉넉지 않은 살림살이를 감안하면 분명 고마운 땅이다. 허나 재래시장 끝머리에서 깻잎조림을 팔고 있는 어머니를 목격했던 순간엔 텃밭이 원수처럼 여겨지기도 했다. 깻잎조림보다 더 납작하게 쪼그라든 주름진 얼굴과 행인을 붙잡고 하나만 팔아 달라고 매달리던 어머니의 손을 나는 잊지 못한다. 머리칼이 허옇게 센 늙은 어미조차 제대로 부양하지 못해 거리에 나앉히는 자식이라니……. 언젠간 좀 더 나은 곳으로 가게 되길 희망하며 주저앉은 집이지만, 이젠 더 이상 나빠지지 않기만을 기원해야 할 형편이다.

아내가 아이와 함께 친정나들이를 간 터라 더욱 무료했던 일요일 오후, 어머니와 나는 마루에 앉아 있었다. 나는 신문을 뒤적이면서 한껏 게으름을 피우던 중이었고 어머닌 소쿠리 가득 담아 온 고추 가운데서 붉은 것만 추려 내고 있었다. 하긴 고추를 말리면 딱 좋을 만한 날이긴 했다. 따사로운 가을볕은 내 눈까풀을 자꾸만 아래로 끌어당겼다.

「병든 닭처럼 꼬박대지 말고 할 일 없으면 약수나 떠오든가.」

어느새 졸고 있었나 보다. 어머니의 지청구에 눈을 뜨긴 했지만 그 요청을 받아들일 생각은 추호도 없었다. 평소 걷는 걸음 수만도 만만찮은 내게 일요일마저 그렇게 보내기를 원한다는 건 잔인한 요구가 아닐 수 없다. 어머니가 뭐라거나 말거나 나는 본격적으로 잠을 청하기 위해 몸을 뉘었고, 어머니의 혀 차는 소리를 마지막으로 단잠에 빠져들었다. 그러다 현관문이 여닫히는 소리에 눈이 뜨였다. 벨소리를 듣지 못할 정도로 깊은 잠에 빠져 있었던 모양이다. 누가 왔나 싶어 몸을 일으키던 나는 깜짝 놀라고 말았다. 생소한 모습으로 들이닥친 사촌 누님 때문이었다.

사촌 누님은 어림잡아 170센티미터 정도는 되지 싶은 껑충한 키에 앙상하게 마른 몸을 하고 있었다. 그래서 어려서부터 키다리로 불렸다. 그거야 하등 새로울 것이 없지만 내 정신이 번쩍 든 이유는 병색이 완연한 얼굴과 함께 누가 봐도 눈여겨 볼 수밖에 없는 이상한 차림새 때문이었다. 어머닌 누님을 반기기는커녕 눈살을 있는 대로 찌푸렸다. 목에 주렁주렁 걸려 있는 목걸이하며 황금색으로 번쩍대는 귀고리로 그녀는 천박하게 보였고, 손가락이 모자랄 지경으로 끼워져 있는 싸구려 반지 또한 가관이었다. 게다가 검은 선글라스까지 쓰고 나타났으니 우리가 놀란 건 이루 말할 수 없을 지경이었다. 더욱 수상했던 건 실내에 들어와서도 선글라스를 벗지 않았다는 점이다. 어머니도 나도 사촌 누님도 서로를 바라볼 뿐 누구도 입을 열지 않았으니, 이는 감돌기 시작한 낯선 분위기 탓이었다.

아직은 덥쟈? 이 한마디를 던졌을 뿐, 주방으로 간 어머닌 가스레인지에 주전자를 올리고 찬장에서 찻잔을 꺼냈다. 순서를 미리 정해놓기라도 한 것처럼 이번엔 냉장고문을 열어 포도를 꺼낸 다음 흐르는 물에 씻어 접시에 올리더니 인스턴트커피 병을 꺼냈다. 어머닌 티스푼으로 가루 커피를 떠서 천천히 찻잔에 담았다. 구리 주전자가 김을 내뿜자 가스레인지 스위치를 돌려 불을 끈 다음 찻잔에다 뜨거운 물을 부었다. 이 동작 역시 매우 느렸다. 나는 그 뒷모습만 봐도 어머니의 심경을 헤아릴 수 있었다. 온힘을 다해 말을 아끼고 있는 중인 것이다. 어머닌 사촌 누님이 대체 왜 그런 모습으로 나타났는가에 대해 곰곰이 생각할 시간을 갖고 싶었던 것이다. 나와 사촌 누님은 말없이 어머니의 뒷모습을 바라볼 뿐이었다. 세 사람이 자아내는 편치 않은 침묵이 집안 공기를 답답하게 만들고 있었다.

커피가 담긴 찻잔 세 개와 포도 접시를 다과상에 차린 어머니가 이윽고 우리 쪽을 향해 돌아섰다. 나는 냉큼 일어나 그쪽으로 가서 상을 들었고 어머니와 함께 누님 곁으로 와서 앉았다. 동그란 다과상 주위를 에워싸고 앉은 우리 가운데 누구도 입을 열지 않고 있었다. 나야 어머니한테서 어떤 말이 튀어나올지 궁금해서 그랬다 치더라도 누님은 어째서 입을 다물고 있었을까. 자신이 생각해도 행색이 별스럽다는 걸 인지하고 있어서였을까.

예상대로 어머니가 먼저 입을 열었다. 다분히 핀잔 조였다.

「김실아, 안경 좀 벗어라. 내 눈이 다 침침하다.」

어머니의 언짢은 심기가 고스란히 담긴 말이었다. 김실이는 사촌 누님의 택호다. 어머니에겐 질녀가 되는 그녀가 김 씨 성을 가진 남자에게 시집갔기 때문에 붙여진 것이다. 어머니의 노골적인 꾸지람을 듣고서야 누님은 마지못해 선글라스를 벗었는데, 움푹 파인 눈 주위로 나 있는 자글자글한 주름이 마치 딴사람 같았다. 몇 달 새에 눈에 띌 정도로 폭삭 늙어 버린 것이다. 대번에 누님 신상에 큰일이 벌어졌다는 걸 눈치챌 수 있었다. 어머니도 어지간히 놀란 듯, 참으로 수상쩍지 않느냐는 뜻을 담은 모종의 사인을 내게 보냈다. 누님은 벗은 선글라스를 조심스럽게 한쪽으로 밀어 놓았다. 갑자기 걱정스런 안색으로 돌변한 어머니가 달래듯 물었다.

「근데, 기별도 없이 갑작스럽게 무슨 일이냐?」

「작은 엄니 보고 싶어 왔지요.」

「지랄. 보고 싶긴.」

어머니가 누님을 향해 가자미눈을 해 보였지만 그리 싫지 않은 기색이었다.

누님은 첫 남편을 사고로 잃은 후 재가해서 살고 있었다. 누님의 이날 모습이 가당찮게 여겨진 이유는 평소 그녀의 행동에 배치되기 때문이다. 자신의 몸을 치장하기는커녕 남이 쓰다 버린 물건까지 주워 와서 고쳐 쓰는 사람이었다. 귀퉁이가 떨어져 나간 소반이라든가 갓이 찢어진 전기스탠드, 스펀지가 삐져나와 있는 의자 따위도 누님 손에만 들어오면 번듯하게 변했다. 누님과 함께 나이를 먹어 가는 그 집의 세간들 역시 비록 볼품은 없지만 틈만 나면 꼼꼼하게 손질하고 닦아대서 반질반질했다. 그렇게 알뜰살뜰 사는데도 쉰이 된 지금까지 평생 제집 한 번 가져 보지 못한 사람이 바로 이 누님이다. 본디 깔끔한 성격임에도 이상하게 장성해서까지 소변을 가리지 못했다. 결혼을 하루 앞둔 날 밤, 친정에서 보낸 마지막 밤까지 요 홑청에 세계 지도를 그리고 말았다는 얘기는 아직도 유명하다.

누님은, 그녀에겐 작은 어머니가 되는 내 어머니를 따랐던 만큼 제집보다는 우리 집에서 생활한 적이 더 많았는데, 특히 오줌을 싼 이튿날이면 틀림없이 찾아들곤 했다. 그때마다 어머닌 그녀를 따뜻이 품어 주고 깨끗하게 빨아 말린 옷가지를 입혀서 집으로 돌려보냈다. 그렇게 정이 든 두 사람은 고향을 떠나 타지에 와 각각 터전을 마련하고서도 그 어느 친척보다 가까이 지내고 있다.

남편을 잃은 누님이 처자 있는 남자와 떠들썩하게 스캔들을 뿌리다 재혼한 것은 혼자된 지 칠 년인가 팔 년째 되던 해였다. 야뇨증은 절로 치유됐지만 누님은 아이를 갖지 못하는 불행을 겪어야 했다. 지금의 남편은 호인형으로 인물 또한 좋다. 누님과 결혼할 당시 직업 군인이었던 매형은 이혼과 재혼으로 이어지는 복잡한 사생활이 문제되자 옷을 벗었다. 이후 중장비 운전 기술을 익혀 중동 지역 건설 현장에 자리를 얻어 떠났다. 그러나 땀방울과 바꾼 돈은 단기간에 망해 버린 내 사업체와 함께 흔적 없이 사라지고 말았다. 그 생각만 하면 지금도 난 그들 부부 앞에 고개를 들 수 없다.

「김 서방 신경통은 좀 어떠냐? 아직도 매한가지여?」

가히 설탕물이라 불러도 손색이 없을 달디단 커피를 숭늉 마시듯 후루룩 소리 내어 들이켜면서 어머니가 매형의 안부를 물었다.

「신경통이야 그렇다 쳐도 놀고 있으니 속이 타 죽겠어요. 다
리가 시원찮으니 중장비는 엄두도 못 내는 모양입디다. 아파
트 경비 자리 알아보고 있긴 한데…….」

나는 슬슬 그 자리가 껄끄러워지기 시작했다. 아니나 다를까
어머니의 얼굴이 나를 향했다. 난 그 순간 나도 모르게 찻잔을
손에 쥐고 얼른 입술에 갖다 댔다.

「그 더운 나라에서 고생고생해서 번 돈 다 없앴으니 네가 책
임을 져야 하지 않겠니? 무슨 방법이라도 마련해 봐라.」

「언제적 일인데 아직까지도 그 얘기를 해요. 동생이 나한테
돈 대라고 한 것도 아니고. 순전히 이자 받아 먹고 싶은 내 욕
심 땜에 그렇게 된 거니까 내 잘못이 더 크죠.」

「이자나 제대로 줬나? 쪼끔 주다 말았지. 애한테 밀어 넣지
말라고 그렇게나 말렸는데 말도 더럽게 안 듣더니만. 그게 어
떤 돈이냐, 글쎄.」

내가 궁지에 몰리게 되자 민망한 시선으로 어머니를 흘깃대
던 누님이 분위기를 바꾸고 싶었는지 들고 온 가방을 제 앞으로
끌어당겼다. 커다란 가방의 지퍼를 여니 무엇인가가 잔뜩 들어
있었다. 그 속에서 나온 것은 몇 개인가의 사과와 배에다 마른
오징어 한 축에 단단히 매듭지어 있는 검정 비닐봉지였다.

「아이고, 미쳤어. 별걸 다 싸왔네.」

어머니의 말에 빙긋이 웃던 누님이 검정 비닐봉지를 푸는데,
닭발이 가득 들어 있었다. 어이가 없는지 벌어진 입을 다물지

못하는 어머니에게 누님이 설명했다.

「소주 넣고 푹 과서 국물을 잡숴 봐요. 신경통에 그렇게 좋대요.」

「그럼 신경통 있는 네 서방이나 해 줄 것이지 왜 들고 왔냐.」

「그 사람도 요즘 매일 먹고 있으니까 걱정 마시고 드셔 보세요.」

「나는 콜라만 마셔도 팽 도는 사람인데 소주를 어떻게 마시냐.」

「술맛은 하나도 안 나니까 걱정 마세요. 닭발도 쫄깃쫄깃하고 맛있어요. 김 서방은 물 마시고 나는 닭발 씹고 요즘 그러고 살아요, 우리.」

키다리 누님이 조그만 닭발을 손에 쥐고 뜯어먹는 상상은 그 와중에도 조금은 즐거웠다. 어머닌 이후로도 한참을, 오징어는 또 왜 가지고 왔냐. 네 서방이 즐겨 먹는 거 내 다 알고 있는데…… 해가면서 누님을 나무랐다. 어머닌 매사에 그런 식이었다. 면박 주는 것이 애정의 표시이자 정겨움의 표현이었다. 그래서 누님은 타박을 맞아도 항상 웃었다.

두 사람 사이에서 이런저런 대화가 오가긴 했지만 조심스러웠는지 어머닌 누님의 행색에 대해선 일언반구도 없었다. 나중에 매형에게 물어볼 요량인 것 같았다. 누님의 두 눈에 졸음이 담기자 어머닌 그녀에게 잠시 눈 붙이기를 권했다. 사양도 않고 방으로 들어가는 누님의 뒤를 따라 어머니마저 사라지자 갑자기 비어 버린 마루엔 누님의 가방에서 나온 잡다한 것들과 함께 나만 달랑 남게 되었다. 두 사람은 잠을 자기는커녕 도란도란 말소리가 마루까지 새나왔다. 모녀지간이라도 이처럼 다정할 수는 없을 것이다. 무료해진 나는 오징어 한 마리를 찢어 먹기 시작했다.

지금 생각하면 왜 그랬는지 모르겠다. 되지 않은 자신감에 사로잡힌 나머지 다니던 직장을 그만두고 회사를 차렸다. 그러나 2년도 되기 전에 깡그리 망해 먹고 말았다.

빚만 잔뜩 짊어지게 된 나는 막막한 심정으로 걷고 있었다. 가판대에 빼곡하게 꽂혀 있는 타블로이드판형의 정보지들이 세찬 바람을 맞으며 부르르 떨고 있었다. 지푸라기라도 잡고 싶은 심정으로 그것들을 집어 들었고, 사기성이 농후한 광고 문구들을 읽게 되었다. '나이 불문 성별 불문, 기본급 150에 수당 포함 200, 성과급 지급, 적극적인 사고의 소유자 환영'이라는 내용을 담은 세 줄짜리 구인 광고는 척 봐도 사실성이 결여되어 있었다. 그럼에도 나는 전화번호를 눌렀고 한 시간쯤 뒤엔 팀장이란 자 앞에 섰다. 칸막이 하나 없이 툭 트인 드넓은 사무실엔 양복 차림의 남자들이 수십 명 앉아 있었다. 허우대도 모두 멀끔했다. 나는 그곳이 다단계회사란 걸 이내 눈치챘고, 정보지에 기재되어 있는 급여 또한 거의 불가능에 가까운 액수란 것도 금세 감지했다. 그럼에도 그곳으로 출근하게 된 데에는 수많은 팀장들의 성공담에 솔깃했기 때문이다. 언젠가는 나도 그렇게 될 수 있을 거라는 실낱 같은 희망을 품게 되었달까.

이렇게 어느 날부터 나는 정수기 외판을 하게 되었다. 외판원이라는 단어 속에 들어 있는, 생존을 위한 치열한 투쟁과 비굴함은 경험해 보지 않은 사람은 결코 모른다. 연민에 찬 눈으로 나를 보는 친구들, 차갑게 외면당해도 혹시 모를 후일을 위해 서운한 기색조차 함부로 내비치면 안 되는 현실 속에서 나는 나의 본질을 잃어 가고 있었다. 시시때때로 서럽게 치받치는 모멸감엔 아직도 적응하지 못했다. 거짓 미소를 짓고 이 사람 저 사람 눈치를 보다 보면 입술 가득 경련이 일어날 지경이었다. 연고를 파먹어야 하는 일이기에 늘 괴로웠다.

텔레비전에서는 프로야구 중계가 한창이었다. 롯데 자이언트 소속의 한 선수가 막 홈런을 날린 직후여서 카메라에 잡힌 관중석은 열광의 도가니를 이루고 있었다. 난 왜 저들처럼 열광할 수 없을까. 저러한 열정이 세상을 이끄는 원동력이 될 수도 있을 터인데. 나의 실패는 어쩌면 열정의 부재 탓이 아닐까. 이런저런 생각에 잠겨 채널을 바꾸니 클래식 연주회 녹화 방송이 나오고 있었다. 그 프로는 더없이 지루했다. 차라리 열광적인 쪽이 낫겠다 싶어 채널을 바꾸려는데, 전화기가 찌르르 울렸다. 벨소리가 지나치게 커서 두툼한 방석으로 눌러놓았더니 언제나 그렇게 죽는 소리를 낸다. 매형의 전화였다.

반쯤은 졸면서 보던 야구 중계도 '정규 방송 관계로' 끝나고 햇살의 기세가 한풀 죽을 즈음, 매형이 도착했다. 꺼칠한 얼굴하며 궁색한 차림새에서 나는 또다시 가책을 느껴야 했다. 매형은 신을 벗고 올라서기가 무섭게 은밀한 목소리로 물었다.

「그 사람은?」

어머니 방을 가리키는 나의 눈짓에 그가 고개를 끄덕이더니 내 손을 잡아끌었다. 안방에 들어와 앉자마자 매형은 담배부터 꺼냈다. 불을 붙여 주면서 그의 안색을 살폈다. 이때 방문이 살며시 열리더니 어머니가 얼굴을 디밀었다. 매형은 담배를 서둘러 끄면서 땅이 꺼져라 한숨을 내쉬었다.

네 가구가 옹기종기 모여 사는 한옥에서 사촌 누님 내외는 방 한 칸과 부엌 한 칸을 차지하여 살고 있었다. 주인집을 제외하면 누님 내외를 포함해 세 세대가 빈한한 살림살이를 꾸려 가는 곳이었다. 그런데 석 달 전쯤, 세를 살고 있는 두 집 여자들 사이에 싸움이 벌어졌다. 언쟁의 발단은 빨랫비누 한 장이었다. 가운데 방에 살고 있는 여자가 바깥채 여자의 빨랫비누를 장기간에 걸쳐 사용한 모양이었다. 알뜰하게 썼더라면 싸움까지 번지지는 않았을 텐데, 경우 없이 헤프게 썼던 모양이다. 안 그래도 벼르고 있던 참에 마침 외출에서 돌아오던 바깥채 여자가 현장을 목격했고 시비가 붙었다.

「난 그때 허리가 쑤셔서 누워 있었어요. 싸움이 벌어진 걸 알고는 있었지만 섣불리 끼어들 수도 없고, 그러다 말겠지 싶었죠. 그런데 그날 밤 저 사람이 끙끙 앓지 뭡니까. 캐물었더니 싸움 말리다 머리를 얻어맞았다잖아요. 하필이면 바깥채 여자가 가운데 방 여자를 후려치려고 할 찰나에 저 사람이 가운데로 끼어들었던 거죠. 스텐 세숫대야 있죠? 그걸로 맞았답니다.」

자다 말고 일어나 불을 켠 매형이 누님을 살펴보니, 이마 부

분이 상당히 부은 것은 물론이려니와 시퍼렇게 멍까지 들어 있
었다.

「단순한 타박상이려니 하고 그날은 호랑이 고약을 발라 주었
죠. 제가 한국 들어올 때 면세점에서 몇 개 사온 타이거밤 아
시죠? 그거요. 그런데 몇날이 흘러도 계속 머리가 아파 죽겠
다는 거예요. 황소고집이라 병원에 가려고 해야 말이죠. 그러
다 저도 안 되겠다 싶었든지 어느 날은 병원에 함께 가보자고
하대요.」

「병원에서는 뭐랍디까?」

「이것저것 검사해 봤는데 이상이 없대요. 그런데도 계속 아프
다고 하니 환장할 노릇 아닙니까. 머리만 아프면 걱정도 안
합니다. 아까 이상하지 않았어요?」

누님은 달포 전부터 생소한 행동을 하기 시작했다고 한다. 반
지 같은 건 어울리지 않는다며 끼고 다닌 적도 없는 사람이 갑
자기 뭐든지 걸치기 시작했다는 것이다. 매형이 귀국길에 사온
물건들, 화장품이나 핸드백 같은 것들도 내 기억엔 누님 것이었
던 적이 없다. 잘 보관해 두었다가 되팔아 살림에 보태 쓰곤 했
다. 대신 자기는 손잡이가 헤진 구식 가방이나 유행 지난 옷가
지들을 되는대로 입고 다녔다. 그러던 누님이 변한 것이다.

「저 사람도 여잔데, 왜 멋부리고 싶지 않겠습니까? 못해 주는
내가 나쁜 놈이죠. 문제는 꼴불견으로 이것저것 닥치는 대로
하고 다닌다는 겁니다. 사람들이 힐끗대며 쳐다볼 땐 쥐구멍
에라도 들어가고 싶다니까요.」

그러던 어느 날 매형은 모처럼 만에 낚시를 하고 왔다. 밤늦게 돌아온 매형의 눈앞에 펼쳐진 광경은 눈을 의심할 지경이었다. 여기저기 흩어져 있는 먹다 남은 과자 부스러기들과 뒹굴고 있는 음료수병은 차라리 봐줄 만했다. 누님은 선글라스를 낀 채로 자고 있었는데, 입 속에 뭐가 들어 있는지 양쪽 볼이 불룩했다. 간간이 우물대며 입 안의 것을 씹어 대기도 했다.

「그뿐이 아닙니다. 며칠 전엔 은수저 찾겠다고 집안을 발칵 뒤집어 놓았어요. 음식은 태우기 일쑤고 설탕 대신 소금을 넣지 않나, 밥 안치면서 물도 안 붓죠, 시도 때도 없이 과자 사다 쟁여 놓죠, 이러다간 제가 돌아 버리겠어요.」

누님은 평소 우리 집에 와서도 갓 지은 밥은 마다하고 기어이 식은 밥을 찾아내선 덥석 국에 말아 먹는 사람이다. 남의 손이 가지 않는 반찬에만 젓가락질을 하고, 없는 살림에 고기반찬을 해 줘도 시늉만 할 뿐 좀체 먹으려 들지 않았다. 그건 매형과 누님 사이에서도 마찬가지였다. 양보하는 사람은 늘 누님이었다. 그런데 요사인 먹을 거라면 게 눈 감추듯 먹어 치워서 매형 입엔 들어갈 새도 없다고 한다. 까짓것 못 먹으면 어떠냐고, 자신이 먹지 못해 이러는 건 절대 아니라고 해명을 하면서 매형은 말을 계속 이어 나갔다. 유리알처럼 반짝이던 방바닥도 이젠 과자나 사탕 부스러기 때문에 찐득거리니 방안 곳곳에 개미가 기어 다닌다고 한다.

「아이고 불쌍한 것. 병원은 계속 다니고 있는가?」

「아무 이상이 없다는데 다니면 뭐 합니까. 어떻게 손을 써야 할지 원.」

매형도 이젠 지쳤다는 표정을 해 보였다. 그간 혼자서 적잖이 애를 먹은 모양이다.

「아무래도 얻어맞은 게 원인인 거 같은데, 그 여자들에게 얘기 해 봤습니까?」

묵묵히 듣고 있던 내가 묻자 매형이 손을 휘휘 내저으며 대답한다.

「첨엔 말도 못 꺼내게 하더라니까. 매일 얼굴 맞대고 사는 처지에, 미안하다고.」

「그럼 그쪽에선 아직도 몰라요?」

「지금이야 알지. 그렇지만 치료비 얘긴 차마 못 하겠더라고.」

「두 사람 다 너무 착해 빠져서…….」

어머닌 안타까운 표정으로 매형을 건너다 본다.

「어제도 큰아들 내외가 속초에서 사 왔다며 오징어 한 축을 놓고 갔는데, 어디다 감췄는지 아무리 찾아도 없더라고요.」

「오징어는, 그러니까…….」

민망해진 어머니가 말을 더듬었다.

「여기 들고 왔네.」

「그랬습니까? 그거 잘됐군요. 전 또 어따 감춰 뒀거나 다 먹어 치웠나 해서요.」

그러다가 말이 그렇다 싶었는지 곧 정정했다.

「아, 먹는 거야 누가 뭐랍니까. 감추고도 장소를 금세 잊어먹으니, 나중에 곰팡이라도 생기면 냄새나고.」

그때 방문이 열리며 누님이 들어왔다. 자고 난 직후라 더욱 푸석푸석해진 얼굴이 차마 보기 민망할 지경이었다.

「이 사람아! 어딜 가면 간다고 말을 해야지. 얼마나 찾아다녔는지 알아!」

그러자 누님은 오히려 눈을 둥그렇게 뜨며 항의했다.

「어머 사람 잡겠네. 작은엄니 댁에 간다고 했잖아.」

매형은 거보라는 표정으로 나와 어머닐 번갈아 쳐다보았다.

「지랄. 네가 암말도 않고 왔으니까 그러지. 말하고 왔으면 사방으로 찾아다녔겠냐.」

「분명히 애기하고 나온 것 같은데.」

누님은 금세 자신 없어 하는 표정으로 말꼬리를 흐렸다.

그날 저녁에도 누님은 어김없이 찬밥을 찾아냈다. 어머니와 누님은 서로 먹겠다고 실랑이를 벌였으나 결국엔 누님이 자기 국그릇에 덥석 부어 버렸다. 그런 모양새를 보노라면 누님의 상태는 누가 봐도 말짱했다.

제법 많은 날이 흘렀다. 서늘해진 가을바람에 등 떠밀리듯 귀가하니 누님이 딸아이와 공기놀이를 하고 있었다. 기척 없이 마루로 올라선 나는 아이의 앙증스런 손등에 공기알이 위태롭게 얹혔다가 데구루루 굴러떨어지는 모양을 바라보았다. 아이만 보면 내 마음이 자꾸 슬퍼지는 것은 아빠 노릇을 제대로 하지 못하고 있다는 자책 때문이다. 비로소 나를 발견한 누님이 활짝 웃으며 반긴다.

「동생 왔어? 요새 공기는 가벼워서 옛날 기분이 영 안 나.」

누님은 연둣빛 플라스틱 공기알을 내게 보이며 말간 얼굴을 했다. 이때 어느새 다가온 어머니가 누님을 흘겨보며 타박한다. 「생일 쇠러 왔단다. 기장 미역에다 한우까지 사 왔다. 집에도 미역 많은데 무슨 지랄로 그런 걸 다 갖고 온다니. 어련히 상 안 차려 줄까 봐. 다시멸치 한 봉하고 무말랭이랑 장조림 병 까지 들고 왔다니까. 인제 살림도 안 할 참인가 봐.」

어머니의 애정 표현은 언제나 이렇게 투박해서 모르는 사람 은 오해하기 십상이다. 그 말투 때문에 아내의 마음고생이 어지 간했다. 어머니의 평상시 말투조차 꾸지람으로 들렸던 것이다. 지금도 간간이 혼자 무안해하는 걸 보면 완전히 적응하지는 못 한 것 같다.

옷을 갈아입기 위해 방으로 들어가니 아내가 뒤쫓아 와서 소 리 죽여 소곤댄다.

「아까 누가 위층 문을 마구 두드리지 뭐야. 아무도 없으면 그 냥 돌아갈 것이지 왜 저러나 싶어서, 한마디 하려고 올라갔거 든. 그랬더니 형님인 거 있지. 날 보더니 뭐라 그러시는지 알 아? 언제 이사 갔냐는 거야.」

마루로 나가니 빈 과자봉지들이 여기저기 널려 있다. 그것들 을 치우고 있노라니 누님이 아이와 함께 들어왔다. 그새 나갔 었나 보다. 누님의 손에는 길쭉한 널빤지가 들려져 있었다. 진 흙이 덕지덕지 묻어 있는 더러운 판자였다. 어머니의 퉁박이 있었음은 물론이다. 그러나 누님은, 집에 가져가서 선반을 만 들면 좋지 않겠냐며 배시시 웃었다. 잠시 후 아령이나 해 볼까

해서 발코니로 나가 보니 그 널빤지가 비스듬히 세워져 있다. 몰라보게 깨끗이 변한 모습이라 아까 그것이 맞나 의심이 갈 정도였다. 대패질이 잘 돼 판판하고 반질반질한 것이 아닌 게 아니라 선반으로 쓰면 꼭 알맞게 생기긴 했다. 나도 모르게 웃음이 나왔다.

이튿날 아침, 떡집에 주문했던 시루떡이 도착하자 조촐한 생일잔치가 열렸다. 아이의 노래에 맞춰 박수를 치고 있는데, 전화기가 울렸다. 매형이었다. 매형의 자제들이 새엄마의 생일상을 차려 주려고 왔는데, 정작 주인공이 없으니 매형 입장이 난처해졌다며 하소연한다. 그들은 오래 전부터 이날 아침 오겠노라고 기별해 왔고 누님 또한 알고 있다는 것이다. 누님은 생일 당일 일찍 귀가하겠다고 말하고 우리 집에 왔던 것이다.

어머닌 네모반듯하게 잘려진 시루떡을 봉지봉지 여러 개 싸서 가방에 넣어 주며 어서 가라고 누님을 재촉했다. 그런데 신발을 신던 누님이 갑자기 마루로 올라서더니 아내의 손을 잡아 끌었다. 누님이 아내의 귀에 대고 무슨 말인가 속삭이자 아내가 부리나케 방으로 들어갔다 나왔다. 아내의 손엔 쇼핑백이 들려 있었고 그것은 누님에게로 넘겨졌다. 그러자 누님의 얼굴이 대번에 환해지더니 인사를 하는 둥 마는 둥 현관문을 열고 나갔다. 그녀가 멀리 사라질 때까지 우리 모두는 짠한 마음으로 집 앞에 서 있었는데, 그제야 아내가 쇼핑백의 정체를 밝혔다.

「내 원피스 있잖아. 이번 여름에 당신이 시장에서 사 준 거. 그게 형님 맘에 들었던 모양이야. 자꾸 만지작거리면서 예쁘다고 하시기에 내가 선물로 드린다고 했거든.」

누님은 미역국엔 수저도 대 보지 못한 채 그렇게 황망히 돌아갔다. 깨끗이 씻어 말린 널빤지도 물론 갖고 가지 못했다. 집에 돌아간 누님은 생일상을 받은 후에 순금 쌍가락지를 찾겠다며 또 한바탕 소란을 피웠다고 한다. 예전에 팔아 치운 반지가 나올 리 없었다. 하필이면 자식들이 있는 자리에서 그랬으니 민망해진 것은 그들이었다. 아무리 새어머니의 근황을 들었다곤 하나 내내 어찌할 바를 몰라 쩔쩔매다 갔다고 한다. 그날 밤 누님은 오줌을 싸고 말았다. 과거 오줌을 싸 놓고 큰어머니 몰래 우리 집을 찾았던 것처럼 또 그렇게 어머니를 찾아왔다. 그때와 다른 점이 있다면 더럽혀진 것들을 빨아 널고 왔다는 사실 정도였다.

퇴근해 들어가자 누님은 내 손을 잡으며 제 풀에 겸연쩍게 웃어 보였다. 그녀는 종일 쏘다닌 나보다 더 피로한 모습이었다. 코끝이 찡했다. 그날 밤, 누님은 두 사람이 누우면 빠듯할 지경으로 작디작은 방에 어머니와 나란히 누웠다. 늙으면 초저녁잠이 많아지는 대신 새벽잠이 없어진다고 입버릇처럼 말하곤 하는 어머닌 이 날도 새벽녘에 눈을 떴는데, 해괴한 광경에 차마 몸을 일으킬 수 없었다. 누님은 뭔가를 연신 집어먹고 있었고 장롱 속에 걸려 있어야 할 어머니의 옷가지들이 여기저기 흩어져 있었다. 얼마간 정신 나간 사람처럼 먹어 대더니 앉은 채로 꾸벅꾸벅 졸기 시작했다. 그제야 어머니가 일어나 앉았다. 마른 나무 등걸처럼 힘없이 벽에 기대어 자고 있는 누님의 모습은 보기만 해도 처량하고 안쓰러웠다. 누님의 입 안이 불룩했다. 설마 하던 일을 눈으로 똑똑히 확인한 어머닌 질녀의 입을 벌리고 그 안의 것을 꺼낸 뒤 물수건으로 입 주변을 닦아 주었다. 누님은 밤사이 자신이 저지른 행위는 까마득히 모른 채 우리가 조반을 먹을 때까지도 일어날 줄을 몰랐다.

여느 날과 마찬가지로 출근길에 나선 나는 누님 생각에 골똘했다. 그러다 문득 대학 병원 신경 정신과 전문의로 있는 동창생이 떠올랐다. 출근을 뒤로 미룬 채 그를 찾았다. 점심시간이 돼서야 자리를 함께한 그에게 누님의 증상을 비교적 상세히 설명하고 소견을 물었다.

「외상후신경증이란 거야. 전환장애 혹은 외상후 스트레스장애라고도 불리는 병이지.」

「그게 뭔데?」

「억압된 욕구의 일부가 상징적으로 전환되어 표현되는 질환이야. 일부 연구자는 이 질환을 중추신경계에서 발생한 어떤 장애로 보고 있기도 해. 대개 한 번에 한 증상이 나타나는데, 그 증상이 없어지면 얼마 후 새로운 증상이 나타날 수 있어. 어느 날 갑자기 나타나 수일 또는 1개월 정도 지속되다가 갑자기 소실되기도 하고. 특별한 외상이 없어도 심리적으로 나타날 수 있는 병이지. 환자의 성격이 예민한 편이지? 이 병은 성격상 히스테리가 있는 사람에게 나타나기 쉬운 증상이야. 그분의 생활 정도는 어때? 상중하로.」

「하.」

그럴 줄 알았다는 듯 동창은 고개를 끄덕였다.

「예컨대 교통사고 환자들한테서도 이와 유사한 예가 종종 나타나는데, 피해자 측이 자기가 실제 당한 것보다 더 많이 다쳤다고 생각하는 거야. 그러다 보면 스스로도 착각에 빠져 버려. 빈곤층에게 대부분 해당하는 얘기지. 일부러 엄살떨거나 때론 과장해서 행패를 부리는 피해자들도 적지 않아. 치료비를 많이 받아 낼 수 있거든.」

「누님의 경우도 그렇단 말인가? 가해자 쪽이 미안해할까 봐 알리지도 못하게 했다던데.」

「점잖은 체면에 대놓고 말은 못 해도 은연중에 보상을 바라는 거지. 그래서 이상한 행동을 보이는 거야. 본인은 그걸 자각하지 못할 수 있지.」

「그래서 안 하던 짓도 하고 기억력도 없어지고 그런단 말인가? 난 도무지 이해할 수가 없어.」

「충분히 그럴 수 있어. 그런 행위 속엔 자신도 모르게 저질러지고 있는 것이 물론 더 많겠지만 분명히 알고 하는 부분도 있을 거야. 가령 과자를 입에 넣고 자는 일 따윈 무의식 속에서 벌어지는 것일 테지만 목걸이를 몇 개씩 착용한다든지 하는 행위는 의식적일 수도 있겠는걸? 아무튼 한번 모셔와 봐.」

「치료 방법은 있는 건가?」

「가해자의 적절한 물질적 보상이 병을 호전시킬 수 있어. 중요한 건 가해자가 보상을 해 준다는 걸 본인에게 분명하게 인식시켜야 효과가 있다는 거야. 정신과 치료도 병행해야 해.

주위에서 괜찮다고 말해 주면서 용기를 북돋워 주고 약물치료도 겸해야지. 그렇지만 이때의 약물치료는 순전히 부대적인 치료 방법에 지나지 않아. 즉 환자에게 투여되는 약은 병에 대한 직접적인 치료제가 아니라 심리적인 안정을 노리는 처방일 뿐이란 얘기지. 만약 이대로 방치한다면 그 상태가 고착되기 십상이야. 자세한 건 환자와 상담해 봐야 알겠지만 내 경험상 환자가 자신의 행동을 많은 부분 자각하고 있으리라 여겨지는군.」

평생 절약과 내핍이 몸에 밴 생활을 해 온 누님의 변모된 모습. 비록 그 직접적인 원인이 외적인 충격 때문이라고는 하나 유독 먹을 것이나 겉치레에 집중적으로 이상이 나타나는 건 어찌 설명해야 할까. 동창생의 말에 따르면 알고 저지르는 부분도 있을 거라고 하는데, 그렇다면 누님은 이 기회를 이용하여 자신이 그간 억눌러 왔던 먹을 것과 입을 것에 대한 욕구를 의식적으로 발산하고 있는 것이란 말인가? 난 문득 누님이 그러한 행동을 보이게 된 근본적인 원인이 내게 있는 것이 아닐까 하는 생각을 하게 되었다. 먹지도 입지도 않고 모은 돈이 허무하게 사라졌다는 사실, 그건 그녀에게 적잖은 충격을 주었을 것이다. 가깝게 지내는 사이다 보니 대놓고 원망할 순 없었지만 마음속 깊은 곳엔 그것의 억울함이 자리하고 있을 것이다.

누님이 비정상적인 상태로 남은 생을 영위해야 할지 혹은 물질적인 갈증이 해소되면 정상으로 되돌아올지 그건 모를 일이다. 하지만 물질적인 보상이라니, 누가 그걸 해결해 줄 것인가.

매형의 처지로도 거의 불가능에 가깝고 나 역시 우리 가족의 생계조차 이어가기 힘들 지경이니.

이런저런 생각 끝에 문득 벌써 오래 전에 돌아가신 할머니가 생각났다. 귀가 먼 상태로 아흔이 넘도록 장수하다 세상을 뜬 할머니는 큰집에서 모시고 있었는데, 생선 토막 같은 걸 감춰 놨다가 혼자 꺼내 먹곤 했다. 이 사실을 눈치챈 이후부터 큰어머닌 할머니 방에 소리 없이 군것질거리를 넣어 뒀다. 나는 큰집에 갈 때마다 기회를 봐서 할머니 방에 들어갔고, 눈깔사탕이라도 눈에 띄면 얼른 몇 알 집어 호주머니에 감췄다. 나중에 꺼내보면 먼지와 실밥 같은 온갖 잡다한 것들이 묻어 있었다. 그래서 사탕을 입에 넣고는 몇 번인가 침을 뱉어 내야만 했다. 차마 깨물기 아까워 달콤한 물을 빨면서 오래도록 그 맛을 즐겼다. 그러나 그 짓도 오래가진 못했다. 나의 사탕 도둑질을 눈치챈 큰어머니의 엄중한 감시 때문이었다. 사탕을 못 먹게 되자 난 공연히 할머니를 미워했고, 심지어는 빨리 돌아가시길 바라는 마음까지 갖게 되었다. 할머니가 없으면 그 사탕들이 우리 아이들한테 돌아올 것이라 여겼기 때문이다. 물론 할머니가 처음부터 그랬던 건 아니다. 그렇게 변하기 전까진 좋은 것이나 맛난 것이 있으면 손자들에게 나눠 주기 바빴으며 정작 당신은 식구들이 외면하는 음식을 골라먹곤 했다. 그렇다면 사촌 누님이 앓고 있는 병을 돌아가시기 직전에 내보인 할머니의 식탐과 연결하여 생각해도 되는 것일까.

정오가 지난 도심의 유리 건물은 햇살을 받아 물고기 비늘처

럼 번뜩이고 있었다. 하루 종일 양지에서 해바라기라도 하고 싶
은 마음을 뒤로하고 사무실 계단을 오르면서 난 불현듯 몸을 떨
어야 했다. 오늘이 바로 월말이라는 데에 생각이 미쳤기 때문이
다. 사무실 한쪽 벽에 그려진 막대그래프의 내 실적은 보나마나
제일 바닥일 것이다. 순간 나는, 의사 동창에게 정수기를 권하
지 않은 걸 후회했다.

아버지가 사는 법

아버지의 방은 언제나 그렇듯이 담배 냄새에 절어 있고 고물
이 다 된 텔레비전은 일그러진 화질로 저 혼자 왕왕대고 있다.
요즘엔 어떻게 된 일인지 케이블 방송을 신청하지 않으면 공중
파 화면도 제대로 나오지 않는다. 잠시 잠깐 환기라도 시키면
좋으련만 꼭 닫힌 창문은 겨우내 한 번도 열린 적이 없지 싶다.
윤이 기억하기에, 도배한 지 채 2년도 안됐지만, 어디로도 빠져
나가지 못한 담배 연기는 벽지와 천장을 그새 누렇게 물들이고
있었다. 비닐 장판도 담뱃불 세례를 비켜갈 수 없었는지 눌어붙
은 상처가 꽤 여러 군데다. 창문 아래쪽 벽에 바싹 붙여 둘둘 말
아 밀어 놓은 이부자리가 좁은 방을 더욱 어지럽게 만들고 있었
고, 애초엔 아름다웠을 색동무늬 요 커버도 아버지의 나이만큼
이나 쇠락한 모습을 보이고 있다. 엄마가 이 방에 드나들지 않
고 있다는 사실은 꼬질꼬질하게 때가 탄 이불깃이나 베갯잇의

얼룩만 봐도 알 수 있다. 가끔씩 둘러보고 챙겨 주면 좋을 텐데, 하는 생각에 윤은 아버지가 가엾다. 그럼에도 속마음과는 달리 잔소리부터 나온다.

「어유 냄새. 문 좀 열어 놓으시지.」

윤이 손부채를 만들어 과장되게 흔들며 창문께로 다가서자 아버진, 아서라 아직은 바람이 차다, 이렇게 무뚝뚝하게 대꾸한다. 당신의 투박한 말투가 이제 막 친정에 도착한 맏딸에게 조금은 미안했던지 설핏 웃어 보인 듯도 하지만 이내 하던 일을 계속한다. 아버진 붓글씨를 쓰는 중이다. 출가시킨 자식들에겐 손수 쓴 서예 작품을 나눠준 지 오래지만 당신 살아생전에 윤의 사촌이나 육촌에게도 선사해야 한다며 틈나는 대로 붓을 손에 쥔다. 자칫 방구들 신세를 질 수도 있는 연세에 소일거리가 있다는 건 좋은 일이다. 더욱이 그것이 서예라는 데에 윤은 적이 흡족한 마음을 갖고 있다.

「티브이는 보시지도 않으면서 뭐 하러 하루 종일 켜 놔요? 화질도 안 좋은 걸.」

윤이 리모트 컨트롤의 전원 버튼을 누르려고 하자 아버지가 그냥 두라며 짜증을 낸다. 아버지의 반응에 잠시 움찔하지만 윤도 지지 않고 대꾸한다.

「재방송이잖아요.」

「아, 글쎄 놔두래도.」

「드라마 즐기지도 않으시면서.」

「다른 데는 그나마 잘 안 나온다.」

「그러니까 그냥 꺼요. 괜히 전기 요금만……」

아버진 더 이상 대거리하기 싫다는 듯 윤의 손에서 리모컨을 빼앗아 뭉쳐 있는 이불 틈 사이로 쑥 넣어 버린다. 주위가 조용하면 영 불안해서 그런다……. 아버진 변명 비슷하게 우물거리다 담배를 입술에 문다. 필터를 빨 때마다 홀쭉한 볼이 표 나게 쑥 들어갔다가 다시 제자리를 찾는다. 이젠 정말 영락없는 노인이구나 생각하니 새삼스레 측은한 마음이 든다. 그리 생각해서인지 양 어깨가 오늘따라 유독 초라해 보인다. 아버지의 말대로 텔레비전을 켜 놓아야 마음이 안정된다면 화면이라도 제대로 볼 수 있게 해 드려야 하지 않을까? 그렇다면 유선 방송에 가입시켜 드려야 하나? 윤이 잠시 생각에 잠긴다. 아버지의 굽은 등을 안된 심정으로 바라보다 샛노란 바닥재 위로 떨어지는 담뱃재가 눈에 거슬리자 불쑥 다시 잔소리가 튀어나온다.

「담배도 이젠 끊으시지.」

애가 오늘 따라 왜 이리 유난을 떨고 있나, 하는 표정으로 아버지가 윤을 흘끗 보는데, 귀찮아하는 기색이 역력하다.

「지저분하기도 하지만 몸에서 냄새나잖아요. 연세가 드실수록 깔끔해야 남들한테서 대접받아요.」

「됐다. 이대로 살다 죽으련다.」

아버지는 괜한 어깃장을 부린다. 세월이 흘러 대통령이 몇 번이나 바뀌고 세상살이 역시 어지러울 정도로 변했지만 아버지의 고집은 한결같다. 맘먹은 일은 주위의 누가 뭐라던 기어이 하고야 마는 성격이다. 흡연 문제만 해도 그랬다. 그렇게 오랜 세월 엄마와 티격태격 다툼을 벌였지만 절대로 물러서지 않고 있다. 그 성격을 윤은 누구보다 잘 알고 있지만, 오늘은 공연히 시비를 걸어 보는 것이다. 아버진 심사가 뒤틀린 듯 미간을 잔뜩 접은 채 먹을 간다. 은은한 묵향이 코로 들어오지만 담배 냄새는 그보다 훨씬 더 강해 묵향을 집어삼켜 버린다.

짐짓 부드러운 말투로 윤이 화제를 바꾼다.

「안락의자는 보셨어요?」

수원 친정에 들른 것은 아버지에게 안락의자를 사 드리기 위해서다. 지난 구정 때 아버지가 무릎의 고통을 호소한 탓이다. 텔레비전을 쪼그리고 봐서 그런가? 아버진 지나가는 말처럼 덧붙였다. 그때 윤은, 연세가 드시면 누구나 신경통이 있는 거라고 대수롭지 않게 대꾸했지만 내내 목에 걸린 가시처럼 편치 않았다. 자식 중 누구 하나 귀 기울이지 않았다는 사실도 송구스러웠다. 그러다 문득 텔레비전 시청을 즐기는 편이니 등받이가 높은 안락의자라도 하나 있으면 낫지 않을까 싶은 생각을 했던 것이다. 온라인 송금으로 처리할 수도 있었다. 그러나 아버지의 성격으로 미뤄볼 때 미덥지 않았다. 필경 허드레 의자 하나 눈가림으로 사 놓고는 나머지 돈은 호지부지 부셔지기 십상이지 싶었다. 미용실을 신출내기 직원에게만 맡겨 두고 친정에 온 이유다. 사 주는 사람이나 받는 사람이나 온전한 물건을 들여놓는 게 생색도 나고 아버지를 위해서도 좋을 것 같았다. 비싸도 괜찮으니 좋은 거 봐 놓으세요. 제가 시간이 없으니까 돈만 치르면 되게요. 아셨죠? 이렇게 신신당부까지 했었다.

윤이 아버지 방에서 나오니 올케가 선웃음을 지으며 달라붙었다.

「아버님께서 뭐라 그러셔요?」

「뭘 뭐라 그래?」

「혹시 제 말씀 안 하세요? 요즘은 누가 오시기만 하면 아범하고 제 흉을 보시는 것 같더라고요.」

「왜 켕기는 거 있어?」

역시 시누이라 마음과는 달리 불쑥 이런 말이 튀어나오고야 만다.

「나름대로 성심껏 하고 있는데, 그렇게 생각하지 않으시는 것 같아요. 혹시 우리만 맛난 거 먹지 않나, 저희들끼리만 좋은 데 가지 않나, 늘 그런 눈치세요. 요즘 들어 부쩍 역정도 자주 내세요. 아까도 반찬 타박하셔서 민망해 혼났어요. 형님도 아시다시피 아범이 일 년째 저렇게 빈둥거리며 놀고 있으니 특별히 신경 쓸 수 있나요. 애들 학원도 제대로 보내지 못하는 터에……..」

올케는 속이 상해 죽겠다는 듯 긴 말을 늘어놓더니 말끝에 아예 울음까지 묻힌다.

「아버지 성격 유난스러우시잖아. 올케 수고하는 거 다 알고 있으니 안심해. 만약 아버지께서 올케에 대해 섭섭한 말씀을 하시더라도 다 감안해서 들을 테니 걱정 말고.」

그제야 우그러졌던 올케의 얼굴이 판판하게 펴진다.

잠시 후 감색 춘추 양복에 베이지 색 트렌치코트를 걸친 아버지가 마루로 나왔다. 코트가 계절에 비해 턱없이 얇다 싶다. 머리 위엔 예외 없이 중절모가 얹혀 있다. 아버진 모자를 즐겨 쓴다. 예전엔 오로지 멋부리기 위해 그랬지만 요즈막엔 멋도 멋이지만 벗어진 대머리를 감추기 위한 의도도 있는 것 같다. 아버지는 지금까지도 칠순의 나이를 용납 못하는 눈치다.

「대체 모자가 몇 개예요?」

「한 스무 개쯤 될 거다.」

「그 많은 모자 다 어디다 쓰시려고요?」

「어디다 쓰긴, 머리에 쓰지.」

올케가 옆에서 쿡 웃는다.

「두어 개만 있어도 될 걸 웬 모자가 그렇게 많아요. 그런 거 살 돈 있으면 차라리 영양가 있는 음식이나 사드시지.」

아버진, 한낱 뱁새가 봉황의 뜻을 어찌 알겠느냐는 듯 헛기침을 한 다음 윤을 흘긴다. 아버지가 현관으로 가서 구두에 발을 꿰는데, 파리가 낙상을 할 정도로 반질반질하다. 젊은 시절에 비해 변한 구석이 거의 없다. 아버진 소문난 멋쟁이였다. 돈만 생기면 죄다 겉치레에 소비했다. 현실성 없는 아버지 때문에 엄마의 고생이 심했다. 그 때문에 엄마는 아직도 아버지를 고운 눈으로 보지 않고 있다.

절기상으론 춘분이 지났다고 하지만 추위는 여태 옷 속을 파고들었다. 그러나 아버지의 옷차림은 누가 봐도 영락없는 봄나들이용이었다. 거리를 둘러봐도 아버지를 빼곤 모두 두꺼운 옷차림이다.

「겨울 코트 입고 나오실 걸 그랬어요.」

성큼성큼 앞서 걸어가는 아버지를 잰걸음으로 쫓아가며 윤이 걱정하자 아버진 허풍 섞인 헛기침을 다시 한 번 한다.

「옷이 너무 두터우면 자고로 사람이 둔해 보이는 법이다.」

지나치게 점잖은 아버지의 말투에 윤은 웃음이 나온다. 멋 내다 감기 걸릴 위인이시다.

아버지가 갑자기 주위를 휘 돌아보더니 자동차는 안가지고 왔느냐고 묻는다. 집근처 공터에 주차돼 있는 승용차를 가리키며, 타고 가시게요? 윤이 이렇게 묻자 아버지가 고개를 젓는다. 멀지도 않은데 무슨 차를 타고 가냐며 짧게 말한 뒤 또 앞서 걷는다. 큰 키에 풍채 역시 당당하던 아버지였는데, 지금 보니 왜소하기 그지없다. 나이가 들면 뼈가 주저앉는다더니 그 말이 맞는 모양이다. 오늘따라 아버지의 모습 하나하나가 윤을 서글프게 만든다.

윤은 문득 아버지와 다정히 걸어본 적이 없다는 생각을 해 본다. 집 밖에서 가족이 함께 할 수 있는 자리란 것이 자식들의 졸업식 혹은 입학식밖에 없던 시절, 아버진 그런 자리에 와서도 마음만 앞서선 가족과 떨어져서 앞쪽에서 혼자 걷곤 했었다. 급한 성질 탓이었다. 그러다 마음만큼 뒤따라오지 않는 가족을 발견하면 연신 혀를 차면서 걸음을 재촉했다. 하지만 그러한 무뚝뚝한 모습 뒤에 또 다른 얼굴이 있다는 걸 윤은 알고 있다. 윤이 중학생이던 시절, 동네 다방 마담과 찬찬히 걷던 모습을 윤은 기억한다. 평소 모습과는 영판 다른 얼굴이라 윤은 혼란스러웠다. 입가엔 은은한 미소가 서려 있었고 표정도 밝았다. 아버진 행복한 표정으로 다방 마담의 말에 귀를 열어 주며 느릿느릿 보조를 맞추면서 걸었다. 윤은 그때 처음으로 아버지도 남자라는 사실을 인식했다. 아버지의 옆자리에 젊은 마담 대신 엄마를 끼워 넣어 보기도 했었는데, 영 그림이 아니었다. 윤은 그때, 중매로 만나 부부의 연을 맺게 된 엄마를 아버지가 어쩌면 흡족하게 여기지 않을지도 모른다는 생각을 언뜻 했었다. 그게 사실이라면 아버진 불행한 결혼 생활을 하고 있는 것이라며 공연히 십대의 감상에 젖어 동정심을 갖기도 했었다. 다방 마담이 지나간 자리엔 하이힐이 찍어 놓은 구멍이 송송 나 있었다. 윤은 아버지의 데이트 장면을 엄마에게 고자질한 적이 없다. 어린 마음에도 엄마에게 상처가 되지 싶어 그랬을 것이다. 하지만 엄마가 몰랐을 리 없다. 흔한 말로, 누구네 집 수저가 몇 벌이란 것까지 서로 알고 지내던 작디작은 마을이었던 것이다. 노년의 아버지가 엄마에게 대접받지 못하는 이유 가운데 하나가 여기 있을지도 모른다. 그때도 아버지의 머리엔 중절모가 얹혀 있었다. 모자를 즐겨 썼기 때문에 탈모 현상이 빨리 나타났을 수도 있다. 사십대 초반부터 아버지의 대머리는 진행되었던 것이다.

아버지가 4층짜리 시멘트 건물로 성큼 들어선다.

「이런 곳에 가구점이 있어요?」

아무리 봐도 그럴만한 건물로 보이지 않아 윤이 의아한 얼굴로 묻는다. 아버진 천연덕스러운 얼굴로, 아니다. 가구점이야 대로변으로 나가야 있지. 이런 곳에 무슨…… 커피나 한 잔 하려고 그런다, 이렇게 말한다.

「집에서 마시는 인스턴트커피는 영 맛이 안 좋아서 말이다. 난 꼭 하루에 한 번씩은 여기 와서 커피 마신다. 너 그거 몰랐니?」

그 고상한 취미를 여태 모르고 있는 윤을 오히려 나무라는 투다. 윤은 웃음이 터져 나오려는 걸 억지로 참는다. 까다로운 시아버지 모시느라 올케 고생도 예삿일은 아닐 것이다. 음식 타박은 또 얼마나 유난스러운지, 절대로 한 번 밥상에 올린 반찬은 연이어 올리면 안 되었다. 올케에게 따로 용돈을 집어주는 처지도 아니면서 아버진 이렇게 늘 당당하다. 변변치 않은 아들을 둔 처지라 오히려 며느리 눈치를 볼 수도 있으련만 아버진 그렇지 않다. 무엇을 시키든 무슨 일을 하든 당당하기만 하다. 단 한 사람, 엄마 앞만 아니라면 어디서든 그렇다.

서민 동네의 커피숍이 그렇듯 그곳 역시 별스럽지는 않았다. 얼굴의 주름이 조금은 덜 드러날 것 같은 적당히 어두운 실내에다 커다란 수족관이 있는 곳이었다. 수족관엔 미련스러워 보일 정도로 불룩한 배를 가진 붉은색 물고기가 느릿느릿 수초 사이를 헤엄치고 있었다. 좌석과 좌석의 경계수 역할을 하는 플라스틱 화초는 얼핏 보기에도 먼지투성이였다. 아버지가 들어서자 여인 하나가 함박웃음에 한복 치맛자락을 팔랑이며 뛰듯이 다가왔다. 그러다 바로 뒤에 서 있는 윤을 보는 순간 멈칫했다. 이 나이에도 아버진, 아무튼 못 말려……. 윤은 어이가 없다.

「큰딸이라네.」

아버지가 한껏 가라앉힌 점잖은 음성으로 말하자 여인이 윤을 찬찬히 살핀다.

「아유 미인이시네. 아버질 쏙 빼닮으셨어요. 딸내미가 아버질 닮으면 잘 산다지요? 서울에 사신다는 그 따님 맞죠?」

여인은 다정스럽게도 윤의 어깨에 손까지 살짝 올렸다 뗀다.

커피 두 잔 맛있게 내려 오라는 아버지의 주문에, 특별히 말이죠? 이렇게 애교까지 부리던 여인이 주방 안쪽으로 사라지자 아버지가 낮은 음성으로 말한다.

「이 집이 이래 봬도 원두커피 전문점이란다.」

「전문점이면 뭐 별다른가요?」

심드렁하게 대꾸하는 윤의 말투가 맘에 들지 않는지 아버지가 쯧 혀를 찬다. 혀를 차는 것은 아버지의 오랜 버릇이다. 엄마는 아버지의 이러한 습관도 못마땅해한다.

「그래, 넌 일이 잘 되느냐?」

「미용실 일이야 늘 그렇죠. 그냥저냥 밥 먹고는 살아요.」

「밥만 먹고 살아서야 쓰겠니. 박 서방은 여태 그 일 붙잡고 있느냐?」

「그 사람 고집이야 아버지보다 더하면 더했지 뒤지지 않잖아요.」

윤의 말이 끝나자마자 아버지가 얼굴을 찡그리며 나무란다.

「어째서 거기다 날 찍어 붙이냐 붙이길.」

그러거나 말거나 윤은 들은 척하지도 않고 심드렁한 음성으로 말을 잇는다.

「이젠 박 서방이 뭘 하든 전 상관도 하지 않아요.」

「쯧! 사람이 훌훌 털고 새로 시작할 줄도 알아야지. 융통성이
라곤……. 너라도 일찌감치 노후 대책 세워 놓아라. 금방이
다. 나도 생전 안 늙을 줄 알았다……. 살아 보니…… 잠깐
이더라.」

아버지의 얼굴 가득 회한이 담긴다. 패기만만하던 시절, 재미
있는 일만 쫓아다니느라 미처 노후 준비를 하지 못한 당신의 전
철을 밟지 않길 바라는 마음일 것이다. 물론 성장하는 동안 익
히 봐 왔던 터라 아버지의 충고가 없어도 그럴 생각이다. 문제
는 이 집의 외아들 현이다. 윤과 다섯 살 터울의 현은 한 직장에
진득하게 붙어 있지 못하고 방황하는 게 버릇처럼 돼 버렸다.
올케를 임신시켜 이십대 초반에 일찌감치 처자식을 거느리게
된 현은 자식을 셋이나 낳아 놓고도 여태 정신을 못 차리고 있
다. 게다가 낭비벽이 있는 것은 아버지를 쏙 빼닮았다.

「그나저나 현이 마음 좀 잡게 만들어 봐요. 가장 된 지가 언젠
데.」

「아예 틀렸다. 이젠 집 가지고 재변 부릴 생각까지 하고 있는
것 같더라.」

「무슨 말씀이세요?」

「집이 낡았느니 구조가 불편하다느니 투정을 부리더니, 요즘
은 헐어 내고 다세대 주택인가 뭔가 짓고 싶어서 안달이라더
라. 월세 받아먹으면서 빈둥거릴 심산인 것 같다.」

「젊은 애가 직장도 없이 평생 그러고 살겠대요?」

「제 놈이 감히 내 앞에서야 말을 꺼내지 못하지만 제 어미한테는 그런 눈치를 보이는 것 같더라. 한심한 놈 같으니.」

「집 지을 돈도 없으면서, 무슨…….」

「전세 들이면 건축비용 도로 다 빠진다더라. 그보다 집 지을 동안 어디에 가 있느냐 말이다. 추잡하게 딸네 집 전전하며 살 수도 없는 일이고.」

「그거야 저희 집에 와 계셔도 되지만.」

「난 싫다. 내 집 놔두고 뭐가 아쉽다고 그런 짓을.」

「그래도 건축비는 내야 될걸요. 전세 들일 동안 기다려 주진 않을 테고. 은행 융자 받으려나? 이자 감당은 어떻게 하고?」

「아, 내가 아니? 나한테 묻지 마라.」

아버진 괜히 윤에게 짜증을 부리지만, 그녀는 오히려 아버지가 더 원망스럽다. 씨도둑질은 못한다더니 꼭 맞는 말이네요. 하마터면 버르장머리 없이 이렇게 말할 뻔했다. 아버지 역시 할아버지 부동산만 믿고 젊은 시절 얼마나 방탕했던가. 할아버지는 돌아가시는 날까지 아들네 생활비며 손자들 학비까지 책임져야 했다. 집 한 채라도 끝까지 지니고 있었으니 망정이지 그렇지 않았다면 지금쯤 집칸도 없이 처량한 신세가 될 뻔했다. 자식이 여럿이니 거리로 내몰진 않겠지만 지금처럼 아들 며느리에게 큰소리치며 당신 뜻대로 살 순 없었을 것이다. 그 집도 엄마가 목숨을 내놓고 매달리지 않았더라면 벌써 사라졌을 집이다. 엄만 시집온 이후로 이것저것 마음고생을 많이 한 탓인지 아버지에게 눈곱만 한 정도 없다. 각방 쓴 지도 오래됐다. 핑계야 담배 냄새 때문이라고 하지만 이기적이기만 하던 아버지의 젊은 시절에 대한 일종의 복수일 거라 윤은 생각하고 있다. 엄마의 입장에서 보자면, 예전의 허랑방탕했던 시절보다 현재 아버지의 모습이 더 미울 수도 있다. 엄마가 가족의 생계를 전적으로 책임지고 있기 때문이다. 그런 입장이니 젊은 시절과 달리 지금은 엄마 말이라면 아버진 꼼짝도 못한다. 이 집의 철없는 아들이 무슨 일이 됐건 엄마하고만 의논하는 이유가 여기 있다. 윤은 친정만 생각하면 한숨이 절로 나왔다. 젊디젊은 남동생 내외는 두 손 놓고 있고, 팔도 유람하면서 놀아도 시원찮을 나이에 아직껏 돈벌이를 하고 있는 엄마 때문이다.

일부종사하느라 아버지 곁을 떠나지 못했던 엄마는 마음을 붙일 목적으로 젊어서 식당을 시작했다. 그것이 지금은 일가족의 생계 수단이 되고 만 것이다. 하지만 벌써 몇십 년째 꾸리고 있는 식당에는 아버지는커녕 현이조차 코빼기도 보이지 않는다. 아버진 천성이 폼 잡으면서 사는 위인이라 그렇다 쳐도 젊은 녀석까지 그 지경인 것이다. 식당에 나가 배달이라도 도우면 좋으련만 아버지를 쏙 빼닮은 현은 굶어 죽을 지경이 돼도 그런 일은 하지 않을 녀석이다. 차려입고 나가면 누가 봐도 있는 집 자식처럼 허우대가 멀끔한 동생이다. 그것 역시 아버지와 다르지 않다. 실속은 없이 겉만 멀쩡한 것하며 씀씀이 헤픈 것까지 부자지간이 완전 판박이다. 하지만 거기엔 엄마의 그릇된 자식 사랑도 큰 몫을 했다고 볼 수 있다. 놀기 좋아하는 외아들의 유홍비를 아버지 몰래 대 주었기 때문이다. 아들이 손을 벌리면 과부 고리 돈을 꿔대서라도 융통해 줄 정도로 엄마는 아들이라면 끔찍하게 여기며 살아왔다. 지금은 그렇지 않을 것이라 짐작하지만 또 모를 일이다. 그런 엄마이니 아무리 못나도 아들에 대해서는 한없는 사랑만 있을 뿐이고 남편만 마냥 미운 것이다. 윤은 불현듯 부아가 치받친다. 이놈의 집구석은 올 때마다 마음 편할 날이 없지. 꼭 신경 건드리는 얘길 듣고야 만다니까. 얼마 후면 집을 헐어 내느냐 마느냐 문제로 시끄러워질지 모른다. 자주 올 수 있는 형편은 못 되지만 친정에 왔다 가는 날이면 언제나 마음 한구석이 찜찜해지곤 했다. 심기가 불편해진 윤이 신경질적으로 발딱 일어선다.

「이제 가요. 빨리 일 보고 저도 올라가야죠.」

「아직 다 마시지도 않았는데, 뭘 그리 서두느냐?」

아버진 윤이 재촉하거나 말거나 느긋한 표정이다. 윤은 그런 아버지가 와락 얄밉다.

담배 한 대 더 피우고, 잔에 남아 있는 마지막 한 방울의 커피까지 여유롭게 다 들이켜고 나서야 아버지는 중절모를 집어 든다. 윤의 불편해진 심사를 눈치챘는지 어느 순간부턴가 아버지의 입술이 굳게 닫혔다. 부녀는 길 건너 대로변에 위치한 가구점에 도착할 때까지 싸운 사람들처럼 한마디도 주고받지 않는다.

아버지를 따라 윤이 맨 처음 들어간 곳은 최근 들어 부쩍 광고료를 많이 쏟아 붓고 있는 유명 브랜드 가구점이었다. 화려하고 드넓은 매장이 책상이나 침대, 장롱 따위로 꽉 들어차 있다.

「여기서 마땅한 안락의자 보신 거 있으세요?」

아버진 윤의 물음에는 대꾸도 하지 않고 진열된 가구들을 이 것저것 만지작댄다거나 서랍장을 공연히 뺐다 넣었다 하기도 한다. 윤의 눈치를 슬그머니 보는가 싶더니 침대 주위를 어슬렁 대기도 한다. 매트리스를 꾹꾹 눌러 보고 걸터앉아서 엉덩이를 들썩여 보기도 한다.

「아버지!」

윤이 짜증 어린 목소리로 아버지를 재촉한다.

「안락의자 봐 놓으신 거 있냐고요?」

여전히 눈길은 침대에 둔 채 윤의 눈치를 슬쩍슬쩍 살피던 아 버지가 슬그머니 눈을 내리깐다. 그러고는 준비해 둔 생각인 듯 작은 소리로 말한다.

「안락의자보다 침대가 훨씬 쓸모 있지 않겠냐. 걸터앉아 테레 비 봐도 되니 의자 구실도 하고 말이다. 나이 들면 이불 개고 펴기가 얼마나 힘이 드는지 넌 모를 거다. 한 짐이다, 한 짐! 너도 나이 들어 봐라.」

윤은 아버지의 말이 끝나기 무섭게 톡 쏘아붙인다.

「넓지도 않은 방에 침대 갖다 놓고 나면, 따로 앉으실 자리도 없잖아요.」

「그러니까 침대에 앉는다잖니. 내가 하는 말 어디로 들었냐. 나도 이젠 쭈그리고 앉아 있는 거 지겹다. 그래서 무릎도 더 아픈 거다. 네가 뭐 알기나 하겠냐만…….」

「누가 아버지더러 쭈그리고 앉아 계시래요?」

윤의 가시 돋친 말에 무안해진 아버지의 얼굴이 순식간에 벌게졌다. 그러거나 말거나 윤은 할 말은 해야겠다 싶다.

「침대에서 주무시면 허리 아프다고들 하잖아요. 침대 생활 하다가도 연세 들면 오히려 바닥에서 주무신다던데, 어떻게 아버진 거꾸로 말씀하세요.」

윤은 울화가 치민다. 안락의자를 사기로 하고 나선 길인데, 이제 와서 갑자기 침대 운운하는 것부터가 어이없다. 마음속으로는 이미 침대를 사기로 작정하고 길을 나선 것임에 틀림없다. 아버진 늘 이런 식이었다.

「더블침대는 비쌀 테니, 요기 요 싱글은 어떠냐. 공간도 덜 차지하고 말이다. 어차피 네 엄마는 내 방에 들어오지 않으니 신경 쓸 필요도 없다.」

아버지가 얼굴을 풀고 다정하게 말한다. 그러나 윤은 이미 아버지의 말은 듣지 않고 있었다. 그녀의 눈은 안락의자를 찾아 헤매고 있지만 넓디넓은 매장 어디에도 그런 것은 없었다. 다만 주니어용이나 사무용 의자만 있을 뿐이다. 아버지가 애초부터 침대를 염두에 두고 있었던 게 아니라면 이곳에 자신을 데리고 왔을 리 없다. 아버지의 의뭉함에 진저리가 났다. 부녀지간도 이럴진대 부부사이엔 어떨 것인가. 윤은 새삼 엄마를 향해 동정심이 샘솟는다.

「여긴 없네요. 다른 데 가 봐요.」

「그러자꾸나.」

아버진 못내 아쉬워했지만 더 이상 고집을 피우지는 않았다. 윤은 아버지의 속내를 모른 척하기로 하지만 마음까지 편할 리는 없다.

「서운하게 생각 마시고, 등받이가 높은 안락의자나 보러 가요. 그래야 붓글씨 쓰시는 짬짬이 편히 쉴 수 있죠. 그리고 있잖아요, 아버지. 그런 안락의자는 티브이 볼 때 얼마나 편하다고요. 그러니까…….」

「알았다, 알았어.」

순순히 따르는 아버지를 보자 윤은 갑자기 마음이 짠해져서 아버지께 죄송스러웠다. 아주 잠시지만 침대를 사 드릴까 하는 생각도 해 본다. 애초의 목적을 반드시 지켜야만 할 필연적인 이유가 있는 것도 아니고, 아버지를 편히 모실 요량으로 예까지 온 것이기 때문이다. 윤의 기미를 눈치챘는지 한층 풀이 죽은 목소리로 아버지가 아쉬움을 토로한다.

「침대 머리 판에 등 기대고 다리 쭉 펴고 앉아 있으면 편할 텐데.」

아버지가 말꼬리를 흐리며 윤의 의향을 가늠해 보지만 그녀는 못 들은 척 얼른 그곳을 빠져나온다. 이번에 윤이 아버지를 따라 간 곳은 대형 백화점이었다.

「여기서 마땅한 거 보셨어요?」

윤의 목소리에 기운이 빠져 있다. 짜증 낸 것이 미안하기도 하고, 그렇게 원하신다면 침대를 사 드려야 하는 게 아닌가 하는 여전한 갈등 때문이다.

「나만 따라 와라. 실은 편안한 소파 하나 봐 뒀다.」

아버지가 윤을 안내해서 데려간 곳은 백화점 구석 자투리 코너를 옹색하게 차지하고 안마용 소파를 파는 곳이었다. 인조 가죽으로 만들어진 검은색 소파가 내부에 무슨 장치를 해 놓았는지 연신 울룩불룩 움직여대고 있다. 소파 팔걸이에 '폭탄세일' 쪽지가 붙어 있다. 아버지가 관심을 보이자 물방울 무늬 넥타이를 맨 젊은 남자가 아버지의 팔을 잡아끌며 한번 앉아 보라고 권한다. 아버지가 앉으니 등이며 어깨 쪽의 안마기가 울퉁불퉁 움직이며 안마를 해대는데, 아버진 연신 "아이구, 시원하다"를 연발한다. 그러나 이 역시 윤이 생각하고 있는 것과는 거리가 멀었다. 이보다는 차라리 침대가 낫지 싶다. 마땅찮은 표정으로 멀뚱히 서 있는 윤에게 바싹 다가온 아버지가 귀엣말을 한다.

「시원하고 좋구나. 어떠냐?」

「아버지, 잠깐만요.」

윤은 소파 판매원에게 미안하다는 뜻의 눈인사를 하고는 아버지의 팔짱을 끼고 다른 매장을 향해 발걸음을 옮긴다.

「안 되겠어요. 이제부터 제가 알아서 고를 테니 아버진 잠자코 계세요, 예?」

그깟 의자 하나 사 주러 와서는 이것저것 시시콜콜 참견하며 생색내는 딸이 못마땅한지 아버지의 입이 벌써 한주먹이나 나왔다. 그러거나 말거나 윤은 앞장서서 에스컬레이터를 타고 내려가 가구 코너로 들어갔다. 언제까지 끌려다닐 순 없는 노릇이었다. 아버지의 성정을 잘 알고 있는 윤으로선 자신이 직접 골라 갖다 바치는 게 최선이란 걸 애초부터 알고 있었다. 그렇긴 해도 아버지가 침대를 마음에 두고 있을 줄은 상상도 하지 못한 일이었다.

윤이 내심 염두에 두었던 것은 고급스럽고 편안한 등의자였다. 등의자는 등나무 줄기를 자연 그대로의 상태에서 엮거나 쪼개서 만들기 때문에 통기성이 좋으며, 대부분 팔걸이가 있어 편하고 흔들의자 형태로 제작되기 때문이다. 그런 것이 이 크나큰 백화점에 없을 리 없다. 가구 매장을 한 바퀴 휘 둘러보던 그녀의 눈에 마침내 맘에 맞는 등의자가 눈에 띄었다. 크기도 적당하고 무척 안락해 보였다. 윤이 먼저 앉아 보았다. 엉덩이가 쑥 들어가고 등받이가 높아서 머리끝까지 편히 기댈 수 있었다. 바로 이거다 싶은 물건이었다. 윤의 얼굴이 환해졌다.

「아버지, 이거 어때요?」

「너무 비싸구나.」

아버진 가격표에 눈을 주며 대뜸 트집부터 잡았다. 이미 다른 것에 마음을 빼앗긴 아버지에겐 뭘 보여 줘도 시큰둥할 것이었다.

「가격은 신경 쓰시지 말고, 한번 앉아 보세요.」

마지못해 앉아 본 아버진 이것저것 타박거리를 찾기 시작했다.

「너무 딱딱하구나. 이래서야 어디 오래 앉아 있을 수 있겠나.」

「그러니까 방석이 깔려 있잖아요. 편하죠? 그죠?」

아버지의 의사를 묻는 게 아니라 이건 거의 우격다짐으로 윽박지르는 꼴이 되고 말았다. 윤은 또다시 미안한 마음이 슬머시 들었다.

「제 말은요, 저, 아버지 맘에 안 드시면 할 수 없지만……. 이 등의자, 비싸긴 하지만 오래 쓸 수 있고 싫증나지도 않고 또 무엇보다도 편하고. 연세 드신 분 계신 집에선 이런 거 하나쯤 다 갖고 있더라고요.」

「그래그래. 김 교장네도 이거랑 똑같은 거 있는데, 아주 편하다고 하더라. 흔들흔들 움직이니까 운동도 되고.」

그제야 아버지도 승낙의 눈치를 보이며 한 발 뒤로 양보한다.

「그럼 이걸로 결정하시는 거예요?」

「그러렴. 그러자꾸나.」

그리하여 물건이 어렵사리 결정되긴 했지만 아버진 못내 아쉬운 듯 침대 주변을 한 바퀴 돌아보고서야 가구 코너를 벗어났다.

집에 돌아오자 올케가 반기며 묻는다.

「사셨어요? 어떤 걸로 사셨어요, 아버님?」

「등의자로 샀다.」

「어머, 잘하셨네요. 제법 비쌀 텐데.」

「그 값이면 싱글 침대 두어 개는 너끈히 사겠더라. 뭐가 그리 비싼지, 원!」

아버진 기어이 퉁명스레 한마디를 뱉고는 방으로 횅허케 들어가고 말았다.

「언짢아 보이세요.」

「침대 안 사드렸다고 저러셔. 올케 내외나 아이들이 모두 침대 쓰니까 부러우셨던 모양이야. 연세 드시면 어린애가 된다더니 그 말 하나도 틀리지 않네.」

윤은 아버지의 마음을 풀어드릴 요량으로 얼른 방으로 쫓아 들어갔다.

「화나셨어요?」

윤이 애교스럽게 팔짱을 끼자, 아버진 그녀의 팔을 빼내는 걸로 불편한 심기를 내비친다.

「바쁘다며? 얼른 가 봐라.」

「에이, 화나신 거 같은데요. 그렇지만 생각해 보세요. 이 집 마루는 난방이 전혀 되지 않잖아요. 그러니 겨울이나 초봄 같은 때는 손님이라도 오시면 안방으로 모셔야 하는데, 이 방에 침대가 버티고 있어 봐요. 어디 민망해서 오래 앉아 있을 수 있겠어요?」

「그러게 내 뭐라 그랬냐. 잘 골랐어. 아주 좋아. 내일 오전 중으로 배달해 준다고 했쟈? 김 교장한테 전화나 넣어 볼까.」

어찌 됐건 딸자식한테서 선물 받은 것이니 자랑하고 싶은 것일 게다.

「전화는 나중에 하시고 저랑 같이 엄마 식당에나 가요, 아버지.」

「거긴 왜?」

「엄마한테 인사도 드리고, 손칼국수 맛 좀 보려고요.」

아버진 그다지 내키지 않는 눈치였지만 윤이 억지로 일으키다시피 하며 재촉하자 따라나선다. 식당과 집 사이는 꽤 거리가 있어서 승용차를 타고 가야 했다. 아버진 윤이 운전하는 모습을 옆에서 유심히 살핀다.

「이거 오토냐?」

「예.」

「오토는 수동보다 운전하기 쉽다지?」

「요즘은 다 오토로 나와요.」

「너 운전 잘하는구나. 몇 년 됐지?」

「햇수로 사 년째예요.」

「할부로 샀느냐? 일시불로 샀느냐?」

「제가 돈이 어디 있다고 일시불로 사요. 이십 개월 할부로 샀어요. 인도 받을 때 계약금조로 일부 낸 다음부터는 다달이 끊어서 냈어요. 그것도 꽤 지겹더니 할부금 끝나니까 속이 다 시원한 거 있죠.」

저녁때가 다 되어가는 터라 식당엔 손님이 제법 북적댔지만 갈 길이 바쁜 윤은 도와주지도 못한 채 칼국수만 얻어먹고 금세 나왔다. 집까지 모셔다 드리는 길에도 아버진 자동차에 대해 이것저것 물어 왔다. 사고 난 적은 없었느냐, 보험금은 일 년에 얼마나 들어가느냐, 미용실 근처에 주차장은 있느냐, 한 달 유지비는 대략 얼마나 드는가. 윤은 성의껏 대답했지만 어쩐지 저의가 있어 보였다. 왜 갑자기 자동차에 대해 이렇게 관심이 많아지셨을까.

아버지가 마루로 올라서는 것까지 본 윤이 대문께로 발길을 돌리려 하자 올케가 쇼핑백을 내밀었다. 묵은 김치로 전을 부쳤으니 냉동실에 넣어 두었다가 프라이팬에 데워서 먹으라고 했다.

「그럼 살펴 가거라,」

아버지는 윤이 대문을 나서는 것도 보지 않고 방으로 들어가 버렸다. 아직도 심기가 불편한 모양이다. 올케는 시아버지가 자리를 뜨길 기다렸다는 듯 목소리를 낮췄다.

「아버님께서 아무 말씀도 안 하세요?」

올케의 다음 말이 걸작이었다.

「아버님이 자꾸 자동차를 사시겠다고 해서요.」

「올케네 자동차 팔았어?」

「아뇨. 팔기는요. 오늘도 그이가 갖고 나갔는데요.」

「근데?」

「그러게 말예요. 요는 아버님 당신 소유의 자가용을 갖고 싶으신 거예요. 마이카 대열에 동참하고 싶으신 거죠. 소형차는 가격이 별로 비싸지 않다며 자꾸 어머님한테 조르시는 거예요.」

「정말 왜 그러셔. 운전면허도 없으신 분이 그 나이에 어떻게 배워서 또 언제…….」

윤은 어이가 없어 웃음도 나오지 않았다. 너나없이 몰고 다니니 까짓 나라고 못하라는 법 있나 싶은 모양이다. 집안 사정도 생각해야지, 어쩌려고. 이날 이때까지 당신 하고 싶은 일만 골라서 하더니 끝까지 그럴 모양이다. 가족들이야 어떻게 살든 간에 당신 혼자만 기쁘고 행복하면 만사가 형통인 분이었다. 평생을 그렇게 살아온 삶이다. 서울로 돌아오는 내내 윤은 마음이 개운치 않았다. 침대 때문이었다. 올케에게서 들은 자동차 건이야 한 귀로 흘려버린다 해도 침대를 사고 싶어 하던 아버지의 간절했던 모습이 눈앞에 삼삼했다. 겨우 등의자 하나 사주면서 아버지를 타박한 행위도 그랬다. 미용실에 도착하자마자 윤은 기어이 아버지에게 전화를 하고야 만다.

「다름이 아니라, 생각해 보니 저한테 보료가 있잖아요. 침대 대신 그거 쓰시면 어떠세요? 침대보다 낫지 싶은데.」

「넌 안 쓰니?」

「세탁하기 무서워 한 번도 안 썼어요. 아깐 미처 생각 못 했는데 아버지 드렸으면 해서요.」

「그럼 갖다 다오.」

아버지는 사양도 않고 대뜸 말한다. 그제야 윤의 마음이 개운해졌다. 진작 말씀드렸다면 좋았을 걸 싶다.

여동생한테서 전화가 온 것은 이튿날 점심시간 무렵이었다. 여동생은 자기가 아버지께 침대를 사 드리기로 했으니 보료는 필요 없다고 말한다.

「그건 또 어떻게 된 스토리니?」

손에 잡힐 듯 빤한 내용 전개지만 일단은 그렇게 물어보았다.

「아버지께서 침대 사고 싶어 하셨다며? 언닌 의자 사 드렸으니 침대는 내가 사 드려야겠다고 마음먹었지. 근데 적응을 잘

하실까?」

「내 말이 바로 그 말이다. 마음만 청년이지 당신 몸 예전 같지 않다는 걸 모르신다니까. 무릎 아프다고 하셨을 때도 난 아무 생각 없이 연세가 드셨으니 퇴행성 관절염이다, 그러니 어쩔 수 없는 거다, 이렇게 불쑥 말했더니 섭섭해하셨잖아. 퇴행성이 아니라 방바닥에 쭈그리고 앉아 계셔서 그런 거래. 그 소리 듣고 가만있을 자식 있겠니. 요는 편한 의자에 앉고 싶으니 사내라는 얘기잖아.」

여동생은 크게 소리 내 웃더니 아버지 원래 그러시잖아. 새삼스러운 일도 아닌데 뭘, 했다. 그러더니 말끝에, 아버지한테 당할 사람 있으면 나와 보라 그래, 하면서 또 한 번 자지러지게 웃어 젖혔다.

결국 아버지는 원하는 것을 획득하고야 말았다. 등의자에다 침대까지 들였으니 사람이 앉아 있을 공간이 남아 있을지는 몰라도 아무튼 아버진 마음먹은 바 목적을 완벽하게 달성한 것이다. 가까운 시일 내에 소형차를 몰고 보란 듯이 윤의 미용실에 불쑥 나타날지도 모를 일이다.

가장 유능했던 세일즈맨

나성 스탠드바 입구의 호객꾼은 영락없는 카우보이다. 챙이 넓은 모자와 버클 달린 굽 높은 구두가 서부의 총잡이 클린트 이스트우드를 연상시킨다. 골반께에 비스듬히 차고 있는 쌍권총 벨트가 다소 어수룩해 보이긴 하지만 나름대로 멋부린 테가 완연하다. 서경은 그를 보자 비로소 자신이 장소를 제대로 찾았음을 인지한다. 이 사람이 3년 전의 그 사람인지는 알 수 없지만 가까이서 본 카우보이는 생각처럼 젊지 않다. 무릎 위에 손자 올려놓고 편히 지내야 할 나이에 호객이라니. 그의 고단했을 평생이 느껴지자 괜히 우울하다. 하기야 클린트 이스트우드도 지금은 늙었다.

스탠드바 입구는 아치 모양을 하고 있다. 둥근 아치를 따라 촘촘히 박힌 화려한 꼬마전구들이 쉬지 않고 깜빡댄다. 참 화려하다. 화려한 만큼이나 낮에는 추레할 것이다. 한밤이 아니라면 뽐내지 못할 찬란함이다. 밤이라서 좋은 것도 있는 법이다. 서경의 기억에 의하면 나성 스탠드바는 지하로 나 있는 수많은 층계를 밟고 내려가야 비로소 출입문을 만날 수 있는 구조로 되어 있다.

계단 위쪽으로 난 천장이 정수리에 닿을 듯 낮다. 밤하늘의 은하수를 연상케 하는 천장의 불빛과 층계 양쪽 난간을 타고 번쩍이는 전구들이 서로 경쟁하듯 명멸한다. 불빛으로만 보자면 나성 스탠드바는 그때나 지금이나 축제 중이다. 계단을 다 내려와 위를 올려다보니 제법 가파르다. 실내로 들어가는 출입문엔 각종 신용카드 견본이 빛바랜 채로 다닥다닥 붙어 있다. 이런 곳에 드나드는 일에는 이골이 난 사람처럼 서경은 망설임 없이 문고리를 잡고는 제 앞으로 잡아당긴다. 방음문이라서인지 제법 육중하다. 자욱한 담배 연기와 지하 특유의 축축한 습기가 와락 코를 파고든다.

어둠에 익숙해지기까지는 그리 오래 걸리지 않았다. 실내는 그때와 똑같아 오히려 생경하게 다가온다. 변한 게 없다는 건 발전이 없었다는 것과도 통한다. 더욱이 유흥주점이라면 더욱 그러할 것이다. 둥근 모양의 부스들이 널따란 공간 안에 대여섯 개 자리 잡고 있다. 서경은 한 명의 손님도 앉아 있지 않은 한가한 부스로 걸어간다. 행주로 테이블을 닦고 있던 나이 든 여인이 반색하며 첫 손님을 맞는다. 어쩌다 이 여인은 이 시간까지 손님을 맞지 못한 것인가. 혹시 나이 탓일까. 젊지 않다는 건 이럴 때 손해다. 두 손으로 마이크를 꼭 부여잡고 가수가 된 양 목

청껏 노래하는 취객이나 사회적 지위와 체면은 팽개친 채 몸을
흔들어 대는 넥타이 신사들이 눈에 들어온다. 서경처럼 혼자 온
이는 없을 것이다. 3년 세월 너머의 기억이 문득 떠오르자 서경
은 잠시 현기증을 느낀다. 이들 모두 해가 뜨면 점잖은 얼굴로
되돌아가겠지. 아버지로, 교사로, 품위 넘치는 또 다른 얼굴로.
「누구 기다리세요?」
　여인이 묻는다. 파장하려면 멀었을 텐데 벌써 피곤해 보이는
얼굴이 서경에게 안쓰럽게 다가온다. 지친 피부가 짙은 화장 밖
으로 여실히 드러나 있다. 울컥 서경의 눈가가 더워 온다. 이
밤, 이 여인과 친구가 될 수도 있을 것이다.
「맥주 드려요?」
　여인이 눈치껏 마른안주가 담긴 붕어 모양의 유리 쟁반과 맥
주 두 병을 내놓는다. 서경은 빈 맥주잔을 앞에 놓고 망연자실
앉아 있다. 어째서 발길이 이곳에 닿았는가 생각해 보기도 한다.
「한 잔 따라 드려요?」
　여인은 모자라지도 넘치지도 않도록 솜씨 있게 맥주를 따른
다. 평생을 술과 함께 살아온 예사롭지 않았을 인생이 손에 잡
힐 듯 느껴진다. 하얀 거품과 함께 단숨에 맥주를 들이켠 서경
이 자신의 빈 잔에 맥주를 가득 채운 후 여인에게 내민다. 여인
은 사양도 않고 잔을 받는다. 그렇게 두어 번 잔이 오가자 여인
은 아예 자기 잔 하나를 더 꺼내 놓고선 마주 앉는다. 남이 본다
면 오랜 지기처럼 보일 것이다.
　서울행 고속버스에 훌쩍 몸을 실었지만 이 도시에서 서경

이 갈 만한 곳이란 없었다. 단 한군데, 나성 스탠드바를 제외하고는.

막차가 끊어지기 전에 일어나리라 생각하면서 마지막 잔에 입술을 댈 무렵 무대가 환해지면서 박수 소리가 귀를 파고든다. 서경은 계산을 한 뒤 여인에게 이별의 눈인사를 말없이 건넨다. 이때쯤 경쾌하고 빠른 음악이 흘러나와 홀을 메우기 시작한다. 의자 등받이에 걸쳐 놓았던 코트에 팔을 꿰면서 서경의 눈이 무심코 무대를 향한다. 그 순간 시선이 얼어붙는다. 두 명의 난쟁이! 붉은 조명 탓에 확실하진 않지만 한 난쟁이는 몹시 늙어 보이고 또 하나는 젊다.

「부자지간이랍니다.」

서경의 고정된 시선에 화답하듯 접시를 치우던 여인이 말한다.

「서커스단이 해체되는 바람에 여기에서 자리 잡게 되었대요.」

서경의 눈에 눈물이 차오른다.

삼 년 전 그날도 그랬다. 느닷없이 빠른 템포의 음악이 귀를 파고들었다. 그럼에도 서경은 사인조 밴드의 연주가 갑자기 경쾌해졌다고 느꼈을 뿐 무대엔 시선도 주지 않고 있었다. 대중들 앞에 알몸을 내보이는 것이 뻔뻔스럽다고 여겨질 만큼이나 탄력 잃은 무희들의 스트립쇼는 더 이상 보고 싶지 않았던 것이다. 그것은 여흥이라기보다 역겨움이었고 특히 같은 여자의 입장에선 모멸감까지 안겨 주었다. 한 꺼풀 벗을 때마다 마땅히 느껴야 할 아슬아슬한 긴장감조차 그녀들은 선사하지 못했다.

고개를 숙인 채 맥주를 들이켜는 서경의 귀에 웅성대는 소리들이 전해졌다. 곧이어 숨죽인 웃음도 간헐적으로 들려왔지만 관심 밖이었다. 스탠드 부스 안쪽에서 접대하던 여인이 알려 주지 않았다면 끝까지 무대 쪽은 쳐다보지 않았을 것이다.

서경의 예상과는 달리 스트립걸들은 이미 무대에서 사라지고 없었다. 대신 몹시 키가 작은 남자가 소리까지 질러대며 춤을 추고 있었다. 흥을 돋우기에 충분한 추임새였다. 조심스레 킥킥대던 웃음이 폭소로 바뀌고 박수 소리가 홀을 뒤흔들자 남자의 신명은 극에 달했다. 굵은 땀방울을 뚝뚝 흘리며 남자는 무아지경에 빠져들었다. 취객들은 난생 처음 보는 희한한 춤 때문에 즐거워했고 서경 또한 웃지 않을 수 없었다. 화장실 간다더니 왜 저기 있지? 라고 생각하며.

스트립쇼가 재개될 모양이었다. 무희 둘이 양쪽 코너에 다시 대기하고 섰다. 그녀들은 검정 망사팬티와 같은 색 브래지어 위에 속이 훤히 내비치는 의상을 벗은 듯 입고 있었다. 남자는 그때까지도 뭔가에 잔뜩 홀린 듯 춤을 추고 있었다. 조명이 사이키델릭하게 바뀌고 밴드의 연주곡이 선정적이 될 즈음에야 남자가 비로소 동작을 멈췄다. 누군가 혀 꼬부라진 소리로 외쳤다. 시시하게 옷 벗는 거 집어치우고, 거 꼽추 춤이나 더 봅시다! 서경은 남자가 추던 춤을 꼽추 춤이라 명명하기로 했다.

남자는 천연덕스러운 얼굴로 서경의 옆자리에 와 앉았다. 남자의 짧은 다리는 발걸이에 닿지 못한 채 허공에서 대롱거렸다. 남자는 뚤뚤 말아 등에 구겨 넣었던 점퍼를 끄집어냈다.

서경이 손수건을 내밀자 남자는 땀에 젖은 얼굴과 목덜미를 훔쳤다.

잠시 후였다. 양복 차림의 신사가 남자의 옆자리에 앉았다. 그가 부스 안에 서 있는 여인에게 말했다. 여기 카스 네 병. 여인은 공손한 손길로 신사 앞에 맥주병을 내놓았다. 신사가 남자에게 말을 붙였다.

「맥주 한잔 올려도 되겠습니까?」

여인이 자신의 의무라도 되는 듯 남자와 서경에게 신사를 소개했다.

「사장님이세요.」

사장이란 자가 남자에게 술을 따르며 말했다.

「무슨 일에 종사하시는지는 모르겠지만…… 실례가 되지 않는다면, 우리 업소에 출연하실 생각 없으십니까?」

남자는 사장이 따라주는 맥주를 말없이 마셨다. 풀이하기에 따라 제안을 고려해 보겠다는 의미처럼도 보였지만 남자의 속마음까지는 서경도 알 수 없는 노릇이었다.

「대우는 섭섭지 않게 해 드리겠습니다. 고객들은 변화를 원하지요. 신선한 것, 좀 더 자극적인 것.」

몽환적인 분위기의 무대를 일별하던 사장이 머리를 흔들었다.

「저런 진부한 쇼는 이제 더 이상 눈요기가 되지 못해요.」

사장은 남자에게 명함을 내민 뒤 이내 일어났다.

「이분들에게 최고급 안주와 술을 내드리지. 얼마든지 원하시는 만큼. 계산은 내 앞으로 달고.」

여인의 입이 보일락 말락 벌어졌다.

남자와 서경은 자정이 훨씬 넘어서야 일어났다. 사장의 호의를 저버리면 예의가 아니라는 듯 공짜 술을 진창으로 마셨음은 물론이다. 제아무리 키높이 구두를 신는다 해도 성인의 가슴팍 정도밖에 오지 않을 정도로 남자는 키가 작았다. 그렇다. 남자는 난쟁이였던 것이다. 그러므로 조금 전 시선을 사로잡은 이상한 춤은 난쟁이가 추는 꼽추 춤으로 별난 구경거리를 제공한 것이다. 사장으로선 탐낼만 했다.

「서울엔 온통 술집과 호텔뿐이네.」

휘황찬란한 네온사인을 눈으로 훑으며 서경이 중얼댔다. 빨간 불빛의 대왕호텔 간판은 '텔' 자의 획 하나에 불이 들어오지 않아 대왕호털, 대왕호털, 하면서 깜빡였다.

이튿날 해가 중천에 뜰 무렵에야 눈을 뜬 서경은 엄지로 관자놀이를 누르며 상반신을 일으켰다. 약봉지와 드링크제가 사이드 테이블 위에 놓여 있고, 그 옆에는 메모지가 있었다. 굿모닝, 귀여운 아가씨. 오래 걸리지 않을 거야. 남자의 외모처럼 깨알같이 작은 글씨가 한 줄 적혀 있었다. 숙취를 견디기 힘들었던 서경은 약을 꿀꺽 삼키곤 다시 잠에 빠져들었다. 서경이 눈을 떴을 때 남자는 서경을 내려다보고 있었다. 그러다 그녀가 눈을 뜨자 눈까풀에 살짝 입술을 댔다. 서경은 역겨움에 진저리쳤지만 내색하진 않았다.

책을 잔뜩 실은 남자의 소형 승용차를 타고 A지방으로 내려가는 동안 서경은 내내 잤다. 그러다 문득 정신이 들 때면 남자의 우스꽝스럽던 춤이 눈앞에 어른대곤 했다. 독특하면서도 견고하게 틀이 잡힌 꼽추 춤은 서커스단에서나 어울릴 만한 종류의 것이었다. 막이 오르기 전이나 막간에 관객들의 흥을 돋우기 위해 추면 안성맞춤일 광대의 춤. 서경은 남자에게 아무것도 묻지 않았고 남자 또한 굳이 설명하지 않았다.

남자의 공식적인 직업은 서적 세일즈맨이었다. 언제나 빨간색 소형 자동차를 타고 나타나곤 했다. 그는 A지방에 있는 몇 개 대학을 거점으로 책을 팔고 있었다. 대학들은 잡상인들의 교내 출입을 엄격히 금지하고 있었지만 그에게만큼은 예외였다. 예의 바르고 착한 심성 탓도 있지만 남자의 신체적인 장애가 주는 안타까움 때문이었다. 비정상적인 신체에도 불구하고 남자는 학생들에게 인기가 좋은 편이었다. 구하기 어려운 단 한 권의 서적이라도 약속한 것이라면 찾아서 갖다 주는 성실함 때문이었다. 거기에 어떤 수고가 따르더라도 남자는 기꺼이 책임을 완수했다. 교수들도 필요한 책이 있으면 남자에게 주문했다. 볼펜이나 껌 종류를 박스째 가져와서 학생들에게 나눠 주기도 했다. 항상 싱글벙글 웃는 얼굴이어서 자신의 일을 진정으로 즐기는 듯했다. 신체의 핸디캡만 아니라면 어디 내놔도 사랑받을 인물이었다.

남자의 나이는 아무도 몰랐다. 물론 이름도 알려진 바 없다. 그저 키 작은 세일즈맨으로만 불렸다. 소문에 의하면 근 십 년째 A지방의 대학들을 드나드는 중이라니 아무리 적게 잡아도 서른은 넘겼지 싶지만, 그 얼굴 어디에도 그만한 세월을 짐작게

할 만한 것은 없었다. 나이를 통 알 수 없는 요술쟁이와도 같은 얼굴을 갖고 있었던 것이다. 머리가 턱없이 크다거나 하진 않았지만 무척이나 짧은 사지는 그가 난쟁이임을 여지없이 입증하고 있었다. 남자의 존재는 서울을 비롯하여 다른 지역에도 널리 알려져 있을 만큼 외판원 세계에서 명성이 자자하다고도 했고, 탁월한 판매 실적이 출판사나 서점가에 마치 전설처럼 떠돌고 있다고도 했다. 그를 영입하기 위해 몇몇 업체에서 파격적인 대우를 제시했지만 거절했다는 소문도 있고 재산가라는 설도 있었다. 뿐만 아니라 늘씬한 아내와 다정히 외출하는 걸 본 적이 있다는 풍문까지도 나돌고 있는 참이었다. 이처럼 남자를 둘러싼 소문은 사실 여부에 상관없이 무성했고, 어울리지 않게 화려하기까지 했다.

서경이 남자를 알게 된 것은 1학년 2학기가 막 시작되기 전이었다. 휴학계를 손에 쥐고 비참한 심정으로 문리대 앞 잔디밭에 앉아 있었다. 화투짝을 손에서 뗄 줄 모르는 엄마를 원망하며 애꿎은 잔디를 쥐어뜯고 있었다. 서경이 서러움 가득한 심정으로 우두커니 앉아 있을 때, 빨간색 소형 승용차가 눈앞에 멈춰 서더니 아주 작은 남자가 도어를 열고 나왔다. 서경은 그 유명하다는 세일즈맨에게 책을 구입해 본 적이 없기 때문에 그토록 근거리에서 얼굴을 보긴 처음이었다. 남자는 자동차 트렁크에서 전집류로 보이는 박스를 꺼내 어깨에 올리더니 문리대 건물 쪽으로 걸어갔다. 정말 작은 키였다. 소문의 그럴싸한 포장에 비해 주인공이 너무 하찮아서 서경은 근심도 잠깐 잊고 남자의 뒷모습을 눈으로 쫓았다. 그때 남자가 어떤 시선을 느꼈는지 갑자기 고개를 돌리더니 장난스런 윙크를 보내왔다. 익살스러운 모습에 서경은 저도 모르게 피식 웃었다. 남자의 작은 키는 건물 속으로 이내 사라졌고 서경은 다시 불우한 처지를 한탄하면서, 갖은 청승을 다 떨고 있었다.

「아직도 거기 있어요?」

예전부터 알고 지내 온 사이라도 되는 듯 아는 척을 하던 남자가 예의 그 작은 발로 타박타박 걸어왔다. 서경을 내려다보나 싶더니 그 옆에 털썩 주저앉았다. 친근하고 스스럼없어 뵈는 태도였다. 그가 어째서 소문처럼 탁월한 판매 실적을 올리는지 어렴풋이 짐작이 갈 만한 행동이었다. 남자에게는 도시 거리낌이란 게 없어 보였다. 남자가 주머니를 뒤적이더니 껌 한 통을 건넸다. 이 상황에 껌이라니, 인생이 송두리째 무너져 내리는 판인데……. 서경은 내키지 않았지만 그냥 받았다.

「단물이 다 빠지면 이렇게 해봐요.」

남자가 풍선을 아주 크게 불었다. 그러나 이내 터져서 입과 코 주위를 몽땅 덮어버리고 말았다. 우스꽝스러웠다. 입 주위에 붙은 껌을 떼어내 종이로 싸던 남자가 서경을 말끔히 바라봤다. 잠시 후 자동차로 걸어갔다 와서는 뭔가를 또 내밀었다.

「이거 먹어 볼래요? 흔히들 이 맛을 가리켜 달콤하고도 쌉쌀하다고 하죠.」

남자의 작디작은 두 손바닥 가득 막대 모양 초콜릿이 들어 있었다.

「사랑을 초콜릿에 비유하지요? 왜 그런 줄 알아요?」

서경이 그걸 알 까닭이 없었고, 또 안다 한들 볼품없는 난쟁이와 말을 섞고 싶지도 않았다.

「강렬한 단맛과 함께 뒤에 남는 묘한 쓴맛 때문이래요. 사랑이란 게 그렇지 않나요?」

사랑이 어떻든 서경에겐 아무 상관없는 일이었다. 귀찮으니어서 제 갈 길이나 갔으면 싶었다. 하지만 평범한 외모가 아니란 점 때문에 대놓고 도외시할 수만은 없었다. 서경은 초콜릿껍질을 까서 한 입 베어 물었다. 갑자기 눈물이 나오려고 해서고개를 쳐들었다. 하늘은 얄미울 만큼 파랗고 맑았다. 정말 이대로 대학과는 영영 이별인가. 졸업장도 없이 나는 뭘 하고 살아야 하나. 누군가가 내게 일자리를 주려고나 할까.

서경이 옷에 묻은 풀을 털면서 일어섰다.

「가려고요? 교문까진 한참인데, 내 차 타고 가요.」

「요기 교무처 가는데요, 뭘.」

벌써 한 발자국 내디뎠지만 다음에 이어지는 남자의 말에 서경은 걸음을 멈출 수밖에 없었다. 저런, 업무 끝났는데.

긴 한숨을 내쉬며 서경은 도로 잔디밭에 주저앉아 버렸다. 서경의 눈길은 자신도 모르게 몇 시간째 들고 있는 서류 봉투로 옮겨갔다.

남자는 그때부터 서경의 후원자가 되었다. 매춘부 시엔과 고흐의 관계처럼, 혹은 수많은 창녀들과 로트렉처럼 서경과 남자는 밀접한 관계로 얽히기 시작했다. 이후 남자에 대해 비교적 많은 것을 알게 되었지만 서경 역시 그의 사생활을 정확히 말할 수 있는 처지는 못 되었다. 다만 남자는 소문처럼 부자가 아닐 뿐더러 멋진 아내도 존재하지 않았다. 떠돌고 있는 몇 가지의 소문들을 귀띔해 주자 남자가 웃었다. 호탕한 웃음 끝에 남자의 눈에 설핏 이슬이 맺혔다. 서경은 그가 가련했다. 어쩌다 저런 모습으로 태어났을까. 부모는 어떤 사람일까. 형제는 있을까. 학비를 제공하고 용돈을 쥐어주는 대가로 남자가 무리하게 무언가를 바란 적은 없었다. 후일 생각해 봐도 남자는 서경의 생애를 통틀어 그 누구보다 진실하고 성실했으며 착한 사람이었다. 서경이 만난 작은 천사였다.

「춤은 언제 배웠어, 아저씨?」

일순 남자의 표정이 굳어지는가 싶더니 액셀러레이터를 꾹 눌러 밟았다. 엔진 속도계의 바늘이 120킬로를 훌쩍 넘기고 있었다. 아픈 상처를 건드린 것일까. 남자의 반응에 당황한 서경은 이후로는 그 일에 대해 얘기해 본 적이 없다. 그렇긴 해도 간간이 그 기억이 스치고 지나가는 것까진 막을 수 없었다. 충동적으로 나온 춤이 아니란 것을 짐작케 할 정도로 강렬했기 때문이다.

3학년 2학기 수업이 시작될 무렵 서경은 또래의 대학생 J를 사랑하게 되었다. 난쟁이 남자의 도움으로 공부하는 처지에 다른 남자와 사랑에 빠진다는 건 배신행위나 다름없었을지 모른다. 남자가 아무런 대가 없이 후원자를 자청했다고는 하나 서경의 입장이 떳떳할 수만은 없었으니까. 그가 원할 때 함께 밥 먹어주고 영화관의 옆자리를 지켰지만, 돌이켜 보면 서경이 그를 진심으로 대한 적은 없었다. 게다가 J를 만나고부터는 그런 작은 일마저 성가시게 여겨졌다. 서경은 남자를 피하기 시작했다. 서경의 마음 어디에도 그 작은 남자가 자리 잡을 공간은 없었으나 문득문득 엄습하는 죄책감과 미안한 감정까지는 부인할 수 없었다.

남자와 한 달가량의 공백이 있던 어느 날, 마침내 그와 맞닥뜨리고 말았을 때, 서경의 가슴은 철렁 내려앉았다.

「오랜만이야.」

서경과는 달리 남자는 싱긋 웃으며 심상하게 말했다. 서경은 고개를 들 수 없었다.

「우리 아가씨가 요즘 무척 바빠 보이는군.」

어떻게 말을 꺼낼까 고심하던 서경은 J와 만나고 있음을 실토했다. 남자의 반응은 뜻밖이었다.

「정말 잘됐군. 이제야 어른이 되어 가는 모양이야. 아무렴, 연애 한 번 못 하고 대학 생활을 마친대서야 말이 안 되지. 사랑이 정말 초콜릿 맛인가 나중에 말해 줄래?」

「미안해.」

면죄부를 받은 듯 서경은 그 뒤로 일말의 죄책감마저 벗어던졌다. 작은 남자는 마땅히 서경의 곁에 있어선 안 되는 존재였던 것이다. 한 학기에 걸쳐 남자는 거의 서경의 눈에 띄지 않았다. 서경은 홀가분한 마음으로 데이트를 즐겼다.

　4학년 1학기 등록금 납입 날짜의 마감일이 다가오고 있었다. 그 즈음 서경은 순전히 등록금 때문에 작은 남자를 자주 떠올리곤 했는데, 개학이 다가오도록 남자에게선 이렇다 할 소식이 없었다. 마지막 학년의 등록금도 그가 대주리라 믿어 의심치 않고 있던 서경은 속이 타들어갔다. 어이없는 일이었다. 마치 그가 서경의 등록금 납부 의무라도 짊어지고 있는 것처럼 당연히 받아야 할 몫으로 생각하고 있었으니. 당시의 몰염치를 생각하면 서경은 지금도 얼굴이 달아오른다.

　마지막 일 년을 채우지 못해 졸업할 수 없다고 생각하니 남자에 대한 분노가 불같이 타올랐다. 이제는 정말 마지막일지 모를 교정을 서경은 참담한 심정으로 걷고 있었다. 아득한 느낌이었다. 그때 굵디굵은 느티나무가 눈에 띔과 동시에 옹기종기 모여 있는 학생들, 그리고 작고 빨간 승용차가 눈에 들어왔다. 서경은 습관처럼 남자의 모습을 찾다가 자신의 태도가 비굴하게 느껴지자 얼른 고개를 돌려 버렸다. 남자는 학생들 앞에서 코미디언처럼 재롱을 피우고 있는 중이었다. 보기 싫었다. 그의 외모가 그 어느 때보다 추해 보였다. 남자에 대한 분노가 걷잡을 수 없을 지경으로 끓어오르자 서경은 가쁜 숨을 내쉬며 계단을 발 빠르게 올랐다. 백 개가 넘을 즈음해서, 헤아린 숫자를 꼭 잊어버리곤 하던, 이백 개가 넘는다는 그 긴 돌계단을 꾹꾹 힘주어 밟으면서 남자에 대한 저주를 그치지 않았다. 그렇게 계단을 중간쯤 올라왔을 무렵 서경은 자기 이름을 부르는 소리를 들었다. 그러건 말건 서경은 더욱 빨리 걸었다. 계단을 마저 다 오르니 처음 남자를 만났던 잔디밭이 눈에 들어왔다. 그때까지도 남자는 애타게 이름을 부르며 따라왔지만 그녀는 결코 멈추지 않았다.

잠시 후, 뛰어오느라 얼굴까지 붉어진 남자가 서경의 앞을 막아섰다. 그 짧은 다리와 작은 발로 땅을 딛고서. 키가 작은 사람이 헉헉대는 모습이란 참으로 꼴사나웠다. 서경은 그 우스꽝스런 모습을 오만하게 내려다보았다.

「계속 기다리고 있었어. 통 볼 수가 없네.」

「…….」

「수강 신청은 했니?」

남자는 여전히 초라한 난쟁이에 불과했다.

「아팠구나. 얼굴이 핼쑥한걸?」

「무슨 상관인데?」

서경이 야박하게 쏘아붙이자 남자의 커다란 눈망울은 금세라도 눈물을 왈칵 쏟아낼 것 같았다.

「부담스러워 할까 봐 그동안 연락 못 했다……. 미안하다.」

서경은 여전히 냉담한 표정으로 도도하게 남자를 내려다볼 뿐이었다. 이윽고 서경이 야멸치게 발걸음을 떼자 남자가 팔꿈치를 잡았다.

「누가 보면 어쩌려고 이래!」

징그러운 벌레라도 되는 듯 서경은 남자의 손을 모질게 떼어 냈다. 남자는 다만 서글픈 표정으로 서경을 응시할 뿐이었다. 슬픔을 억누르는 듯 선한 눈망울에 잠시 가책을 느끼기도 했지만 그렇다고 원망이 사라진 건 아니었다. 두 사람 사이에 어색한 침묵이 흘렀다.

「아무리 기다려도 네게선 연락이 없고, 마감은 다가오고. 그래서 고지서 재발급 받아 납부했어. 괜찮지?」

서경의 가슴 한쪽이 쿵 소리를 내며 내려앉았다.

「…… 공부는 마쳐야지. 가 볼게.」

서경은 괜히 땅바닥을 구두코 끝으로 톡톡 차고만 있었다. 쥐구멍이 있다면 들어가고 싶은 심정이었다. 차마 남자를 마주 볼 수 없었던 서경은 그의 모습이 멀어지고 나서야 겨우 고개를 들 수 있었다. 황망히 멀어지는 그의 작은 뒷모습을 눈으로 좇으며 서경은 처음으로 그 남자 때문에 울었다. 소용돌이치는 연민이 가슴을 뒤덮었다. 서경은 자신의 영악스러움과 이해타산에 스스로 진저리쳤다. 얼마를 그러고 있었을까. 불현듯 그를 만나야 할 것 같은 생각에 계단을 뛰어 내려갔다. 남자의 모습이 저만치 보였다. 그는 여전히 학생들에게 둘러싸여 뭔가를 열심히 애기하고 있었다. 서경은 계단참에 우뚝 멈춰 서서 그 모양을 바라보았을 뿐 차마 그 앞에 떳떳이 설 수 없었다. 결국 망설이다 먼 거리에서 그를 지나쳐 교문을 나서고 말았다.

그 작은 남자가 서경에게 어떤 감정을 품고 있었는지 서경은 알고 싶지 않았다. 문득문득 다정한 눈길을 받으면서 어쩌면 이 남자가 자신을 사랑하고 있을 것이란 생각을 하지 않은 것은 아니다. 아니 분명히 서경을 사랑했을 것이다. 그러나 자신이 모른 척하는 한 그 역시 끝내 아무런 내색을 하지 않을 것임을 잘 알고 있었기에 시치미를 떼고 있었던 것이다. 그와 인생을 함께 보낼 생각은 추호도 없었으며 일시적인 애인으로라도 용납할 수 없었다. 그저 남자가 베풀어 주는 대가로, 지극히 정상적인 인간이 그렇지 못한 인간에게 해 줄 수 있는 아량만큼만, 꼭 그만큼만 그에게 돌려주면서 적선을 하고 있었던 것이다. 그가 등록금을 자선한 것이 아니라 서경 자신이 난쟁이에게 적선하고 있다는 시건방진 생각. 착한 남자는 아마 그 모든 걸 알고 있었을 것이다.

교문을 나서긴 했어도 서경은 좀체 걸음을 옮길 수 없어 교문 입구 양지바른 곳에 쪼그리고 앉았다. 봄볕은 나른했다. 봄나들이 나온 개미들이 까맣게 줄지어 가고 있었다. 그것들은 하잘것없는 먹이를 꽁무니에 이거나 주둥이에 물고서 부지런히 꼬물댔다. 그중 개미 한 마리를 손에 들어올려 손가락으로 꾹 눌러 보았다. 개미가 움직임을 멈췄다. 죽은 개미를 땅에 내려놓은 뒤 이젠 가시거리에 있지도 않은 남자의 모습을 상상해 보았다. 지금도 그는 학생들에게 둘러싸여 광대 노릇을 자청하고 있을 것이다.

얼마나 그러고 앉아 있었는지 어느덧 하늘이 붉게 물들어 있었다. 그런데 놀랍게도 서경이 방심하고 있는 사이, 그녀가 눌러 죽인 개미가 구겨진 몸뚱이를 추스르며 느릿느릿 기어가고 있었다. 기어가다 픽 쓰러지고 일어나서 기어가다 또 쓰러지면서도 행진을 멈추지 않았다. 개미는 안간힘을 쓰면서 제 갈 길을 가고 있었다. 서경은 진심으로 개미에게 사과했다. 작은 남자에게도 사과했다.

　이후 남자의 모습이 보이지 않았다. 하루가 가고 이틀, 한 달, 석 달이 지나도 작은 남자는 교정 어디에서도 발견되지 않았다. 한 학기 내내 틈날 때마다 두리번댔지만 끝내 찾을 수 없었다. 마지막 학년의 1학기도 다 끝나고 기말시험 준비로 도서관이 붐비던 어느 날, 서경이 정문에 자리 잡고 있는 경비실을 찾았다.

「책 사려고? 그 사람 왜 요즘 안 보이는지 나 역시도 궁금한걸. 딱한 사람.」

「그 사람이 왜 딱해요?」

「딱할밖에. 외모가 남과 달라서 그렇지 어디 나무랄 데가 있나. 찾는 사람이 한둘이 아니던데 알아야 가르쳐 주지, 원.」

「예…….」

경비원은 서경이 자리를 뜨지 않고 어물쩍대자 묻지 않는 말까지 했다.

「그 사람 어려서부터 서커스단에서 잔뼈가 굵은 모양이야. 아버지도 난쟁이라지? 아버지 따라다니며 재주도 배우고 그랬던 모양이야. 생모란 사람은 정상인이라고 들었어. 어찌어찌해서 아버지와 살림을 차리긴 했지만 멀쩡한 여자가 난쟁이와 해로하기가 어디 쉬운 일인가? 그 사람 밑으로 낳은 딸 하나를 데리고 어느 날 온다 간다 말없이 사라진 모양이야. 그 사람은 생모 얼굴이라도 한번 볼 생각으로 서커스단을 떠난 모양인데.」

「그래서요? 만났대요?」

「웬걸. 생모의 고향이란 데를 찾아가긴 했지만 그곳에서도 생모를 알고 있는 사람은 없더래. 결국은 만나지도 못하고 이 일 저 일 전전하다 우연히 책 외판을 시작하게 되었더래. 가만 있자. 그 여동생이 제대로 성장했다면 나이가 지금의 대학생들 또래라고 말했던 거 같아. 그래서 여대생들이 모두 남 같지 않다나 뭐라나. 사람은 나무랄 데 없지만 무슨 소용이야. 모습이 그런걸. 쯧쯧. 사람 하나야 진국이지, 암 그렇고말고.」

그러면 그때 춘 꼽추 춤은 서커스단에서 배운 게 틀림없었다.

「한 6개월쯤 됐지 아마? 맞아. 생각해 보니 그 사건 이후 남자가 사라진 것 같군. 교문 근처에 웬 난쟁이가 얼씬대지 않겠어? 아주 늙은 난쟁이였지. 주름이 그렇게 많이 잡힌 늙은 난쟁인 생전 처음 봤어. 얼굴 전체가 온통 굵은 주름살투성이였다니까. 마치 고목 껍질을 보는 거 같았어.」

「혹시?」

「그래. 나도 그렇게 생각했어. 늙은 난쟁이는 아마 그 사람 아비일 거야.」

「그래서 어떻게 됐어요?」

「한참을 서성이다 그냥 가 버리데. 그 사람에게 귀띔해 주긴 했지. 늙은 난쟁이가 아비였다면 만나러 가지 않았을까?」

작은 남자는 내내 모습을 보이지 않았다. 가장 유능했던 세일즈맨은 사람들의 뇌리에서 그렇게 잊혀졌다. 책을 가장 잘 팔기로 소문났던 난쟁이는 A지방 대학가에서 홀연히 증발해 버렸던 것이다. 그러나 서경만은 작은 남자를 지울 수 없었다. 그럴수 없는 일이 일어났다. 놀랍게도 마지막 남은 4학년 2학기 등록금이 우체국 소액환으로 도착했던 것이다. 그로써 그가 서경에게 약속했던 학비 지원은 완벽하게 이행되었다.

성가신 존재로 발전할 수도 있었을 남자가 더 이상 나타나지 않는 것에 대해 안도할 수도 있었겠지만 서경의 마음은 개운치 않았다. 뻔뻔스럽게 꼬박꼬박 챙겨 왔던 적지 않은 금액은 성치 않은 몸으로 어렵게 번 것이었다. 서경은 자신의 간교함을 용서하기 힘들었다. 스스로에게 구역질이 났다. 그럼에도 서경은 마지막 학기의 등록을 마쳤고 무사히 졸업장까지 손에 쥐었다. 그녀의 엄마는 입학식에 참여하지 않은 것과 마찬가지로 졸업식역시 모른 척했다.

그 즈음 서경은 남자가 추었던 꼽추 춤을 꿈속에서 여러 번 보았다. 깨어나면 두리번거리며 그가 남겼을지 모를 드링크제와 하얀 약봉지 그리고 메모를 더듬어 찾곤 했다. 하지만 얇은 벽을 사이에 두고 쉴 새 없이 들리는 엄마의 해소기침 소리가 현실을 깨우칠 뿐이었다. 서경은 무거운 솜이불을 머리끝까지 뒤집어쓰고 그 소리를 내쫓았다. 외풍이 심한 서경의 집은 한겨울이면 바깥의 매서운 찬바람이 사정없이 들이닥치곤 했다.

서경이 사랑했던 J는 그녀의 집을 목격한 이후 오래 전 소식을 끊고 말았다. 무허가 판자촌에 있는 게딱지 같은 오두막집 딸이 싫었던 것이리라.

대학을 졸업한 그 겨울, J를, 난쟁이 세일즈맨을 원망하고 그리워도 했지만 서경은 그 두 사람 중 누구의 모습도 보지 못한 채 이불 속에서 웅크리며 지냈고, 서경의 엄마는 변함없이 고스톱 치는 재미에 빠져 있었다. 엄마의 놀음은 생전의 아버지가 그나마 남긴 재산을 요리조리 까먹은 원인 제공자였다. 한 번도 풍족히 살아 본 기억이 없으니 재산이라야 별것 아니었겠지만 서경 엄마는 그마저 놀음으로 깡그리 날린 후엔 투전판에 낄 돈조차 없어 홀로 운수점이나 치며 살아가고 있었다. 햇볕을 쬐지 않아 얼굴이 누렇게 뜬 엄마는 딸이 고스톱 상대가 돼 주지 못함을, 아들도 다니지 못한 대학을 특별히 똑똑하지도 않은 계집애가 다닌다는 사실을 늘 못마땅하게 여겼다.

용기가 있었다면 서경 역시 오빠처럼 벌써 집을 나갔을 것이다. 엄마의 유일한 사랑이던 오빠는 어디에 있는지 엄마도 서경도 모른다. 오빠는 영원히 그렇게 살 것이다. 현명한 처사였다. 돈 벌어 갖다 줘 봤자 엄마의 노름 밑천밖에 더 되겠는가. 엄마가 지긋지긋해. 이 집구석도 이젠 넌더리가 나. 곳곳에서 악취가 풍겨. 불량 학생이었던 오빤 술을 마시고 오는 날이면 이렇게 한탄하며 눈물을 글썽였다. 그러다 고교 졸업식 날, 밀가루를 뒤집어 쓴 교복차림 그대로 귀가하지 않았다.

두 모녀만 덩그러니 살고 있는 집은 언제나 납덩이 같이 무거운 침묵에 잠겨 있었다. 두 사람은 하루 종일 말 한마디 하지 않고도 용케 살아 내고 있었다. 엄마는 때로 동네 아낙들과 어울려 점 백 원짜리 고스톱을 치기도 했다. 그러다 배짱이 맞으면 술판을 벌이는 것도 마다하지 않았다. 모든 것이 힘겹기만 하던 그 겨울에 엄마와 마찬가지로 서경 역시 한 가지 놀음을 고안해 냈다. 옷을 뚤뚤 뭉쳐 등에 집어넣은 다음 허리를 잔뜩 구부리고 춤 연습을 했던 것이다. 꼽추 춤은 서경에게 유일한 놀이로 갑자기 등장했다. 춤을 추다보면 서경 자신이 조그만 난쟁이가 된 것 같은 착각에 사로잡히기도 했다. 서경이 춤을 추면 또 다른 그녀가 킬킬 웃었다. 그럴 때면 안방에서 패를 가르던 그녀의 엄마가 바락 소리를 내질렀다.

「야, 이년아. 그게 무슨 소리냐!」

「춤 춰.」

「미친 짓 좀 그만 해라. 젊디젊은 년이 방구석에 처박혀서 못하는 짓이 없네.」

「고스톱보다는 나아.」

잔뜩 독기를 품은 딸의 말대꾸에 엄마는 이내 질금질금 눈물 섞인 소리를 전해 왔다.

「독한 년. 제 어미 알기를 거리의 개똥만큼도 여기지 않는 아주 나쁜 년. 호랑이가 물어갈 년.」

「엄마가 대접받을 자격이나 있다고 생각해? 아들 도망가고 딸 하나 있는데, 보살펴 주기를 했어, 옷 한 벌을 사 줘 봤어! 내가 어떻게 대학을 다녔는지 알기나 해?」

「어미가 너 대학 다니라고 등이라도 떠밀었냐. 망할 년. 대학이라고 다녔으면 돈 벌어 올 궁리나 할 것이지, 허구한 날 뭐하는 짓이냐. 빌어먹을 년 같으니.」

싸움이 시작되면 모녀는 지쳐 나가떨어질 때까지 각자의 벽을 향해 악을 썼다. 누구 목소리가 더 큰지 경쟁하듯 고래고래 소리를 질렀다. 춤추다, 화투 치다, 피차 지겨워질 때면 누가 먼저랄 것도 없이 싸움을 걸어 심사를 긁어대면서 세월을 파먹고 있었던 것이다. 싸움 끝에 서경의 엄마는 늘 눈물을 보였지만 서경은 독살스럽게 끝까지 버텼다.

모녀간에 말다툼도 시들해지던 어느 날 서경은 돌연 집을 나섰다. 언젠가 작은 남자가 사 준 모직 코트의 깃을 단단히 여미고 고속버스에 올랐다. 그날 밤 서경은 서울 신도림 거리에 서 있는 자신을 발견했다. 여전히 주변은 눈이 시릴 정도로 화려했고 대왕호텔은 아직껏 '대왕호털'인 채로 깜박대고 있었다. 그 호텔은 심한 경영난을 겪고 있는 중이거나 그냥 놔둬도 영업에 지장이 없거나 둘 중 하나일 것이다. 어쨌든 '대왕호털' 덕에 서경은 인근에 있는 나성 스탠드바를 쉽게 찾을 수 있었다. 하지만 그곳에서 그 남자를 보게 되리라곤 전혀 예상치 못했다.

육중한 출입문이 소리도 없이 닫히자 음악 소린 더 이상 들려오지 않았다. 지상으로 통하는 화려한 계단을 서경은 고개가 아프도록 올려다본다. 오색 불빛은 여전히 영롱하고 카우보이 호객꾼의 요란한 구두가 술 달린 빨간 나팔바지 밑으로 부지런히 움직이고 있다. 호객꾼은 나성 스탠드바에서 결코 멀리 가지 않았다. 안 보인다 싶으면 이내 다시 회귀하곤 했다. 호객꾼의 구두는 매우 바빴다. 서경은 문득 두 팔을 활짝 폈다. 허리를 낮게 구부리고 한 팔을 내렸다가 들어올린다. 다른 팔도 똑같이 해 본다. 동작을 좀 빨리, 더 빨리 취해 본다. 서경은 어느새 남자의 춤을 흉내 내고 있었다.

공중전화

아버지가 그네를 박차고 공중제비를 돈다. 한 바퀴 두 바퀴. 공중그네에 거꾸로 매달려 있는 소년은 아버지의 날렵한 곡예에 매료된다. 소년의 눈에 아버지는 한 마리 새처럼 보인다. 새가 소년을 향해 훨훨 날아온다. 세상은 더없이 고요하다. 소년은 새를 잡기 위해 팔을 뻗는다. 바로 이때 불현듯 나타난 소리개가 날카로운 발톱으로 새를 낚아챈다. 눈빛이 형형한 소리개는 몸통이 흑갈색이고 부리와 다리도 불에 그슬린 듯 검다. 소리개는 날개를 활짝 펼치고 느릿느릿 날아올라 소년의 시야에서 사라지고 만다.

어느새 중년이 돼 버린 아들은 밤마다 소년의 모습으로 아버지를 만난다. 그러나 번번이 아버지의 손을 놓치고 만다. 단 한 번, 단 한 번만이라도 잡을 수만 있다면, 아버지가 돌아올까. 다음번엔 절대로 놓치지 않으리라. 매번 같은 맹세를 하면서 눈을 뜨면 아들의 몸은 땀으로 흥건히 젖어 있다.

아들은 오늘도 2인분의 밥을 지어 밥상에 올린다. 젓가락과 숟가락도 언제나 두 벌이다. 기약은 없어도 아버지가 꼭 돌아올 것이라 믿고 있는 아들은 치성을 들이듯 같은 행위를 반복한다. 밥을 다 먹고 나면 제 먹은 것만 치우고 밥상보로 덮어 둔다. 일을 마치고 돌아와 아버지의 밥이 그대로 있으면 아들은 차가우면 차가운 대로 그 밥을 먹는다. 그리고 이튿날 새벽 다시 2인분의 쌀을 안친다.

아들은 게으르지 않지만 악착같지도 않다. 배운 게 없어 제대로 된 일자리를 구할 순 없어도 인력 시장에 나가면 공치는 경우란 거의 없다. 젊은 데다 다부져 보이는 체격 덕이다. 언제나 최선을 다하지만 최소한의 일만 할 뿐이다. 아들은 제 스스로 가난한 삶을 택했다. 그것은 자신에게 내리는 벌이다.

오늘도 공중전화가 있던 자리를 지나게 되자 아버지에게 말한다. 아버지. 저는 지금 일 나가요. 밥 차려 놓았으니 드시고 한잠 주무세요. 그럼 이따가 만나요. 하지만 실은, 그 자리가 예전 공중전화 부스가 놓였던 장소가 맞는지에 대해선 확신이 없다. 해가 거듭될수록 자신감은 점점 더 작아진다.

아버지와 어린 아들이 걷고 있다. 앞서 걷던 아들은 수시로 멈춰 서서 아버지가 다가올 때까지 기다리다 다시 걸음을 떼곤 한다. 하지만 자세가 구부정한 아버지 또한 자주 걸음을 멈추는 통에 둘 사이는 좀체 좁혀지지 않는다. 솔찮이 거리가 멀어지자 아들은 쪼그리고 앉는다. 사정없이 내리꽂히는 햇볕에 작은 정수리가 따갑다. 검정색 중절모에 같은 색 양복을 구색 갖춰 입은 아버지는 차림새완 어울리지 않게 아코디언을 가슴에 매달고 있다. 청청한 하늘 위로 부리가 검게 빛나는 흑갈색 새 몇 마리가 커다랗게 원을 그리며 날고 있는데, 아들은 새의 검은 눈이 자신을 쏘아보고 있다고 생각한다. 아들이 두려움에 가득 차서 눈을 찡그리며 올려다보고 있자니 이윽고 가까이 온 아버지가 말한다. 소리개다. 내가 어릴 적에는 종종 소리개가 동네 야산을 빙글빙글 돌다 가곤 했지. 감자를 캘 때면 사람들은 곧잘 아기를 밭두렁에 재워 놓곤 했는데, 어느 날인가는 감자를 한 바구니 캐고 보니 아기가 없어졌더란다. 포대기째 없어졌더란다. 네 할머니에게서 그 얘기를 들은 다음부터 나는 소리개가 나타나면 너무도 무서운 나머지 죽어라 뛰곤 했지. 그런데 그 아기를 진짜 소리개가 물고 갔는지, 아니면 누군가가 키울 목적으로 데려갔는지는 알 길이 없었지. 수명은 칠십 정도로 알려져 있지만, 40년 가량 살게 되면 발톱이 약해지고 부리도 길게 자라 구부러져서 사냥감을 낚아채는 일도, 잡은 걸 먹기도 힘겨워진단다. 날개 또한 무거워져서 날아오르기조차 힘들게 된단다. 내 나이 사십, 내가 마치 소리개의 처지가 된 듯하구나.

들판은 다소 황량하다. 식물들이 드문드문 보이긴 하지만 그것들은 이름조차 궁금하지 않을 정도로 형편없이 시들어 있을 뿐이다. 배낭을 메고 있는 아들은 액자로 짐작되는 물건을 품에 꼭 끌어안고 있는데, 배낭이 흘러내리는지 간헐적으로 추켜올리기도 한다. 아버지는 하얀 보자기에 싸여 단단해 뵈는 무언가를 왼손에 들고 있고, 오른손으로는 손잡이가 꼬부라진 검정색 지팡이를 짚고 있다. 요술쟁이들이나 들고 다님직한 멋들어진 지팡이지만 그것은 부실한 아버지의 몸을 지탱해 주는 버팀목일 뿐이다. 지팡이의 손잡이엔 작은 보퉁이가 옹골진 매듭으로 묶여 있는데, 걸음을 옮길 때마다 이리저리 멋대로 흔들거린다. 아들이 보퉁이를 건네받으려 손을 내밀지만 아버지가 고개를 흔든다. 어린 나이에 어울리지 않게 아들의 눈동자엔 슬픔이 가득하다. 바람 한 점 없는 땡볕이 사람을 퍽이나 질리게 만드는 날씨다. 특히나 아들을 더욱 지치게 하는 것은 몸에 달라붙는 타이즈다. 타이즈는 팔다리와 몸통이 하나로 이어진 원피스형이다. 견딜 수 없다는 듯 이곳저곳을 벅벅 긁어대는 아들의 얼굴은 땀으로 번들거린다. 다른 식물에 비해 제법 이파리가 많이 달려 있는 나무 아래 아들이 혀를 빼물고 주저앉자 그제야 아버지는 하얀 보자기에 싸인 것을 천근이나 되는 듯 힘겹게 건넨다. 그리고 말한다.

「묻어라.」

아들은 그것을 받아 가만히 뺨에 갖다 댄 다음 소중히 내려놓는다. 아들은 열 손가락을 갈퀴처럼 구부려서 흙을 퍼낸다. 기껏 파 놓으면 다시 주위의 모래로 메워지곤 해서 시간이 상당히 지체된다. 손톱 틈새를 파고든 모래 때문에 열 손가락이 버석버석 소리 내는 것 같다. 아버지는 지팡이를 땅에 부려 놓고는 힘

겨운 몸짓으로 주저앉는다. 축 늘어진 자세로 봐선 다시는 일어
나지 못할 성싶다. 아버지는 천천히 담배를 피워 문다. 아들의
이마에서 땀방울이 뚝뚝 떨어져 내린다. 땅을 퍼내는 행위가 맘
먹은 대로 되지 않는 눈치다. 아들이 허리를 펴고 일어서더니
주위를 어슬렁거린다. 그러다 누군가 일부러 힘껏 밟아 놓은 듯
납작하게 찌그러져 있는 깡통 하나를 발견하고 냉큼 주워든다.
그것으로 흙을 퍼내는 아들의 손길은 이전보다 훨씬 수월해 보
인다. 제법 큰 구덩이를 완성하고 나서야 아들은 비로소 아버지
를 쳐다본다.

「묻어라.」

다시 아버지가 말한다. 아들이 말없이 보자기를 풀자 분골함
이 모습을 드러낸다. 우묵해진 빈 공간에 분골함을 밀어 넣고
주위의 흙을 끌어와 덮을 때도 아버지는 담배만 피우고 있다.
아버지의 발치께는 담배꽁초 때문에 너저분하다. 아들은 액자
도 묻어야 할지 말아야 할지 도무지 알 수 없어 아버지를 또 쳐
다본다. 그 눈망울이 소의 그것처럼 순후한 것이 생전 아버지
뜻을 거스르는 일은 하지 않을 듯하다. 아버지는 새 담배에 불
을 붙이며 다시 말한다.

「묻어. 다 묻어 버려. 나쁜 기억도 모두 파묻어 버려라.」

아들은 유리가 끼워진 액자 속의 사진을 물끄러미 바라본다.
고운 여인이 활짝 웃고 있다. 아들은 다신 보지 못할 여인의 얼
굴을 소맷부리로 쓸어 본다. 아들의 눈에 눈물이 고인다. 아들
이 액자까지 파묻고 나자 이번엔 지팡이 손잡이에서 달랑대던

보퉁이 하나를 아버지가 던진다. 그리곤 또 말한다.

「이제부터는 너도 옷을 입도록 하여라.」

기억하는 한 그때까지 아들에게 옷이랄 게 없었다. 그러니까 아들은 열세 살이 되도록 무대의상 외엔 변변한 옷 하나 없이 살았던 것이다. 공연을 할 때는 물론이고 아이들과 뛰어놀 때도 아들은 몸에 찰싹 붙는 타이즈만 입고 살았다. 아들을 제대로 된 곡예사로 키우기 위한 아버지 나름의 훈련법이었다. 아들은 보퉁이를 풀어 볼 생각은 않고 근처에 있는 키작은 나무를 쳐다 보더니 가지 하나를 분지른 다음, 아버지를 한 번 더 쳐다보다 가 분골함이 묻힌 흙모래 위에 꽂는다. 다음에 여길 오더라도 장소를 기억하기 위해서라고 여겨진다. 그러나 어쩐지 자신 없 는 얼굴이다. 나뭇가지는 참으로 부실하여 바람이라도 불면 금 세 쓰러질 것 같다. 나뭇가지가 없어지면 이 너른 들판에서 여 인이 묻힌 곳을 결코 찾을 수 없을 것이다. 적이 걱정이 된 아들 이 나뭇가지를 한 번 더 힘껏 박는다. 그래도 안심이 되지 않는 지 가지 끝에 분골함을 싸고 있던 하얀 보자기를 묶는다. 가벼 운 나일론 보자기는 작은 바람에도 항복의 깃발처럼 나부낀다. 아들은 그제야 아버지가 던져 준 보퉁이의 매듭을 푼 다음 등에 메고 있던 배낭을 내려놓는다.

아들의 옷도 아버지와 똑같은 검정색 양복이다. 아버지는 병약해진 몸으로 작고 큰 양복 두 벌을 거의 한 달여에 걸쳐 완성한 다음 말했었다. 그래. 이젠 여길 떠나자.

아들이 양복을 다 입자 아버지가 다시 말한다. 네 엄마의 영면을 위해 절을 세 번 하도록 하여라. 그리고 다신 울지 말아라. 네 유년은 이 자리에서 끝났다. 보자기가 펄럭이는 나뭇가지를 향해 아들이 절을 끝내자 아버지는 그제야 일어서는데, 자신도 모르게 끙 하는 신음이 새나온다. 아버지는 자신의 앓는 소리가 들리지 않았기를 바라며 아들 쪽을 힐끗 바라본 다음 아들에게 바투 다가간다. 아버지는 아들의 양복 소매를 두어 번 접은 후 바짓단도 세 번 정도 접어 준다. 좀 크구나. 잘됐다. 앞으로 몇 년간은 더 입을 수 있겠다. 배낭을 주워든 아들이 밑부분의 흙을 털어 낸 다음 등에 짊어진다. 아버지는 양손에 들고 있던 물건들이 없어져 훨씬 가벼워진 모습이다. 아까처럼 이따금 키 큰 나무도 만나지만 인적이란 없다. 타이어가 쭈글쭈글한 채로 방치돼 있는 트랙터 트레일러가 눈에 띄자 아들은 그 안을 기웃거려 보기도 한다. 아들은 걸으면서 연신 사방을 두리번댄다. 아버진 아코디언을 이따금 어루만지기도 하지만 지팡이 없이는 걸을 수 없는 몸이기에 연주는 불가능하다. 아들은 아버지로부터 얼굴을 외로 비끼며 자꾸만 눈을 끔뻑인다. 아버지가 울지 말라고 했으니 참아야 한다고 아들은 생각한다. 아들은 왠지 두리번거리길 멈추지 않는다. 더러는 혼자 저만치 뛰어갔다 숨이 턱에 차서 되돌아오기도 한다. 돌아와서는 또다시 여기저기를 부지런히 살핀다. 가끔씩은 걸음을 멈추고 오른손을 귓바퀴 뒤쪽에 대고 갸웃하기도 한다. 손차양을 만들어 햇빛 가리는 시늉을 내면서 눈을 가느스름하게 뜨고는 먼 곳을 바라보기도 한다.

「마을이 있어요!」

아들의 목소리가 격앙돼 있다. 이윽고 아들의 눈에 안도감이 서리는 걸 보자니, 아들은 마을을 찾느라 그리도 마음이 분주했던 모양이다.

「그래. 저기 집들이 보이는구나.」

아버지가 아들의 눈길이 가 있는 곳을 손가락으로 가리킨다. 아버지의 손가락이 유난히 길어서 아들의 마음까지 서늘해져 온다. 그 긴 손가락으로 아버지는 아코디언을 연주했다. 그래서 아버지의 음악은 언제나 슬펐다. 아버지는 본래 공중그네 묘기를 하는 사람이었지만 나이가 들면서 주로 후배 양성에 주력했다. 그러다 아들이 공중그네 기술을 익히자 스승으로서 혹은 파트너로서 함께 공연을 펼쳤다.

마을 어귀에는 공중전화 부스가 있다. 부스는 몹시 낡아서 금세라도 허물어질 듯 부실하기 짝이 없다. 그래도 그 안에서 통화하는 사람이 있는 걸 보면 고장난 것은 아닌 모양이다. 아들도 누군가에게 전화를 걸고 싶다. 그러나 아들이 알고 있는 전화번호란 없다. 태어나서 이제까지 서커스 천막이 집이자 놀이터였기에 전화를 걸 일도 받을 일도 없었다. 누구에게라도 좋으니 전화를 걸고 싶다는 소망을 품은 적은 있었다. 아버지도 같은 생각이 들었던지 공중전화를 오래도록 눈여겨 바라본다.

「길을 잃더라도 이 공중전화만 찾으면 돌아올 수 있겠구나.」

「저도 그렇게 생각해요, 아버지.」

마을이라곤 하나 집들은 각기 다른 모양새로 드문드문 서 있을 뿐이다. 실은 집이랄 것도 없는 형색들이다. 판자로 벽을 치고, 허접하기 그지없는 슬레이트 지붕이 바람에 날아갈까 봐 폐타이어로 눌러놓기도 했다. 거적때기만으로 지붕과 벽을 해 단 집도 있다. 어느 집이건 주변엔 허연 연탄재가 수북했고 붉 은 고무 대야 같은 잡다한 물건들이 예사로 뒹굴고 있다. 어디 선가 불법으로 끌어왔을 굵고 가는 전깃줄이 하늘을 반쯤은 가 리고 있기도 하다. 나무와 나무 사이에 걸쳐 있는 빨래줄엔 넝 마 같은 옷가지들이 깃발처럼 나부꼈다. 황량하기 그지없는 마 을이다. 몇 집을 지나치자 구멍가게가 나타나지만 물건들이 온 통 뽀얀 먼지로 뒤덮여 있는 걸로 보아 장사가 그다지 잘되는 것 같진 않다. 하기야 온통 흙길이라 자동차가 한 대만 지나가 도 먼지를 뒤집어 쓸 것 같긴 하다. 가게 앞을 지날 때 콜라가 눈에 띄자 아들은 갑자기 목이 마르다. 반사반응처럼 꼴깍 목구 멍으로 침 넘어가는 소리가 아들의 귀에 마치 천둥처럼 크게 들 린다. 깜짝 놀란 아들이 아버지를 힐끗 쳐다보지만 아버진 무심 하기만 하다. 차마 사달라고 조르진 못해도 아버지가 자기의 마 음을 알아주면 좋겠다고 생각한다.

아버지가 발을 질질 끌어야 겨우 걸음을 뗄 지경이 됐을 무렵 돌연 마을이 끝나고 야트막한 야산이 요술처럼 앞을 가로막는 다. 그들은 마지못한 듯 오던 길을 되짚어 나갈 수밖에 없었다. 더 가려고 해도 갈 수 없을 정도로 지친 이들 부자는 바로 숲에 면한, 그러니까 마을 초입으로부터 설명하자면 가장 마지막 집 앞에 약속이나 한 듯 우뚝 멈춰 선다. 양철 대문은 온통 삭아서 벌겋게 속살을 드러내고 있다. 건들기만 해도 부서져 내릴 것만 같다. 아버지나 아들이나 차마 주인을 소리쳐 부르지도, 그렇다고 대문을 두드릴 엄두도 내지 못한 채 서성이고 있는데, 여자아이 하나가 와락 문을 밀고 나온다. 제풀에 놀란 대문이 부스스 녹 부스러기를 떨어뜨리자 아들은 한 걸음 뒤로 물러선다. 아들 또래로 보이는 여자아이는 동그란 눈을 더욱 동그랗게 뜨더니 검은 양복 차림의 아버지를 생경한 듯 올려다보다 이어 아들을 내려다본다. 눈빛이 사뭇 당돌하고 이악스러워 보인다.

남편이 한 달이고 두 달이고 집을 비우는 이유는 돈을 벌기 위해서이고, 그 남편이 집을 떠난 지 사흘밖에 되지 않았으므로 귀가하려면 한 달이나 두 달쯤 뒤가 될 거라고, 여자아이의 엄마는 묻지도 않는 말을 주저리주저리 늘어놓으며 막 찐 거라면서 감자를 함지박에 수북이 담아 내놓는다. 여자아이의 엄마는 아버지를 바라볼 때 눈웃음을 친다. 말하거나 웃을 때는 보조개가 옴폭하니 들어간다. 아버지는 아들에게 나가서 놀다 오라고 명령한다.

아들은 뙤약볕 아래 쭈그리고 앉는다. 햇빛을 받아 반짝이는 뾰족한 돌멩이가 눈에 띄자 그것을 집어 든 아들은 흙바닥에 사람 모습을 그리기도 하고 그저 죽죽 금을 긋기도 한다. 여자아이가 옆으로 다가와 저도 나뭇가지 하나를 집어 들더니 동그라미나 세모 따위를 그린다. 땅 따먹기 할래? 여자아이가 말한다. 대꾸도 없이 잠잠하던 아들이 갑자기 일어나서 거꾸로 땅을 짚고 텀블링을 해 보이니 여자아이가 반짝 호기심을 드러낸다. 그뿐 다시금 지루한 시간이 지속된다. 아버진 아직도 나오지 않는다. 여자아이가 다시 무료한 낯빛을 보이자 아들은 보물단지처럼 등에 메고 있던 배낭을 내린다. 아들이 배낭의 지퍼를 열자 여자아이가 목을 빼고 들여다보려 하지만 아들이 몸을 돌려 그녀의 시야를 막아 버린다. 배낭에서 아들이 꺼낸 것은 조그만 공 두 개다. 아들은 대단한 것이라도 보여 주는 양 두 개의 공을 한 손으로 던졌다가 받곤 다시 던지고 받는다. 아버지는 말했었다. 너는 뭘 하든 재주를 타고났구나. 이제부턴 아코디언을 가르쳐 주마.

아들과 아들의 부모는 모두 공중그네가 특기지만 막간엔 다른 묘기를 선보이곤 했다. 아들은 번쩍이는 의상을 입고 텀블링을 하면서 무대를 가로질러 가거나 저글링 묘기를 했고, 아버지는 피에로 복장을 하고 아코디언을 켜면서 호객 행위를 했으며 엄마는 형형색색 형광 빛이 나는 여러 개의 훌라후프를 돌렸다. 열 개 이상의 훌라후프를 한꺼번에 허리에 감고 돌리거나 심지어는 목에 감고 돌릴 때도 있었는데, 불 꺼진 장내에서 엄마의 훌라후프를 보노라면 마치 별세계에 초대된 듯했다.

여자아이가 활짝 웃자 제 엄마처럼 볼우물이 파인다. 아들이 배낭에서 공을 몇 개 더 꺼낸다. 배낭 안이 궁금해진 여자아이가 배낭을 잡아당기려고 하자 이번에도 아들은 그 손을 쌀쌀맞게 쳐내더니 배낭을 가슴에 끌어안는다. 배낭 안에는 아들의 생일 무렵 엄마가 사 준 운동화가 들어 있다. 라벨도 떼지 않은 새 운동화다. 그 외엔 아들이 조금 전까지 입고 있던 타이즈와 공이 들어 있을 뿐이다. 그래도 아들은 여자아이에게 보여 주기 싫다. 여자아이의 표정이 금세 샐쭉하니 변한다. 그러나 아들이 양손으로 다섯 개의 공을 던져 올리거나 바꿔치기하거나 뒤로 던져 올린 다음 잡아보기도 하는 등 자유자재로 저글링을 구사하자 여자아이가 박수를 치면서 아기처럼 폴짝폴짝 뛴다. 여자아이가 뛰어오를 때마다 양 갈래로 땋아 내린 머리칼도 함께 움직인다. 그러나 그 놀이 역시 금세 시들해진다. 해가 뉘엿뉘엿 저물어도 아버진 모습을 드러내지 않는다. 아들은 생각한다. 아버지는 지금 자고 있구나. 걷느라 지쳤으니 그럴 만도 하지. 그렇다면 나도 여기서 자야겠다.

드디어 해가 마지막 한숨을 토해 내듯 꼴딱 넘어갔을 때 여자아이가 아들의 손을 잡고 이끈다. 아들의 키는 여자아이의 어깨 정도밖에 되지 않아서 손을 잡고 걷자니 영 불편하다. 그래서 아들은 여자아이의 팔뚝을 잡는다. 구멍가게 앞에 이르렀을 때 여자아이가 아이스크림을 사서 아들에게도 건넨다. 두 아이는 많은 집들을 지나친다. 그러다 공중전화 부스 앞에 이르렀을 때 여자아이가 말한다. 나는 가끔 이 공중전화로 아빠와 통화를 하지. 공중전화는 이 마을 사람들에게 매우 중요해. 이게 없다면 우린 바깥사람들과 절대 얘기할 수 없기 때문이야. 우리는 주소를 갖고 있지 않거든. 그러니까 누구 집에도 전화가 있을 리 없고, 물론 편지 따위도 배달되지 않지. 웃기는 동네 아니니? 하지만 난 여기 오래 살진 않을 거야. 어쩌면 좀 더 좋은 곳으로 이사 갈 수도 있지. 짐짓 어른스러운 말투로 나불대는 여자아이의 말을 듣자 아들은 또다시 누군가에게 전화를 걸고 싶어졌다.

그게 누구건, 심지어 여자아이 아빠라도 좋겠다고 생각한다.

「이사하면 전화번호를 내게 알려 줄 수 있니?」

「그럴 수도 있지.」

이들은 집에서 점점 더 멀어진다. 그러다 그다지 높지 않은 모래 구릉 지점에 이르렀을 때 여자아이가 돌연 그 위에 벌떡 드러눕는다. 커다란 트럭들이 풀방구리에 쥐 드나들듯 하면서 쏟아 놓고 간 모래야. 여자아인 별나게도 어른스러운 말투를 구사하곤 한다. 난 여기가 좋아. 애, 너도 한번 누워 봐. 아주 기분이 좋단다. 여자아이 말대로 어쩐지 안락해 보인다고 아들이 느낄 즈음 여자아이가 갑자기 치마를 들쳐 백옥 같은 허벅지를 보여준다. 아니 바람이 불어서 허벅지가 드러났던가? 허벅지는 달빛 아래에서 눈부시게 빛났다. 아들 엄마의 허벅지도 이처럼 고왔었다. 아들은 자신도 모르게 여자아이의 허벅지에 입술을 갖다 댄다. 그러자 엄마의 마지막 모습이 선히 보인다. 깃털을 수 겹 겹쳐 놓은 듯 아름다운 발레리나 의상에 상냥한 미소가 떠날 줄 몰랐던 엄마. 그날, 천막은 관객들로 터져나갈 것만 같았다. 아들과 아들의 부모는 화목한 사이만큼이나 공중그네를 탈 때도 호흡이 척척 맞았다. 아버지와 엄마가 각자의 자리에서 동시에 그네를 박차고 올랐다. 아버지가 공중제비 두 번을 하면서 거꾸로 매달린 아들의 손을 잡으면 엄마는 그동안 세 번의 공중제비 끝에 아버지의 발에 거꾸로 매달리는 묘기를 보여 주는 곡예다. 눈 감고도 할 수 있을 만큼 숙달된 묘기다. 그런데 아들이 아버지의 손을 놓치는 바람에 아버지가 아래로 곤두박질쳤고 잡아야 할 목표가 없어진 엄마 또한 눈 깜짝할 새 추락했다. 이후의 상황은 까만 장막 속으로 사라지고, 아들이 알던 세상은 거기에서 멈춰 버렸다. 아들은 그 일을 회상할 때면, 그날따라 아버지의 공중제비가 더없이 아름다웠기 때문이라고 자신을 설득하곤 한다. 그날의 아버지는 한 마리의 새와도 같았으니.

여자아이가 치마로 눈물을 닦아 줄 때에야 아들은 자신이 울고 있다는 걸 알아차린다. 넝마처럼 낡아빠진 그녀의 무명치마는, 하지만 낡은 만큼 부드러웠다. 나중에 여자아이를 회상할 때 가장 먼저 떠오르던 것이 바로 낡은 치마였다. 꽃들이 가득 프린트된 것이었는데 지나치게 오래 입은 탓인지 자세히 보지 않으면 꽃인지 뭔지 도무지 알아먹을 수 없던 치마를 입은 여자아이. 무명치마가 하도 부드러워 아들은 잠시 서러웠다.

칼날 같은 초승달이 눈에 들어올 무렵 여자아이가 불현듯 일어나더니 머리칼이며 옷에 들러붙은 모래를 야무지게 털어 낸 다음 밑도 끝도 없이 냅다 뛰어갔다. 아까 먹다 남긴 삶은 감자를 여자아이가 가지고 되돌아왔을 때 아들은 악몽을 꾸고 있었다. 설핏 잠이 들어 있었나 보았다. 그때부터였을 것이다. 잠을 자면 언제나 같은 꿈을 꾸게 된 것이.

여자아이와 아들은 무릎을 마주 붙이고 앉아 찝찔한 감자를 먹는다. 두 아이가 집에 돌아갔을 때 하나뿐인 방에서 여자아이 엄마와 아들의 아버지는 함께 자고 있었다. 방이라곤 한 칸 밖에 없었기에 여자아이와 아들도 그곳으로 들어간다. 방구석에

서 여자아이를 부둥켜안고 자는 동안 아들은 그녀에게서 대단
한 친밀감을 맛본다. 아들은, 내가 혹시 이 여자아이를 사랑하
는가? 하고 자신에게 물어본다. 그러면 내 아버지도 이 여자아
이 엄마를 사랑하게 되었는가? 이렇게 아들은 또다시 질문을
던진다. 아무래도 좋았다. 더 걷기도 귀찮은데다 아버지의 몸도
성치 않으니 그나마 얼마나 다행인가, 라고 생각하면서 아들은
잠이 든다.

　마을엔 빈 집이 간혹 있었다. 갈 곳 없는 사람들이 엉성하게
집을 지어 임시로 거처하다 떠나곤 했기 때문이다. 여자아이 옆
집도 빈집이었다. 마치 박음질을 하듯 나무판자를 잇대 얼기설
기 만들어 놓은 그 집은 사람이 기거한 지 오래됐는지 사방이
거미줄투성이고 검거나 뽀얀 먼지로 뒤덮여 있었다. 흉내만 낸
듯해 보이는 좁다란 창은 비닐이 뜯겨져 나가 너덜대고 있었으
며 검지만큼이나 기다란 녹슨 못에는 몽당 빗자루와 쓰레받기
가 대롱대롱 매달려 있었다. 흙이 가득한 플라스틱 화분이 눈에
띄자 아들은 거기다 꽃을 심겠다고 작정한다. 부엌이라 짐작되
는 장소에 발을 들여놓았을 땐 몇 마리인가의 쥐들이 까만 눈을
반들대며 무리 지어 있었다. 음식 찌꺼기가 말라붙어 있는 조리
용 기구들과 찌그러진 양재기가 그렇게 반가울 수 없었다. 보세
요. 이걸로 밥을 해먹으면 되겠어요. 때에 전 솥단지를 손에 든
아들이 환호성을 지르며 부엌에서 나온다. 아버진 피로한 얼굴
로 먼산바라기를 할 뿐, 영 반응이 없다. 마당에는 물이 잔뜩 들
어 있는 항아리나 쥐들이 갉아먹다 남긴 비누조각도 있다. 굴러

다니는 신문지 나부랭이에도 쥐의 흔적이 있다. 속히 쥐덫을 놓
아야겠구나. 그제야 아버지가 힘없이 말한다. 방을 들여다보니
시큼한 냄새와 함께 곰팡내가 진동한다. 방 한구석에 둘둘 말려
있는 꼬질꼬질한 누비이불은 빨아서 널고, 몽당 빗자루로 구석
구석 먼지를 쓸어 내고 걸레질도 몇 번하니 두 부자 몸을 뉘어
도 괜찮지 싶다. 재산이 있을 리 없는 이들로선 있으나 없으나
매한가지라 굳이 대문을 다는 수고는 하지 않는다. 어쨌거나 아
들과 아버지는 그 집에 거처하게 된다.

　날이 갈수록 아버지의 몸은 점점 더 허약해져서 누워 있는 날
이 그러지 않은 날보다 더 많아진다. 아들은 나갔다 돌아올 때
마다 겉장이 뜯겨 나간 공책이라든가 챙이 구겨진 야구모자, 구
멍 난 쿠션, 헐어빠진 가죽가방 따위를 주워들고 왔으며, 녹슬
고 망가진 자전거를 힘겹게 끌고 오기도 한다. 그리고 아들은
아버지를 위해 언제나 신문을 갖고 왔는데, 처음 얼마 동안은
제법 꼼꼼하게 읽는 눈치였다. 그러나 무슨 까닭인지 아버지의
낯빛은 항상 어두웠고 날이 갈수록 한숨 쉬는 횟수도 늘어났다.
그러다 아버진 더 이상 신문도 읽지 않게 되었다. 펼쳐 보지도
않은 신문들이 아들의 무릎 높이까지 올 정도로 쌓이던 날, 아
들이 커다란 찐빵을 가슴에 끌어안고 달려온 바로 그날, 아버지
대신 여자아이 모녀가 아들의 집 툇마루에서 아들을 맞는다.

　「네 아버진 떠났다.」

　여자아이 엄마가 말한다. 믿기지 않은 아들이 방문을 벌컥
연다. 언제나 나란히 걸려 있던 두 사람의 양복 가운데 아버지

양복이 걸려 있던 자리가 비어 있다. 집밖으로 뛰어나가려는 아들을 여자아이 엄마가 잡는다. 소용없어. 아침에 떠났으니. 아무런 설명도 없이, 어떻게 살아가라는 충고 한마디 없이 이렇게 아버지는 아들의 인생에서 훌쩍 사라져 버린다. 여자아이 엄마가 아코디언을 가리킨다. 이제부턴 네 것이라더라. 아들은 아코디언을 물끄러미 바라본다. 아코디언은 아버지의 양복처럼 검다. 아버지가 그걸 연주할 때면 검정색 주름 사이에 숨어 있던 붉은 색이 살짝살짝 나타났다 사라지곤 했다. 그 붉음과 검정의 기막힌 조화라니. 실은 아들은 아코디언이 내는 소리보다 주름 속에 숨어 있던 붉은색이 드러나는 광경에 더욱 매혹되곤 했다.

애. 그거 한번 두드려 봐라. 철없이 여자아이가 아들을 채근한다. 아들은 고개를 젓는다. 이건 두드리는 게 아니라 켜는 거야. 아코디언이라고 해. 손풍금이라고도 하지. 오른손으로는 이 피아노 건반 같은 걸 눌러 음을 조절하고 왼손으로는 이렇게 화음을 맞추는 거야. 하모니카처럼 밀 때와 당길 때 소리가 달라져. 그러니까 두드린다는 표현은 옳지 않아.

여자아인 켜는 것이나 두드리는 것이나 그게 무슨 대수냐는 듯 시큰둥하게 어서 음악이나 들려달라고 닦달한다. 하지만 나는, 이걸 연주할 수 없어. 왜냐하면, 왜냐하면…….

여자아이는 몇 번 더 재우치다가 상대방이 이렇다 할 반응을 보이지 않자 낡은 치마를 팔랑이며 나가 버린다. 그제야 아들은 혼잣소리로 말한다. 왜냐하면, 아버지가 아직 가르쳐 주지 않았거든.

　처음엔 여자아이 엄마가 가끔 들러서 음식을 주거나 여자아이가 직접 갖고 오기도 했지만 아들은 스스로 먹고살 만한 벌이를 해야만 했다. 여자아이가 오는 날이면 아들은 자신의 유일한 자랑거리인 텀블링을 해 보이거나 저글링을 보여 주지만 날이 갈수록 반응은 시들하니 변해 간다. 그래서 아들은 여자아이를 위해 아코디언을 연주하고 싶었다.

　남편이 집칸을 마련해 뒀다는 대처로 옮겨 가던 날 여자아이의 엄마가 아들에게 말한다. 우린 빚쟁이에게 쫓겨 도망 다니다 여기를 찾아냈다. 그러니까 이곳에 첫 번째로 집을 지은 셈이지. 얼마 후 두 번째로 들어온 사람이 우리 집 옆에다 집을 짓더구나. 바로 지금 네가 살고 있는 곳이야. 한동안은 두 가구만 있었으니 마을이랄 것도 없었지. 우리 집이고 네 집이고 간에 어차피 언젠가는 헐릴 것이다. 네가 이해할지 모르지만 이 마을에 있는 집들은 무허가라서 땅 주인이 때려 부숴도 할 말이 없단다. 오늘이라도 당장 나가라면 그렇게 해야 한다. 소문에 의하면 아파트가 세워질 거라는구나. 그때까진 아무도 네게 나가라는 말은 안 할 게다. 우리 집은 그래도 연탄보일러라도 있으니 네 집보다 나을 테니 들어와 살던가.

　세월이 흐르는 동안 집들은 바람에 지붕이 날아가기도 하고, 담벼락이 깨지기도 하고, 혹은 떠나고 더러는 새 주인을 맞기도 한다. 어느 땐 하루 사이에 천막집이 두어 채 세워져 있어 낯선 모습을 보이기도 한다. 수퍼마켓이 생겼다가 슬그머니 없어지기도 한다. 여자아이가 살던 집 옆으로는 산등성이를 가로지르는 산책로가 자연적으로 생겨난다. 부침이 유난스럽긴 해도이 마을 또한 사람 사는 여느 동네처럼 저녁 무렵이 되면 밥 짓는 냄새가 나고, 아이들 웃음, 아기 울음소리도 들리는 평범한곳이다. 비에 쓸려가 버리거나 집 짓느라 퍼다 쓴 탓에 모래 언덕은 점점 더 낮아지고 있었지만, 근방을 지날 때면 아들은 늘여자아이의 낡은 치마를 상기한다. 이사를 가지 않았다면 서로사랑하는 사이가 되었을까. 세월이 많이 지난 다음에야 아들은여자아이가 전화번호를 일러주지 않고 떠났다는 사실을 깨닫는다. 아들은 언제나 근근이 살아간다. 가진 재주로 벌어먹고 살길이 영 없는 것은 아니지만, 아버지가 언제 돌아올지 모르기때문에 마을을 떠날 수 없다. 아들은 자신이 처한 곤궁함에서헤어나길 바라지 않는다. 더러 아들은 자기 자신이 벌레와 다를바 없다고 여긴다. 엄마를 죽게 만들었을 뿐만 아니라 아름다운아버지의 육체까지 망가뜨렸으니 어쩌면 벌레만도 못한 인간임에 틀림없다고 자책하기도 한다. 그래서 아들은 단 한 차례도행복하고자 희망한 적이 없다. 행복하면 안 되는 인간이었다.

소문만 무성할 뿐 아파트는 좀처럼 들어서지 않았다. 바람이전해온 소식에 의하면 마을이 들어서 있는 지역은 땅주인도 여럿이고, 사정이 복잡하게 얽혀 있어 사업이 더디다고 했다. 그러니 앞으로도 오랫동안 안심하고 살아도 될 거라고 했다. 처음아버지와 함께 이 마을을 찾았을 때는 공중전화 부스가 마을의시작점이었지만 어느새 그 너머, 예전엔 황량한 들판이었던 장소에도 들쭉날쭉 집들이 들어서거나 고추나 오이 따위를 재배하는 비닐하우스 같은 것도 생겨나고 있어 마을은 제법 커져간다. 마을이 확장될 때마다 아들의 가슴은 더럭 내려앉곤 했다. 아버지가 찾아왔다가 되돌아갈까 봐 어느 땐 마을 끝에서 마냥 서성이기도 했다. 언젠가부터 아들은 제 손으로 묻은 엄마의 자리를 알 수 없게 돼 버렸다. 누군가가 그 위에 집을 지었지 싶다. 어쨌거나 언제 어느 때건 아들은 공중전화 부스를 무심히 지나치지 못한다. 알 수 없는 힘에 이끌려 부스에 들어가서는 송수화기를 들고 실성한 사람처럼 말하기도 한다. 아버지, 오늘은 전을 부쳐봤어요. 계란도 하나 깨뜨려 넣었지만 썩 맛있는 것 같진 않네요.

태풍이 온 나라를 휩쓸던 날, 공중전화 부스는 그나마 붙어 있던 문짝마저도 떨어져나가 버린다. 집들도 여러 채 그렇게 허망하게 무너지거나 맥없이 날아가 버린다. 실은 공중전화 부스 문짝이 사라지거나 말거나 마음 쓰는 사람은 언제부턴가 이 마을에 아무도 없다. 공중전화는 더 이상 효용가치가 없어진 것이다. 아무리 형편없는 마을이라곤 하나 세상사를 비껴갈 순 없었던 것이다. 비록 소유권을 주장할 만한 집은 없지만 휴대 전화 하나씩은 으레 가지게 될 만큼 생활 패턴이 변했기 때문이다. 그래서 공중전화가 더 이상 제 기능을 하지 못하게 되었을 때도 누구 하나 아쉬워하는 사람이 없었다. 그러나 아들에게 공중전화는 여전히 소중했다. 아버지를 만나게 해 줄 유일한 지표로 인식하고 있었기 때문이다. 단 하나의 그리운 이에게 자신의 존재를 인식시키고자 하는 염원을 담아 아들은 수시로 송수화기를 들었다 놓곤 했다. 마을 사람 가운데 아들이 공중전화 부스에 들어가 누군가와 통화하는 모습을 목격하지 않은 이는 없다. 그 상대가 헤어진 아내라거나 자식이라거나 확인되지 않은 소문이 무성했지만 아무도 본인에게 묻지 않았다.

아들은 어느덧 이 마을의 최장기거주자 가운데 하나가 되었는데, 풍문으로만 떠돌던 일들이 가시화되기 시작했다. 판잣집들은 하나둘 붉은 스프레이로 물들기 시작했다. 무슨 표식인지 물론 아들은 알 길이 없다. 아들이 이 마을에 정착한 이십 년간 이때처럼 시끄러웠던 적은 한 번도 없었다. 이삿짐 챙기느라 바쁜 집이 있는가 하면 툭하면 이웃끼리 몸싸움을 벌이기도 했다. 인심은 날로 사나워지고 개중엔 얼굴 보는 것조차 역겨운지 고개를 휙 돌려 버리는 축들도 있었다. 유리창이 깨져 있기도 하고 기물이 파손되는 날 또한 빈번해진다. 갑자기 마을이 살벌해진 것 같아 아들은 조금 두렵다. 빈집의 숫자가 늘기 시작하더니 중장비 기계가 연신 들락거리기 시작한다. 부실한 집들은 굴삭기의 삽날로 툭툭 치기만 해도 와르르 무너져 내린다. 그런 집에서 어찌 비바람 피하고 살았나 싶어 아들의 가슴이 시려 온다. 그 와중에 공중전화라고 성할 턱이 없다. 공중전화는 아파트 터파기 공사가 시작될 무렵 결국 사라지고 만다.

어느 날 아들은 어떤 강력한 힘이 자신을 마구 끌어당기는 순간을 경험한다. 마치 보이지 않는 줄을 매달아 누군가가 잡아당기는 것 같았다. 아들은 아무런 저항 없이 그 힘에 순종한다. 끌려가다 발길이 멈춘 장소는 공중전화 부스가 있던 자리였는데, 믿을 수 없게도 이미 사라졌던 공중전화 부스가 거기에 존재하고 있었다. 매우 새로워 보였다. 아들은 자신의 눈을 믿을 수 없었다. 그도 그럴 것이 엄청나게 환하고 눈부신 빛이 부스를 에워싸고 있었던 것이다. 문짝이 떨어져 나가지도 않았다. 수차례 문을 여닫아 보아도 튼튼했다. 아들은 기쁜 나머지 소리를 지른다. 이제 아버진 길을 잃지 않을 것이다! 이때 공중전화 부스 아래쪽에서 뭔지 모를 물체가 기어 나온다. 자세히 보니 놀랍게도 커다란 생물체였다. 몸뚱이 위로는 마구 헝클어진 털 뭉치가 붙어 있다. 털 뭉치처럼 보이는 것은 눈처럼 새하얗다. 커다란 생물체는 네 발로 엉금엉금 느리게 기어 나온다. 놀란 아들이 두 눈을 부릅뜨고 서 있자 생물체와 눈이 마주쳤는데, 그것이 온통 잇몸을 드러내고 아들을 향해 씩 웃는다. 가만히 들여다보니 놀랍게도 아버지였다. 아들은 이번에야말로 놓치지 않겠다고 결심하고 아버지를 향해 손을 내미는데, 그 순간 아버지의 모습은 빛과 함께 사라진다. 이번에도 역시 아버지의 손을 잡지 못했음을 자책하며 정신을 차렸을 때, 아들은 공중전화가 있던 자리에 쭈그리고 앉아 있는 자신을 발견한다. 아버진 그새 머리카락이 하얗게 샜구나. 혹시 파마라도 한 것일까. 웬 머리가 그렇게 털 뭉치처럼 생겨먹었을까. 새벽은 무척이나 차갑고 냉담해서 아들은 진저리치듯 온몸을 부르르 떨지만 잿빛의 공간을 밝히는 희미한 빛줄기에서 한 가닥의 희망을 감지한다.

아파트가 생긴 이후엔 세상의 모든 것은 아파트 들머리에서 시작하여 또한 거기서 끝난다. 생선 장수나 채소 장수도 그 앞에서만 확성기로 실컷 호객하고 난 다음엔 오던 길로 돌아가고, 마을버스도 아파트 앞에 멈춰선 다음 다시 나간다. 언제던가 아들도 아파트 단지를 들어가 본 적이 있는데, 거기엔 낡은 치마를 입은 아이 따윈 없었다. 아이들의 입성은 모두 반듯하고 깨끗했다. 잠시 그 옛날의 여자아이가 그리웠다. 아파트 쪽에서 보자면 아들의 집은 존재하지 않는다. 높다란 아파트 담벼락이 가로막고 있기 때문이다. 산모롱이에 붙어 있는 몇 채의 판잣집들이 불편했던 모양이다. 그러니 사람들은 이곳에 인간이 버젓이 살아 숨 쉬고 있다는 것조차 알지 못한다. 아파트가 생긴 이후론 야산을 따라 만들어진 산책로를 빙 둘러 한참을 걸어야만 아들은 비로소 집에 당도할 수 있다. 다소 고생스럽긴 해도 집을 지킬 수 있어 큰 불만은 없다. 실은 그것은 단 하나의 행운이랄 수 있었다. 아들의 집을 포함한 주변 언저리부터 산 전체에 이르기까지는 구청 땅이라 아파트 부지에 편입되지 않았기 때문이다. 그러나 이 역시 시민 공원으로 조성될 예정이라니 아들이 떠나야 할 시기도 머잖아 도래할 것이다. 아버지. 아버지가 손수 만들어 준 양복은 아직도 새것이지만 이젠 제게 맞지 않아요. 제 몸에 맞는 양복 한 벌 지어 주세요. 그러니 그만 돌아오세요. 아들은 오늘도 마음속으로 기원한다.

아들은 아코디언을 닦고 또 닦는다. 반질반질하게 윤기 나는 건반 위에서 금방이라도 아버지의 긴 손가락이 춤을 출 것만 같지만 그런 일이 일어날 리 없다. 그래도 아들은 아코디언 손질을 게을리 하지 않고 있다. 아버지가 돌아오면 제일 먼저 아코디언을 가르쳐 달라고 조를 작정이었다. 아들은 그 생각만 하면 아버지를 기다리는 일이 즐겁기조차 하다.

꿈에서 아들은 종종 아코디언을 연주하는 아버지를 만나기도 하는데, 이번 꿈은 예전 것과 다르다. 양 어깨에 아코디언 멜빵을 메고 있는 아버지가 공중을 날아다니면서 음악을 연주한다. 관객들의 얼굴은 모두 위를 향하고 있다. 아들은 언제나와 마찬가지로 그네에 거꾸로 매달린 채 아버지를 올려다본다. 거꾸로 보는 아버지의 모습이 야릇하다. 아코디언의 주름상자를 아버지가 누르니 하얀 새 한 마리가 그 안에서 포르르 날아 나온다. 당길 때도 또한 마찬가지다. 한 마리 두 마리, 자꾸만 새가 나오더니 아들의 몸에도, 저쪽에서 순서를 기다리는 엄마의 어깨 위에도 날아와 앉는다. 하얀 새들은 어느덧 관객의 어깨마다마다에 그득하고 더러는 공중을 날아다니기도 한다. 천막 안은 온통 하얀 새 천지가 되었다. 아들은 오랜만에 행복하다. 행복한 나머지 눈물이 나온다. 눈물이 툭 떨어진 자리에 아름다운 해바라기가 피어난다. 아들이 해바라기를 집으려는 순간 아버지가 땅바닥으로 곤두박질친다. 아, 또 내가 한눈을 팔았구나. 그러나 이번엔 놓치지 않겠다고 이를 앙다문다. 아들이 아버지의 손을 붙잡고자 혼신의 힘을 다할 때 아들의 양 어깨에 날개가 돋아난다. 튼튼하고 긴 흑갈색 날개다. 그것은 그 옛날 보았던 소리개의 날개인 것만 같다. 아들은 튼실한 날개로 아버지를 포근히 감싸 안는다. 아버지가 아들의 품 안에서 환한 웃음을 짓고 있다. 아들은 아버지가 말하지 않아도 그의 마음을 읽을 수 있다. 아버지는 이렇게 말하고 있는 것이다. 애야, 많이 자랐구나. 나를 받을 수 있을 만큼이나.

아들이 눈을 번쩍 떴을 때 창밖이 희번하게 밝아 오고 있었다. 아들은 날개가 돋았던 견갑골 부근을 더듬는다. 왠지 간지러운 게 정말로 날개가 돋았다가 사라진 것만 같다. 아들은 복대기치려는 마음을 지그시 누르며 그 어느 때보다 정성을 다해 밥을 짓고 찬을 만든다. 왠지 마음 가득 기대가 차올라 상 차리는 손길이 자꾸만 허둥댄다. 밥알조차 넘기지 못할 정도로 기대에 부푼 아들은 밥술도 제대로 뜨지 못한 채 수저를 내려놓고는 밥상보를 덮는다. 일하러 갈 차비를 하느라 배낭을 짊어지자 다시 양 어깻죽지가 굼실거린다. 아들은 혹시 정말로 날개가 돋았는가 하여 만져 본다. 평상시완 다른 희망적인 꿈 때문이겠지만 이날따라 조급증이 일어 도무지 일이 손에 잡히지 않는다. 수도 없이 시계를 힐끔거리는 사이 퇴근 시간이 되자 아들은 뒤도 돌아보지 않고 뛴다. 아버지의 귀가에 대한 기대감에 아들은 아버지가 좋아하는 찐빵을 한 봉지 산다. 이십 년 전 아버지에게 전하지 못한 찐빵이 오늘은 주인의 손에 들어가면 좋겠다고 염원해 본다. 확실한 것은 아무것도 없지만 어쩐지 아버지가 가까이 왔음을 아들은 예감한다. 아니다. 그러기를 애타게 기대한다.

낯선 구두 한 켤레를 발견했을 때, 마침내 아버지가 돌아왔음을 아들은 알아차린다. 가슴이 벌렁거리고 두 다리에 힘이 빠지면서 금방이라도 폭삭 주저앉아 버릴 것만 같다. 마음 같아선 방문을 벌컥 열어젖혀 확인하고 싶지만 서두르지 않는다. 서두르고 싶지 않다. 애타게 기다리던 이 순간의 느낌이 너무도 소중한 탓이다. 길고 긴 여행을 한 듯 잔뜩 먼지가 묻어 있는 낡은 구두가 서러워 아들의 두 눈에 눈물이 고인다. 아들은 무릎을 꿇은 다음 더러운 구두를 손에 쥐고 소맷부리로 깨끗이 닦는다. 오래오래 더러움을 닦아낸다. 구두코에 얼굴이 비칠 정도로 정성을 다해 닦은 후 이윽고 방문을 열었을 때, 머리칼이 온통 허연 노인이 사력을 다해 벽에 기댄 자세로 앉아 있는 모습이 보인다. 지혜롭던 까만 눈동자는 다소 암갈색을 띠고 있다. 깊은 침잠의 세계에 빠져 있는 두 눈동자의 시선은 아들을 넘어 저 먼 곳을 향해 있다. 어쩌면 곧 도래할 운명을 담담하게 기다리는 것처럼 보인다. 아들의 가슴이 서늘해 온다. 드디어 만나게 되었다는 기쁨보다 이별의 슬픈 감정이 앞선다. 아들이 노인을 향해 뭐라고 말한 것 같았지만 소리는 혀 밑에서 저 스스로 뭉개져 버린다. 아버지는 바로 오늘 아침에 헤어졌다 만난 사람처럼 아들을 향해 범상하게 싱긋 웃는다. 잔주름이 자글자글한 입매하며, 성한 치아라곤 찾아볼 수 없이 황폐하게 변해 버린 벌건 잇몸은 아버지가 견뎌 왔을 곤고한 세월을 적나라하게 보여 준다.

「네 양복 한 벌 지어 왔다.」

말인 듯 신음인 듯 우물우물 내뱉는 언어를 겨우 알아듣고 아버지의 눈길을 따라가 보니 소년 시절의 양복 옆에 새 양복 한 벌이 걸려 있다.

「마침내, 네가 나를, 이리로 이끌었구나. 네가 나를 부르지 않
았더라면 결코 찾을 수 없었을 게다. 이곳은 참, 많이도 변했
구나.」

뼈가 살을 뚫고 나올 듯 앙상한 아버지의 손이 아코디언을 집
어 든다. 그 손에서 옛날 아들을 서럽게 만들던 길고 아름다웠
던 손가락을 상상하기란 쉽지 않다.

「아직도 이걸 가지고 있었느냐? 네게 아코디언 켜는 법을 가
르쳐 주마.」

감회가 새로운 듯 아코디언을 쓸어 보던 아버지가 아코디언
멜빵을 양 어깨에 걸친다. 아코디언이 예전보다 커졌는지 아버
지의 몸이 줄었는지 악기는 몸에 맞지 않는 옷처럼 헐겁다. 아
버지는 채 한 곡도 끝내기 전에 스르르 무너지지만 손가락은 여
전히 아코디언 건반에 얹혀 있다. 아버지의 오른쪽 손가락 하나
가 짚었던 음 '솔'이 길었던 것은 이 때문이다.

사흘 후, 아들은 아버지가 지어 놓은 새 양복을 입는다. 아버
지. 이번에도 양복이 커요. 팔 길이도 길고 바지 역시 제게는 너
무 크군요. 그러나 단을 접어 줄 아버지는 이제 세상에 없다. 예
전엔 아버지가 접어 줬던 바짓단을 이번엔 아들 자신이 직접 접
는다. 더 이상 기다릴 게 없는 아들은 비로소 이십 년 살던 집을
떠난다. 새 양복 안주머니에는 아버지가 힘겹게 벌었지 싶은 몇
푼의 돈과 함께 편지가 들어 있다.

애야. 나는 겁이 났다. 겁이 난다는 것은 잃고 싶지 않은 소중한 것이 있다는 얘기지. 잃을 것이 없는 사람한테 겁이란 있을 수 없을 테니까. 내게 소중한 것은 바로 너다. 내 육신이 네게 거추장스런 존재가 될까 봐 나는 그것이 정말 겁이 났다. 너를 위해 떠났고, 또 너를 위해 돌아왔다. 지금도 나는 몹시 겁이 난다. 알겠니? 너를 사랑하기 때문이란걸. 그런데 참으로 이상하지. 세월이 흐를수록 좋지 않은 일은 차츰 흐려지고, 즐거웠던 기억만 남는구나. 애야. 너도 내 나이쯤 되면 좋은 기억을 가질 수 있을 것이다.

아들의 가슴엔 먼 옛날 아버지가 그랬던 것처럼 아코디언이 매달려 있다. 하늘은 이 마을을 처음 찾았을 때처럼 청명하기만 한데, 길은 이십 년 전 아버지와 걸었던 그 길이 아니다. 마을이 없어지고 공중전화가 없어졌다. 그러나 아들의 기억 속에는 여전히 그 모든 것들이 존재하고 있으니 아들은 아무 일도 없었던 것이라고 믿고 있다. 언젠가 아버지 나이가 되면, 그때가 되면 제게도 정말 좋은 기억만 존재할까요? 아들이 하늘을 올려다볼 때 아버지의 목소리가 어제 일처럼 선명히 들려온다. 내가 어릴 적에는 종종 소리개가 동네 야산을 빙빙 돌다 가곤 했지. 어느 날인가는 감자를 한 바구니 캐고 보니 아기가 없어졌더란다.

아버지. 사실 소리개는 그렇게 모진 새가 아닙니다. 기껏해야 남의 집 병아리나 채가고 개구리 정도 잡아먹는 새랍니다. 그러니 밭두렁의 아기는 아이를 가질 수 없는 이가 데려가서 잘 키

웠을 겁니다. 아버진 당신이 소리개 같다고 했지요. 소리개는
마흔이 되면 어느 쪽이든 선택을 한다고 해요. 그대로 죽던가
아니면 고통스러운 갱생 과정을 거쳐 새로 태어나든가. 몇 년
후면 저도 선택을 해야 할 나이가 될 테지요. 그때가 되면 저는
부리로 바위를 쪼아서 헌 부리는 없애고 새 부리를 돋아나게 만
들 겁니다. 튼튼해진 부리로 둔해진 제 발톱도 모두 뽑아내 버
릴 것이며, 새로 생긴 싱싱한 발톱으로 무거워진 깃털도 뽑아내
어 새 깃털이 돋게 만들 것입니다. 그리하여 나머지 시간은 맘
껏 날면서 다닐 겁니다. 아버지. 이제야 비로소 공중그네를 탈
수 있을 것 같아요.

고요의 저편

아이들은 자신이 어른이라는 걸 알고 있을까.

네가 되기 전의 너는 무엇이었을까. 지금의 너를 '오랜 시간'이라고 말할 수 있는 근거는 어디에 있을까. 너는 어째서 네가 돌아간 곳에서 다시 아이로 돌아왔는가.

네 엄마는 네 생일 즈음이 되면 몸이 부었다. 눈두덩이 불룩하게 부풀어 오르면 굳이 날짜를 확인하지 않아도 그날이 도래했다는 걸 알아차렸다. 눈언저리를 시작으로 손등과 발등, 손가락, 발가락까지 물에 불린 것처럼 퉁퉁 부어올랐다. 신기하게도 신체가 먼저 신호를 보내 왔던 것이다. 여섯이나 되는 많고 많은 자식 가운데 유독 네 생일에만 나타나는 네 엄마의 신체적인 변화는 매우 수상쩍었다. "연년생으로 아기가 들어서는 바람에 실은 낳지 않으려고 했다." 네 엄마는 이렇게 서두를 꺼냈다.

작정하고 병원에 갔는데, 늦었다고 하더라. 넌 한치 앞도 분간할 수 없을 정도로 눈보라가 몰아치던 한겨울에, 그것도 하필이면 새벽에 산골에서 태어났다. 예정일보다 열흘쯤 빨리, 게다가 느닷없이 진통이 시작되는 바람에 누구의 도움도 받을 수 없었다. 네 아버진 노름에 빠져 벌써 며칠째 집을 비운 상태였다. 하기야 산통을 알았다 해도 그 험한 눈보라를 뚫고 올 수는 없었겠지. 네 두 언니나 오빠의 도움을 받기엔 그 아이들이 너무 어렸고, 벼락을 맞았는지 전화까지 불통이었다. 이웃에 도움을 요청해야 했지만 그 어린것들을 사지로 내보낼 생각은 추호도 없었다. 만일 잘못되더라도 그건 갓난아기 몫이지 싶었다. 아이들이 놀랄까 봐 문고리 걸어 잠근 채 이를 악물고 애꿎은 베개만 물어뜯었다. 탯줄도 내가 직접 끊었다. 제 어미 잘못되는가 싶어 네 언니들과 오빠는 창호 문에 붙어 서서 숨넘어갈 듯 울었다. 나중에 보니 문살이 죄다 부러지고 문종이도 걸레조각처럼 너덜너덜해졌더라.

네 서운한 감정 따윈 아랑곳하지 않은 채 네 엄마는 말을 이어나갔다.

너 낳고는 첫국밥도 먹지 못했다. 뜨끈한 미역국에 쌀밥 말아서 훌훌 마시는 게 그 새벽의 어미 소원이었다. 그런데 그걸 하지 못했어. 매년 이맘때가 되면 내 몸이 먼저 그걸 기억해 내서 징그러울 정도로 정확히 신호를 보내는구나. 평생 그 순간의 서러웠던 기억을 잊을 수 없다. 네 생일 때마다 어미의 몸이 붓는 것은 그 때문이지 싶다. 네가 일부러 내게 해코지하려고 하필이면 그날 세상에 나온 것은 아닐 터이니 죄책감까지 가질 필요는 없다. 그렇지만 생전 하지 않던 노름을 네 아버지는 네가 내 뱃속에 자리 잡을 무렵 시작했고, 또 하필이면 네가 태어나던 날 그리도 날씨가 험했던 걸 보면…… 네 인생에 굴곡이 많지 싶다.

아홉 살짜리 계집아이를 붙잡고 얘기할 성질의 것은 아니었다. 그럼에도 네 엄마는 무슨 심사에서였는지 비교적 상세히 그때의 상황을 설명하고자 애썼다.

그런데 참 이상도 하지. 출산 진통이 시작되고 눈앞이 노래지면서 천장이 빙빙 도는데 웬 노인 하나가 보이는 거야. 뒷모습을 보인 채 빨래를 하고 있지 않겠니. 꿈 같지는 않고 그렇다고 생시 같지도 않은 것이, 그러나 너무나도 친숙한 모습이었다. 저 노인을 어디서 봤을까 기억을 더듬는데, 바로 그 순간 네가 세상에 나왔다.

콩나물 머리를 똑똑 따 내려가는데 열중해서인지 네 엄마는 한 차례도 고개를 쳐들지 않은 채 네 탄생에 얽힌 얘기를 이렇게 마무리 지었다. 저녁 밥상에는 머리 잘린 콩나물비빔밥이 올랐다. 너는 그날, 저녁을 굶었다. 바로 그해 가을, 사건은 일어났고 네 엄마의 예견에 부응하듯 너는 범상치 않은 운명 안으로 발을 들여놓게 된다.

네가 겨우 걸음마를 떼게 되었을 시기였던가 아니면 제법 걷기 시작할 무렵인가 모르겠다. 너는 거추장스러운 기저귀를 벗어던져 버리고 장판에 낙서를 하고 있었다. 그 모습을 본 네 엄

마가 혀를 차더니 기저귀를 도로 채워 주었다. 그러나 답답함을
도저히 참을 수 없었던 너는 곧바로 기저귀를 벗어 내팽개쳐 버
린다. 그러지 않아도 일이 많아 신경이 곤두서 있던 네 엄마는
네 손에서 크레용을 빼앗고 엉덩이도 두어 대 야멸치게 때린다.
그러나 다음 순간 네 엄마는 혼비백산하여 엉덩방아를 찧고 만
다. 어느 사이엔가 네 손바닥이 엄마의 뺨을 후려쳤기 때문인
데, 도저히 믿을 수 없을 정도로 크고 거칠며 분노에 차 있었다.
깜짝 놀라 살펴봤지만 여느 아이 손과 다를 바 없이 네 것 역시
아기 단풍잎처럼 작고 앙증맞았다. 불현듯 그때 일이 떠오르면
네 엄마는, 그것이 과연 현실에서 일어난 일인지 착각인지 도무
지 분간이 가지 않는다고 말하곤 했다.

　네 생일 무렵이 되면 네 엄마는 심경이 벼린 칼처럼 날카로워
져 살얼음판을 딛듯 아슬아슬한 분위기를 곧잘 연출했다. 자식
많은 집의 아이들답게 눈치가 빨랐던 네 형제들은 이때만큼은
걸레질도 솔선수범하고, 차분히 앉아서 하다못해 만화책이라
도 읽는 척하곤 했다. 네 아버지 또한 어느 사이엔가 출타해 흔
적조차 찾을 길이 없었다. 그러나 정작 당사자인 너만큼은 별로
개의치 않았다. 자신의 불편함을 남에게 화풀이한다는 건 옳지
않은 행동이라 여겼기 때문이다.

　네 가족은 오래 전, 살던 고장을 등지고 소도시로 이주했다.
전답과 문중 산까지 팔아 치워 생소한 도시로 왔다. 그러나 매
매를 위임했던 아버지의 지인이 약속을 지키지 않는 바람에 네

가족은 임시변통으로 변두리 여관방 한 칸에 짐 보따리를 풀 수밖에 없었다. 부탄가스의 위험을 감수하고 휴대용 버너로 밥을 지어먹으면서 작은 창조차 없는 곳에서 짐승처럼 살았다. 낮에도 알전구를 켜놔야 했던 그 방은 밤이면 지린내가 진동했다. 번갈아 깨서 화장실 타령하는 아이들을 일일이 건사할 수 없어 네 엄마가 궁여지책으로 마련해 놓은 요강 때문이었다. 밤이 되면 정체를 알 길 없는 소음이 부실한 벽을 뚫고 들어왔다. 너는 요강에 앉아 소변을 보면서 내내 그 수상쩍은 신음들에 주의를 기울였다.

소리들이 자장가처럼 익숙해질 즈음 네 아버지는 거의 잃을 뻔했던 돈 가운데 일부를 회수하였고, 그제야 네 가족은 여관을 빠져나올 수 있었다. 여관에 거주하는 사이 끼니를 거르지 않은 것은 네 아버지가 익힌 구두수선 기술 때문이었으니, 참으로 신통한 일 가운데 하나라고 할 수 있다. 그 무렵의 네 아버지 옷에는 접착제나 구두약 냄새 같은 것이 배어 있었다. 네 아버진 종종 여관 손님들의 구두를 수거해 닦았는데, 까만 구두 표면에 캥거루 구두약을 골고루 칠하고 연신 침을 퉤퉤 뱉어가며 문지르던 모습이 아직도 네 눈에 선하다. 너는, 구두닦이 아버지가 네 진짜 아버지일 턱이 없다고 생각했던 것 같다.

여관 지하실에 오 개월 동안 방치된 짐들은 곰팡내에 절어 있었다. 일부 가산에는 실제로 하얀 곰팡이가 꽃처럼 만개해 있기도 했다. 난민 수용소와도 같던 여관 신세에서 벗어난 네 가족은 조그만 구멍가게가 딸린 집에서 살게 되었다. 여기서 네 부모는 네 밑으로 두 명의 여자아이를 더 낳게 되어 자식이 여섯으로 늘어난다. 여관에서 차마 해결하지 못한 욕구를 네 부모는 뒤늦게 해소한 듯했지만, 새로 장만한 집도 여섯 아이를 키우기엔 턱없이 비좁고 초라한 장소였다. 이 부분에서 넌 간간이 분노를 느낀다.

네 형제들과 달리 너는 분칠을 한 듯 뽀얀 살결에다 머루알처럼 크고 새까만 눈동자와 기다란 속눈썹을 가진 예쁜 아이였다. 그렇다. 지금도 별로 달라지지 않았지만 특히 어린 시절 네 외모는 도드라졌다. 유난히 사랑스럽게 생긴 아이라 이목이 쏠렸지만 네가 일어나 걷기 시작하면 그 시선은 금세 동정으로 바뀌었다.

어느 해 여름, 너는 병을 앓았다. 고열로 얼굴이 홍당무처럼 붉어지고 구토가 심했다. 먹기만 하면 설사를 해댔다. 아이를 많이 길러본 네 엄마가 봤을 때 네 증상은 영락없는 여름감기였다. 개도 걸리지 않는다는 여름감기에 걸린 너는 좀처럼 회복되지 않았다. 네 부모는 큰 걱정은 하지 않았다. 감기란 시간이 걸릴 뿐 낫는 병이니까. 너는 빨간 시럽 형태로 제조된 감기약을 세 병이나 복용하고서야 겨우 기동할 수 있었는데, 이때부터 다리를 절게 되었다.

여관방 신세는 모면했지만 네 부모는 가구를 사들일 만한 여유까지는 없었다. 그래서 장롱 대신 벽에다 못을 촘촘히 박은 다음 크고 작은 옷들이나 가방 등속을 줄줄이 걸었다. 나중에 네 엄마는 그것들을 가릴 요량으로 시장에서 커다란 천을 끊어

왔다. 옥양목을 사고 싶었으나 그보다 질이 떨어지는 옥당목을 살 수밖에 없는 신세를 네 엄마는 한탄했다. 그러나 너른 옥당목 한가운데에다 자수를 놓을 즈음엔 심사가 누그러졌는지 콧노래까지 불렀다. 동그란 수틀 위아래를 넘나들며 능란하게 바늘을 놀리던 네 엄마가 갑자기 눈을 빛내며 네게 말했다.

「목단이다. 부귀를 가져온다고 해서 부귀화로도 불리고 있지.」

네 엄마는 부귀를 불러오기 위해 자색 목단을 화려하게 수놓았는지 몰라도, 네가 옥당목을 잊지 못하는 이유는 따로 있다. 어느 날 너는 문밖에 엄마의 기척이 느껴지자 문득 장난기가 발동했다. 너는 옷을 잔뜩 품고 있는 하얀 옥당목 안으로 숨어들었다. 그러다 엄마가 들어오자 불현듯 튀어나와 폴짝 뛰어오르면서 그녀를 껴안았다. 그 순간 네 엄마가 어찌나 모질게 너를 내쳤든지 네 몸뚱이는 쿵 소리를 내며 벽면에 세차게 부딪혔다. 이때 너도 모르게 옥당목을 와락 움켜잡았는데, 네 손아귀의 완력 때문인지 그만 찢어지고 말았다. 천 찢기는 소리가 네 귀엔 천둥과도 같았다. 네 엄마가 외마디 비명을 내지르며 옥당목을 부여잡았다. 너의 안위엔 관심조차 없어 보였다. 작은 몸을 온통 뒤덮은 옥당목 아래에서 너는 고독했다. 푸르거나 붉거나 혹은 희거나 검은 옷들 속에 파묻힌 너는 깊은 외로움에 몸을 떨었다. 엄마의 처사가 부당하다고 생각되었지만 너는 가만히 눈을 감았을 뿐이다. 그 일로 네 엄마는 오랜 기간 팔에 깁스를 해야 했다.

그 장면을 목격한 네 연년생 언니는 너를 향해 거침없이 내뱉었다.

「너는 천사의 얼굴을 한 악마야.」

그 무렵 네 언니가 탐닉하던 순정 만화에 등장하던 낱말들이다. 그순간 네 언니의 얼굴에 서린 광채를 너는 잊지 못한다. 성인이나 쓸 법한 언어를 실제로 사용했다는 기쁨에 스스로 도취된 모습이었다. 훗날 네 엄마는 만원 버스에서 이리저리 밀리다 갈비뼈에 금이 간 적이 있는데, 그 일로 짐작건대 일찍이 골다공증 증세가 있었던 모양이다. 그러니 그때의 일로 인한 죄책감이 조금이라도 남아 있다면 이제 그만 털어 버려도 될 듯하다.

네 형제들이 흙을 묻히며 골목에서 뛰어놀 때 너는 책을 읽었다. 책을 읽으며 종종 고개를 들면 어딘지 알길 없는 먼 곳을 응시하는 눈빛이 되곤 했다. 이때의 네 눈은 몹시 외로워 보이고 또한 깊었다. 너의 그 시선 속에는 시간을 초월한 듯한, 도저히 가늠할 수 없는, 아득한, 오래된 시간이 자리 잡고 있었다. 무엇이 어린 네게 그런 눈빛을 하게 만들었을까.

읽을 만한 책이 없을 땐 너 또한 밖으로 나갔으나 형제들과 어울리진 않았다. 너는 후미진 곳에 앉아서 코딱지보다 작은 먹이를 물고 가는 개미 행렬을 지켜보았다. 개미는 왜 개미이며 왜 나는 인간인가. 너는 꼼짝 않고 한 자리에 앉아 생각에 잠기기도 했다. 형제들이 텔레비전 채널을 가지고 악다구니를 벌일 때도 너는 거기 없었다. 너는 네 형제들이 끔찍이도 싫어하는 골방에 틀어박혀 라디오에 귀를 기울였다. 라디오는 왠

지, 네게 무척이나 익숙했다. 아주 오래전부터 곁에 있었던 것
처럼 친밀했다. 다만 어느 날이던가 네 두 눈과 귀가 텔레비전
을 향해 활짝 열렸던 적이 있다. 사각의 모니터 안에서 어느 여
인이 소복 차림으로 살풀이춤을 추고 있었다. 네 형제들이 채
널을 돌리려고 하자 네가 뛰어가서 저지했다. 주위에 아무도
없는 듯 무아지경에 빠져 살풀이춤에 몰두해 있는 네게 연년생
언니가 이죽이며 말했다.

「네 까짓 게 뭘 알기나 해?」

「나는 알아. 알고 있어.」

「네가 뭘 알아?」

「나는 저 춤을 알아.」

네가 돌연 살풀이춤을 춰 보이자 네 언니는 슬금슬금 뒷걸음
질을 쳤다. 도무지 동생 같지 않아서 두려움마저 일었다.

손을 벌리지 않으면 잔돈푼조차 지닐 수 없었던 너는 가끔 그
럴듯한 거짓말로 돈을 타냈고, 그 돈은 대부분 도서구입비로
쓰였다. 너는 형제들, 심지어는 친구들 사이에서도 외톨이였다.
외모도 그러했지만 많은 면에서 너는 달랐으며 그 다른 점들은
해가 갈수록 점점 더 수면 위로 올라오고 있었다. 너는 하는 수
없이 자신을 타인들로부터 고립시켰다. 사람들과의 교류란 네
게 귀찮은 일처럼 돼 버렸다. 넌 누구와도 공감대를 형성하지
못했다.

너는 이 무렵 거대 아쿠아리움 견학을 가게 되는데, 그 가없
는 고요함에 소스라치게 놀란다. 수백 수천의 물고기가 소리 없

이 헤엄치는 모습을 목도하자 너는 수백 수천 세월 저 너머의 어떤 시원에 대한 그리움에 목이 멘다. 가없는 세월을 헤엄치며 살아온 듯한, 조용하기 그지없는 물고기를 너는 사랑하게 된다. 바로 그날, 네가 네 엄마에게 묻는다. "엄마, 고모는 왜 그렇게 빨리 죽었어요?" 네 엄마는 외계 생물체라도 만난 듯 생경한 눈으로 너를 내려다보다가 "대체 무슨 뚱딴지 같은 소리야. 너한테 고모가 어딨어? 네 아빠 외동인 거 모르니?" 이렇게 퉁명스럽게 대꾸하곤 설거지물에 손을 담가 버린다. 너는 네 엄마가 너를 속이고 있다고 확신한다. "고모는 스무 살에 세상을 떴어요. 난 다 기억해요. 그런데 왜 죽었는지 생각이 안 나." 네 엄마는 시답잖은 헛소리엔 대거리할 필요조차 없다는 듯이 하던 일을 계속한다.

네 집에서 다소 떨어진 곳에 위치하고 있는 소규모 수족관을 마침내 발견했을 때 네 가슴은 두근거렸다. 하루가 멀다 하고 수족관에 달려와서 눈을 빛내는 너에게 수족관 남자는 친절했다. 처음엔 손가락 한 마디보다 더 작은 열대어 한 마리를 물과 함께 비닐봉지에 넣어주었다. 이튿날 또 가니 남자가 물었다. "얘, 너 어항 있니?" 눈을 깜빡이며 작은 머리통을 내젓자 이번엔 동그란 유리 어항 하나를 내밀었다. 너는 냉큼 그것을 받아들고 내달렸다. 유리컵에 담아 뒀던 물고기를 어항에 풀어 주니 물고기가 기뻐서 춤을 췄다. 남자는 미끼를 던지듯 감질나게 꼭 한 마리씩만 건네곤 했다. 줄 때마다 네 몸 어딘가를 건드리는 것만 빼곤 딱히 나쁜 구석은 없던 남자였다. 처음엔 예쁘다며 볼을 쓰다듬었다. 그러다 엉덩이, 가슴으로 손길을 옮겨갔다. 수줍게 올라오기 시작하던 가슴의 작은 멍울을 장난스럽게 건드리기도 했다. 넌 성조숙증세가 있었던 모양이다. 또래보다 일찍 성호르몬의 영향을 받으면 공격적인 성향이 되거나 이성에 대해서도 일찍 눈을 뜨게 된다는데 혹시나 네가 그러한 아이가 아니었을까 의심된다. 어느 때 남자는 엄지와 검지로 작디작은 네 젖꼭지를 꼭 쥐었다가 놓기도 했는데, 그럴 때면 눈물이 질금 나도록 아팠다. 그래도 수족관에 가기를 멈추지 않았다. 몸 어느 한 부분을 만진다고 닳는 것도 아니고 목숨이 끊어지는 것도 아니다, 라는 것이 네 생각이었다. 그러니 남자의 행동이 점점 더 대담해진 것은 네 탓도 있었음을 배제할 수 없다. 용돈이 궁하던 네게 남자의 선심은 고마운 일이 아닐 수 없었다. 기르던 물고기가 자꾸만 죽었기 때문에 너는 언제까지라도 수족관에 다녀야 한다고 생각했다.

구두수선 일을 작파해 버린 아버지는 엄마의 가게에서 돈을 일삼아 털어 갔다. 또다시 섰다에 손을 댄 게 틀림없다며 네 엄마는 바락바락 악을 쓰곤 했다. 실은 너 또한 네 아버지처럼 엄마의 돈 통에 손을 대긴 했다. 미미한 액수라 가책까지 느끼지는 않았지만, 어쨌든 네 몫까지 아버지가 뒤집어쓴 건 사실이다.

형제들은 자신들과 다른 너를 따돌렸고, 네 연년생 언니는 특히 심술궂었다. 다리를 저는 네가 부끄러웠는지 네 형제들은 가능하면 너와 함께 다니려고 하지 않았다. 어쩌면 외모보다는 도무지 공유되지 않는 너의 독특한 본성 때문이었을 거라 유추되는 면도 없잖아 있다. 너는 네 연년생 언니가 괴롭힐 때마다 그녀가 어디론가 훌쩍 떠나 버리면 좋겠다는 소망을 품었으며, 스스로 사라지지 않는다면 네 손으로 직접 처단할 수도 있지 않을까, 라는 천인공노할 상상도 서슴지 않았다. 항상 머릿속이 복잡했던 너는 네 감정을 드러내지 않고자 제법 안간힘을 써야 했다.

어느 날이던가 그 언니가 네 소중한 물고기를 손바닥에 놓고 장난질을 치고 있었다. 몸뚱이를 뒤채며 파닥이던 물고기가 마침내 바닥에 떨어졌다. 고통스럽게 꿈틀대는 작은 생물을 내려다보면서 네 언니는 웃었다. 이때, 네 안의 어떤 것이, 반드시 응징을 가해야 한다고 소리쳤다. 언젠가 그럴 기회가 반드시 올 것임을 믿어 의심치 않았기에, 너는 네 언니에 대한 처벌을 유예하기로 했다. 머잖아 그날이 도래했다. 해 저무는 줄 모르고 놀던 언니가 저녁 식사 때를 넘겨 귀가한 날이었다. 네가 밥상을 차리겠다고 착한 얼굴로 말하자 네 엄마는 기다렸다는 듯 방으로 들어갔다. 홍미진진한 연속극을 보고 있었기 때문이다. 너는 염소 소독제 락스를 부엌으로 가져왔다. 락스는 진즉부터 네가 염두에 둔 처벌 도구였다. 플라스틱 용기에 담겨 있는 락스를 볼 때마다 예사로이 느끼지 않았고, 언젠가 언니를 응징하게 된다면 그것이 사용될 것임을 예감했었다. 뚜껑을 열자 역한 냄새가 훅 코끝을 자극했다. 너는 한 손으로 코를 감싸 쥐고 국대접에 락스를 들이부었다. 락스는 콸콸 소리 내며 쏟아졌다. 락스와 만난 뜨거운 국은 금세 부글부글 괴어올랐다. 거품이 잠잠해지자 젓가락으로 휘저은 다음 너는 천연덕스럽게 밥상을 들고 나갔다. 엄마가 인근 야산에서 캐온 어린 쑥으로 끓인, 조금 전까지만 해도 네가 맛있게 먹었던 국이다. 너는 밥상머리에 앉아 언니가 쑥국에 숟가락을 넣는 장면을 말끄러미 바라본다. 언니는 한입 떠먹어 보더니 상을 찡그리고는 국물과 건더기를 모두 뱉어 버렸다. 아! 국이 상한 모양이야, 이렇게 말하곤 이후부턴 반찬만 께적였다. 언니가 상을 물리자 이번에도 너는 솔선해서 밥상을 들고 나간다. 비행의 흔적을 남김없이 수채에 부어 버렸음은 물론이다. 넌 이 일로 죄책감을 가진 적은 없다. 아무 일도 일어나지 않았으니 괜찮은 것이라고 여겼다. 만일 불행한 일이 생겼다면 네가 죄의식을 느꼈을까. 알 수 없다.

너는 학교생활마저도 편치 않았다. 특히 네 짝꿍은 네 얼굴이 형제들과 다른 것을 보면 주워 온 아이임에 틀림없다는 소문을 퍼뜨리고 다녔다. 자주 듣다 보니 사실일지도 모른다는 의심을 너는 품게 되었다. 네 엄마가 네게 들려줬던 탄생 비화는 필경 지어낸 것이며, 네가 앓고 있을 때 병원에 데려가지 않은 무심함 역시 친자식이 아니기 때문이라는 억측도 서슴없이 하게 되었다. 하지만 그 정도의 일은 네게 전혀 중요하지 않았다. 그럼에도 짝꿍은 네가 견디고 싶지 않은, 참으로 성가신 존재였다.

네가 다니던 학교 앞에는 문구점이 두 개 있었다. 그 가운데 너는 경성문구점에만 갔다. 경성문구점의 주인여자가 출타하고 없을 때면 고등학생 아들이 자리를 지켰는데, 그 학생은 늘 책을 읽고 있었다. 나중에 작가가 될 거라서 미리 많은 책을 읽어 두지 않으면 안 된다고 으스대며 말하기도 했다. 고맙게도 고등학생은 소설책을 빌려 주기도 했는데, 너로선 이해하기 어려운 것들이 대부분이었다. 그래도 읽지 않은 채 돌려준 적은 한 번도 없다. 언젠가 그가 외국 작가의 시를 낭송해 주었을 때, 너는 번개에 맞은 듯 온몸에 전율을 느꼈다. 네가 훗날 시인이 된다면, 그때 쓰게 될 바로 그런 시였기 때문이다. 너는 그에게 전문을 베껴 달라고 요청했다. 고등학생은 진열대에서 새 공책을 하나 빼내어 시구를 옮겨 적은 다음 마치 자작시인 양 서명까지 해서 너에게 선물했다. 이후에도 고등학생은 네게 곧잘 뭔가를 주곤 했는데, 너는 눈치채고 있었다. 이 고등학생 역시 수족관 남자와 유사한 행동을 하게 될 것임에 틀림없다고. 네 예견은 맞았다. 우연인 듯 자신의 몸을 네게 밀착하는 일이 잦아졌으니까. 넌 언제나 뻔뻔스러울 정도로 커다란 눈을 깜박일 뿐 아무런 저항도 하지 않았는데, 어느 날인가는 그 고등학생이 네 기다란 속눈썹에 자신의 입술을 살포시 갖다 댔다. 고등학생의 숨소리가 다소 밭아진다 싶던 순간 어느새 네 입술과 그의 입술이 맞닿아 있었다. 고등학생의 혀가 네 입술을 여는 순간에도, 너는 내심 깜짝 놀랐으나 이내 순순히 응하는 쪽을 택하기로 작정한다. 네 부모가 사 줄 리 없는 고가의 바비인형을 고등학생이 내밀었을 때 너는 이미 각오하고 있었다. 이 세상에 공짜는 없으니까. 이때 하필이면 네 짝꿍이 문구점으로 들어오고 있었다. 그 아이의 눈과 네 눈이 허공에서 만나던 순간 아이의 표정이 심술궂게 변하는 것을 너는 보았다. 넌 이튿날 학교에 번지게 될 소문에 대처해야 함이 귀찮았다. 단지 성가셨을 뿐 두려움

따윈 없었다. 그 점에서 타인에 대한 너의 응대는 남다르다고
할 수 있다.

이튿날 무성하게 번지게 될 소문을 미연에 방지할 목적으로
너는, 엄마 가게의 막대 사탕을 떠올렸다. 그것을 미끼로 너는
은밀히 짝꿍을 유인해 냈다.

네가 홀연히 길을 떠난 건 그래서였다. 제법 묵직해진 돼지저
금통과 바비인형을 가방에 넣었다. 여러 번 꺼내 봐서 저금통
안에 지폐도 여러 장 들어 있음을 너는 알고 있다. 책을 사기 위
해 모아 뒀지만 앞으로는 다른 용도로 유용하게 쓰일 것이다.
너는 속옷도 챙기려다 그만두었다. 대신 고리가 붙어 있는 투명
비닐봉지에 물고기를 모두 옮겨 담았다. 고등학생이 베껴 준 시
가 적힌 공책을 챙기는 것도 잊지 않았다.

너는 아무도 자신을 알아보지 못하는 곳에 가서 완전히 다른
사람으로 조용히 살고자 했다. 방해하는 사람 없이 독서하고 라
디오에 귀 기울이며 고요한 삶을 영위하고 싶었다. 그리고 기왕
이면 유복한 가정의 자녀가 되어 고귀하게 살기를 소망했다. 아
이가 여섯이나 되는데다 먹고 살기만도 힘에 부치니 부모는 한
입 덜었다는 사실에 내심 고마워할 수도 있다는 생각까지 너는
그때 했다. 또한 어차피 그리될 것이라면 형제들과 전혀 닮지
않았거니와 장애까지 있는 네가 사라져 주는 게 얼마나 다행한
일인가, 라고도 생각했다.

집을 떠나던 날 너는 아홉 살이었다. 하늘에선 금세라도 쪽빛
물감이 방울방울 떨어져 내릴 듯 청명한 날이었고, 공깃돌로

쓰면 좋을 돌멩이들이 내리쬐는 햇빛에 보석처럼 반짝이던 날이었다.

버스를 몇 번이나 갈아타면서 네 동네로부터 안전할 만큼 멀리 왔다고 여겨지는 곳에 도착하자 너는 비로소 새처럼 자유로워졌다. 너는 미장원에 가서 등을 뒤덮고 있는 칠흑의 긴 머리를 싹둑 잘라 낸 다음 발길 닿는 대로 걷고 또 걸었다. 밤이 되면 노숙을 했는데, 고독했지만 네 얼굴은 어떤 의지로 충만했다. 어느 날인가는 배고픔과 피곤함에 지쳐 거리에서 깜빡 잠이 들었는데, 깨어나 보니 파출소였다. 너는 눈을 뜨자마자 주위를 두리번댔다. 네가 찾는 것은 물고기였으나 텅 빈 저금통과 바비 인형과 공책이 들어 있는 가방만 눈에 띌 뿐 비닐봉지는 보이지 않았다. 물고기가 사라지고 없다는 것을 알게 된 너는 집을 나온 후 처음으로 눈물을 흘렸다. 사람들은 네 눈물의 의미를 다르게 해석하는 듯했다. 너는 그들의 질문에 단 한 마디의 대답도 하지 않았다. 부모를 찾을 때까지, 라는 단서를 붙여 너는 보육원에 위탁된다. 보육원의 네 신상기록 서류에는 신체의 특징과 함께 인적 사항이 기재되었다. 기록에 의하면 너는 기억상실에다 소아마비에 걸린 일고여덟 살 가량의 아동이었으며 두 개의 충치와 팔뚝에 까만 점이 있는 쇼트커트의 여자아이였다. 더러운 얼굴을 씻겨 놓으니 돌연 깎아 놓은 알밤 같이 여물고 사랑스런 얼굴이 드러나 보육원 근무자들이 모두들 놀랐다는 후문이 있다. 흑요석처럼 빛나는 까만 눈동자는 금세라도 눈물방울이 또르르 굴러 내릴 듯 슬픔을 잔뜩 머금고 있었다. 너는 너무나 맑고 아름다운 얼굴을 가진 아이였다.

 네가 보육원 식당에서 쇠고기 뭇국을 막 떠먹고 있을 때, 일주일 전 행방불명됐던 어린이가 막대 사탕으로 추정되는 것을 손에 쥔 채 하수구 맨홀에서 사체로 발견되었다는 뉴스가 흘러나왔다. 너는 눈 하나 깜짝이지 않고 라디오에 귀 기울이며 쇠고기 뭇국에서 건져 낸 쇠고기 조각을 작은 꽃잎 같은 예쁜 입으로 오물댔다. 너처럼 선천적으로 타인과의 공감 능력이 결여돼 있는 사람은 잘못을 저질러도 죄책감을 느끼지 않는다. 그럼에도 사회적으로 살아가는 데에는 아무런 문제가 없다. 이성적으로 무장하여 자신의 본성을 들키지 않기 때문이다. 너는 바로 그러한 인간으로 자라났거나 애초부터 그렇게 태어난 것임에 틀림없다.

 수년 전 사고로 외동딸을 잃었다는 어느 부부는 너를 보자 기함을 했다. 특히 부인은 현기증이 나는 듯 비틀대더니 남편에게 몸을 의지하기까지 했다. 네 얼굴이 자신들의 아이와 너무나 닮았기 때문이라고 했다. 오그라든 네 불쌍한 다리를 보게 된 것은 그 직후의 일이다. 그들로부터 풍겨 나오는 부유함을 후각으로 감지한 너는 최선을 다해 그들의 눈에 들고자 애썼다. 네 커다란 눈동자는 더욱 슬프고 깊어지고 애잔해졌다. 네 얼굴과 다리를 번갈아 살피는 행동을 지켜보면서 그들이 갈등하고 있다는 걸 너는 대번에 간파한다.

 시일이 걸릴 수도 있으나 그 부부가 반드시 다시 찾아올 것임을 너는 확신했다. 그들이 내원할 때까지의 기간이 견딜 수 없이 길게 느껴지긴 했지만 마침내 너는 선택된다. 너는 네가 원하던 이상적인 가정의 아이로 새로운 인생을 시작하게 된다. 너는 주기적으로 재활의학과에 들러서 전문의 치료를 받게 되었고, 가장 비싸고 효과가 좋다는 보조기도 착용하게 되었다. 빈궁한 네 친부모로선 도저히 해 줄 수 없는 은혜로운 일이었다.

네 양부모는 집채만큼이나 커다란 애완견 두 마리를 극진히 돌보고 있었다. 윤기나는 검은 털은 두 눈을 다 가릴 지경이었으며, 얼마나 잘 먹였는지 뒤룩뒤룩 살찐 것이 네 눈엔 영 탐탁지 않았다. 그렇다 해도 밤낮으로 짖어대지만 않았더라면 참고 지냈을지 모른다. 하지만 너는 자신의 고요한 일상이 방해받는 것을 도저히 간과할 수 없었다.

우연히 맞닥뜨린 개장수는 허름한 구두 속에 바짓단을 구겨 넣은 남루한 중년 남자였다. 네 예전 동네에선 흔하게 볼 수 있던 비루한 모습이었다. 담벼락에 비스듬히 기대어 담배 연기를 내뿜고 있는 개장수를 너는 집으로 끌어들였다. 한눈에 보기에도 썩 괜찮은 개를 두 마리나, 게다가 고작 어린아이가 데려가라고 하니 그는 잠깐 망설이는 눈치였다. 그러다 상관할 바 아니라는 듯 그것들을 얼른 케이지 안으로 밀어 넣었다. 너는 그에 합당한 돈을 받아 챙겼다. 개장수는 자신이 무언가에 홀린 듯한 느낌이 들어 와락 두려워진 나머지 얼른 그곳을 벗어났다. 네 양부모는 자식과도 같은 애완견의 실종에 몹시 슬퍼했다. 잠시 너를 의심했지만 수심 어린 순진한 눈망울을 보는 순간, 곧 가책을 느꼈다. 너는 그들의 감정 변화를 재빠르게 읽었다. 그러자 느닷없이 눈물이 쏟아졌다. 네 양부모는 너를 달래느라 자신들의 괴로움은 접어야 했다. 물론 개장수는 이후 근방에 얼씬도 하지 않았고, 그리 될 것임을 누구보다 네가 더 잘 알고 있었다.

어느 날 네가 말했다.

「엄마, 저는 지느러미가 아름다운 물고기를 기르고 싶어요. 물고기는 달아나지 않을 테니 엄마를 가슴 아프게 하는 일은 없을 거예요. 조용하고 말썽도 부리지 않을 것이며 신발을 물어뜯지도 않을 거예요. 물고기는 너무나 착하니까요.」

네 말에 양부모는 너를 얼굴만큼이나 마음씨도 어여쁜 아이라고 감탄한다. 틀린 얘기가 아닐지 모른다. 누군가가 너를 부당하게 자극하지만 않는다면, 아무도 해치지 않고 평생을 천사처럼 살아갈 수 있는 아이로 보이니까. 그건 네가 추구하는 인생이기도 하다. 네 양아버지는 너를 위해 여러 마리의 물고기를 사 왔다. 빛깔이 하도 고와 네가 탄성을 질렀다.

너는 큰 욕심은 없었다. 좋은 가정에서 사랑받으면서, 책이나 읽으며 아주 고요한 삶을 영위하는 것, 엄마 돈을 몰래 훔쳐 내는 아버지 없이, 단지 다르게 생겼다는 어처구니없는 이유 때문에 따돌림 당하지 않고, 교양 넘치는 식탁에서 따뜻한 밥을 먹는 것, 그 정도만 충족되면 더 바랄 것도 없었다. 넌 물질적인 풍요가 인간에게 선사하는 안정감을 톡톡히 실감하면서 평온한 나날을 영위한다. 아주 우연히 예전 동네에서 함께 살던 아이 하나와 길에서 마주친 적이 있지만 그 아이는 너를 알아보지 못했다. 그래서 너는 네 현재의 삶에 자신이 붙었고 이상적인 가정의 친자녀와 진배없음을 의심하지 않았다. 네가 락스를 먹인 적 있는 연년생 언니를 만나기 전까지의 네 인생은 누가 뭐라 해도 고요했다.

　네 양부모는 너를 위해 최선을 다하고자 노력하는 선량한 사람들이었다. 특히 네 양엄마는 너를 지극정성으로 키웠다. 너는 총명한 아이라 언제나 알아서 처신한다. 네 양엄마가 네 이름을 소리쳐 부른 적이 없을 정도로 너는 모든 일에 솔선수범하는 좋은 딸로 성장한다. 그날도 양엄마는 네가 좋아하는 자반고등어를 구워 식탁에 올렸다. 고등어의 푸른 등에서 반들대는 윤기를 보자 네 입에선 군침이 절로 돌았다. 찜통에서 알맞게 익은 호박잎은 보기 좋게 접시에 담겨 있다. 네 양엄마는 청양 고추를 잘게 썬 다음 다진 마늘과 멸치젓에 버무려 종지에 담고 냉장고에서 김치와 명란젓, 시금치 무침, 쇠고기 장조림을 꺼낸다. 명란젓에는 참기름과 참깨도 살짝 뿌린다. 자글자글 끓고 있는 걸쭉한 강된장을 식탁에 올리기만 하면 오붓한 저녁 식사가 시작될 참이다. 너는 두 팔로 양엄마의 허리를 감싸 안으며 속삭인다. 엄마, 너무 맛있는 냄새가 나요. 준비하시느라 힘드셨죠? 이따 설거지는 제가 할게요. 이 얼마나 사랑스러운 아이인가. 세상에 둘도 없는 외동딸인 데다 초등학교 시절 내내 일등자리 한 번 놓친 적 없고 이제 곧 중학생이 될 너다. 아침에도 스스로 일어나고 나무랄 데 없이 반듯한 성품이라 교사들의 칭찬이 끊일 새 없는 아이인 것이다. 네가 이처럼 훌륭하게 성장한 것에 네 양엄마는 보람을 느낀다.

두 모녀의 단란한 식사 시간을 방해한 건 요란스런 초인종 소리다. 초인종은 잠시도 기다릴 수 없다는 듯 연달아 딩동딩동 경망스럽게 울린다. 너와 양엄마가 눈을 맞춘다. 두 사람의 얼굴에 나타나 있는 표정의 의미는 같다. 이 시간에 대체 누굴까? 아빠는 외국에 가 있는데……. 양엄마는 막 입으로 가져가려던 호박잎 쌈을 앞 접시에 내려놓은 뒤 현관 쪽으로 걸어간다. 인터폰의 영상 화면에 가영 엄마의 얼굴이 덩그러니 떠 있다. 가영이라면 네가 집에 데려오곤 하는 친구다. 양엄마가 다시 너를 건너다본다. 가영 엄마가 오셨구나. 학교에서 무슨 일 있었니? 너는 고개를 내젓는다. 너는 아무것도 궁금할 것 없다는 얼굴로 고등어자반의 두툼한 살을 젓가락으로 집고 있는 중이다. 너는 생선살도 매우 깨끗하게 발라내는 기술이 있다. 네 양아버지가 그러하다. 가령 갈치 한 도막을 먹어도 고스란히 뼈의 본디 모습을 유지한 채로 살을 떼어 낸다. 이렇듯 닮아 있는 모습에서조차 양엄마는 네게 애정을 느끼곤 한다.

네 양엄마가 인터폰의 버튼을 누르자 육중한 철문의 잠금장치가 풀린다. 마당을 가로질러 가영 엄마와 가영이 곧 현관에 당도한다. 가영은 커다란 덩치의 제 엄마 옆에 꼭 붙어 있는데, 왠지 겁에 질린 표정이다. 숨이 찬지 큰 가슴을 오르락내리락하면서 씨근덕대는 가영 엄마의 품이 다소 경망스럽게 보인다. 네가 살고 있는 집은 정원이 아름다운데다 값비싼 자재로 지어져 인근에 고급 주택으로 소문이 나 있다. 장점이자 단점이라면 집이 언덕 위에 있다는 것이다. 가영 엄마처럼 몸집이 커다란 사람이라면 숨이 턱에 찰 수도 있다. 무슨 일인데 이렇게…… 네 양엄마가 말을 채 끝마치기도 전에 가영 엄마가 말꼬리를 자른다.

「애 얼굴을 좀 보세요.」

적잖이 흥분한 듯 가영 엄마의 얼굴이 평소보다 한층 붉다. 가영은 제 엄마 뒤로 숨기 바쁘다.

「애가 왜 이래? 얼른 앞으로 못 나와?」

가영 엄마는 아이를 강제로 앞쪽에 세우더니 네 양엄마 앞으로 떠민다. 가영의 얼굴이 상처투성이다. 필경 손톱자국이다. 네 양엄마의 얼굴이 근심스레 변하면서 걱정스러운 말을 한다. 가영이 얼굴이 왜 이래요?

「아직도 모르시겠어요? 모범생으로 소문난 댁의 귀하신 따님이 한 짓이랍니다.」

네 양엄마는 네가 그런 짓을 할 아이가 아니라는 걸 그 누구보다 잘 알고 있다. 그래서 오해를 풀기 위해 너를 향해 손짓한다. 막 명란젓을 집으려던 젓가락을 조용히 내려놓고 현관 쪽으로 다가오는 네 얼굴은 고요하기 그지없다. 네가 가장 선호하는 표정이다. 걷는 모양이 예전에 비해 훨씬 양호해졌다. 꾸준한 재활치료 덕이다. 네가 가까이 오자 가영이가 제 엄마의 너른 등 뒤로 홀짝 숨어 버린다. 가영 엄마는 제 딸의 행동이 불만인지 짜증스런 표정을 짓더니 대뜸 너를 향해 사납게 눈을 치켜뜬다. 가영 엄마의 무례함에 네 양엄마는 마음이 상한다. 꾸중을 하려는지 가영 엄마가 너를 향해 입술을 막 떼려는 순간 차분한 네 목소리가 먼저 공기를 가른다.

「가영아, 무슨 일이니?」

교사가 제자를 나무라듯 위엄 서린 목소리가 네 입에서 가만히 새 나온다. 가영 엄마는 기가 차다는 표정으로 자기 딸을 아까처럼 또다시 앞으로 내세우며, 두 손바닥으로 얼굴을 받쳐 들이민다. 그러나 가영은 네 얼굴을 똑바로 보지 못하고 눈길을 엇비낀다.

「내가 그랬다고 말씀드렸니? 왜 그런 거짓말을 하는 거지?」

네 음성은 지나치다고 느껴질 만큼 차분하다. 가영 엄마의 얼굴이 상기되면서 잦아졌던 가슴이 다시 눈에 띄게 부풀어 오른다.

「이게 무슨 소리야! 가영아, 이놈의 계집애. 똑바로 말 못하니!」

가영은 제 엄마의 손을 뿌리치고 후다닥 마당으로 뛰어 내려간다. 당황한 가영 엄마가 아직도 성난 표정을 누그러뜨리지 못한 채 네게 확인한다.

「정말 네가 안 그랬니?」

「네.」

너는 경우 바르게 다소곳이 가영 엄마에게 대답한다.

「나, 원. 이게 무슨 일이야.」

가영 엄마는 네 양엄마에게 사과를 하는 둥 마는 둥 허둥대며 등을 돌린다. 가영 엄마의 실룩대는 살찐 엉덩이가 힘겨워 보인다. 현관문을 닫은 너는 아무 일 없었다는 듯 식탁으로 가서 명란젓을 집는다. 명란젓에 감도는 노란 참기름이 참 맛나 보인다. 그런데 양엄마의 마음이 왠지 개운치 않다. 네 행동에서 내비치던 노회함이 생선 가시처럼 걸려 있다. 아이답지 않아. 양엄마는 불현듯 네가 낯설다.

네 언니가 너를 발견하게 된 것은 아직도 불편해 뵈는 네 다리 때문이었을 거라 너는 짐작한다. 그저 스쳐 지나갈 수도 있었던 일이다. 얼마나 많은 사람들이 타인에 대해 무심한 채 살아가고 있는가. 모든 것들에 주의를 기울인다면 어쩌면 누군가는 애타게 찾아 헤매던 사람과 우연히 조우할 수도 있겠지만, 대부분의 사람들은 그렇지 못하다. 그런데 혹시 네 언니는 인간에게 관심이 많은 타입으로 성장한 것일까. 느린 화면으로 재연해 보자면 이러한 광경이 아니었을까 싶다. 네 언니와 네가 인파에 섞여 걷고 있다. 아마도 네 언니와 너는 맞은편에서 서로를 향해 걷고 있지 않았을까? 두 사람의 옷깃이 닿을 만큼 근접하게 지나갔건 그러지 않았건, 어쨌거나 네가 무심했던 것에 반해 네 언니는 너를 알아보았던 것이다. 촬영 중이었다면 네 언니의 놀라는 얼굴을 카메라는 클로즈업으로 잡았을 것이다. 대체 어느 지점에서 네 언니가 너를 목격했는지 너로선 알 길이 없다. 그리고 너임을 확신했을 때 단박에 부르지 않고 어째서 몰래 뒤따라와서는, 네가 집에 당도했을 때에야 비로소 아는 척을 했는지도 너로선 알 수 없다.

「맞지? 너 수은이 맞지?」

네 고요한 인생에 균열이 생기기 시작했다는 것을 너는 직감

한다. 네 언니는 확신에 찬 두 눈을 부릅뜨면서 네 손목을 부여 잡는다. 그 순간 너는, 아! 인생이 다시 시끄러워지려 하고 있 어, 따위의 생각을 하면서 그 짧은 시간이 몹시도 성가셨다. 너 는 추호의 흔들림도 없이, 단지 따분하다는 표정으로, 생전 처 음 본다는 듯, 느리게 네 언니를 일별한 다음 열쇠 구멍에 열쇠 를 꽂고, 시계 방향으로 한 바퀴 천천히 돌린 후 대문을 열고 들어간다. 그런데 바로 이때 네 언니는 갑자기 몽둥이에 얻어맞 기라도 한 것처럼 휘청거린다. 오른손을 들어 자신의 입을 꼭 틀어막았으며 생전 처음 맞닥뜨린 해괴함에 기절초풍하여 그 자리에 철퍼덕 주저앉아 버린다. 네 언니의 눈에, 대문을 열고 들어간 것은 어느 노인의 뒷모습이었다. 헛것이 보이는가 싶어 두 눈을 꼭 감았다가 떴을 때 이미 대문은 굳게 닫혀 있었다.

너는 이 층으로 올라가 커튼 뒤에 숨어서 바깥 동정을 관찰한 다. 네 언니는 어쩐 일인지 넋이 다 빠져서 주저앉아 있다. 너는 그 모습을 보는 것조차 싫증 나 금세 자리를 물리고 물고기에게 다가간다. 먹이를 뿌려 주면서 골똘히 생각에 잠긴다. 실존하는 인물이 완벽한 가공의 인물로 살아가는 방법에 대해. 너를 아는 자들의 기억을 없애고 네 이름도 영원히 없애고, 세상에 부유 하는 너에 대한 추억까지도 완전히 삭제하는 방법에 대해.

네 가족은 그때까지도 같은 집에 살고 있었다. 코흘리개 주전 부리를 팔던 구멍가게가 구두 가게로 바뀌었다는 것 외엔 달라 진 점도 없다. 예전과 똑같은 유리문에는 '영은슈퍼' 대신 '편안한 발, 맞춤제작 영은 수제구둣방'이라는 붉은 글씨가 자리 잡고 있지만 언제 오려 붙인 것인지 빛깔조차 바래서 흉하다. 수제구둣방이라니, 이들은 대체 어느 시대에 살고 있는가. 자세히 볼 것도 없이 여기저기 궁상이 묻어나고 있다. 당시 누구에게나 '영은 엄마'로 불리던 네 엄마는 가게 상호를 지을 때도 그 이름을 사용했었다. 영은은 네 큰언니 이름이고 너를 발견한 둘째 언니는 정은, 너는 수은이란 이름을 가지고 있었다.

예전에 식료품이나 과자 따위를 얹어 두던 베니어합판 선반은 없어지고 대신 조립식 앵글이 벽을 따라 층을 이루고 있다. 짝꿍을 꼬여낸 막대 사탕 따위가 그득했던 깡통도 물론 사라지고 없다. 그때 너는 가장 크고 화려한 막대 사탕을 훔쳤었다.

앵글에는 폭이 좁고 코가 뾰족하거나 혹은 둥글거나 뭉툭한 형태의 구두코, 나지막한 사각형 코, 레이스 장식이 있는 반장화 모양의 구두, 하이힐 등 갖가지 구두들이 진열되어 있지만 사 가는 사람이 있을까 적이 의심스러웠다. 네 아버지는 가죽을 자르고 있다. 굼뜬 행동하며 변한 것이 없다. 가게 바닥에는 구두를 잡아매는 버클이나 가죽끈 매듭, 사포질하는 기구, 고무골무나 석고틀 같은 것들이 여기저기 널려 있다. 수제구두라고 하니 네 아버지는 저 구두들을 만들 때 한 땀 한 땀 손수 바느질을 했을 것이다. 네가 떠난 후 네 부모는 구두를 팔아 네 형제들을 키웠지 싶지만, 보지 않아도 고생깨나 했을 것이다. 열려 있는 문틈으로 접착제와 가죽 냄새가 콧속을 파고든다. 아무런 감흥도 받지 못한 채 너는 발길을 돌린다.

이제 얼마 안 있어 네 정체는 드러날 것이다. 멀쩡하게 존재하는 가족들은 물론이려니와 네가 아홉 살에 저지른 만행까지도. 하지만 이번에도 너는 두렵다기보다 귀찮은 마음이 앞선다. 그리고 기왕에 생겨나 버린 인생을, 없었다 치고 처음부터 새로이 시작하는 일은 불가능에 가깝다는 것도 알게 된다. 그렇지만 너는 또다시, 마치 에일리언처럼, 네게 숙주가 되어 줄 만한 이상적인 가정을 찾아 떠나려 한다.

너는 경성문구점 고등학생이 건네 준 공책을 펼친다. 손때가 묻어 반들거리는 걸로 보아 꽤 여러 번 본 듯하다. 너는 시를 읽는다. 아이가 아이였을 때/질문의 연속이었다/왜 나는 나이고 네가 아닐까?/왜 난 여기에 있고 저기에는 없을까/시간은 언제 시작되었고 우주의 끝은 어디일까?* 너는 몇 구절을 건너뛰어 계속 읽는다. 악마는 존재하는지/악마인 사람이 정말 있는 것인지.* 너는 특히 이 부분을 몇 번이고 반복해서 읽는다. 내가 내가 되기 전에는 대체 무엇이었을까?/지금의 나는 어떻게 나일까?/과거엔 존재하지 않았고 미래에도 존재하지 않는 다만 나일 뿐인데/그것이 나일 수 있을까.* 너는 생각에 잠긴다. 내가 아이였던 적이 있었을까? 아이였을 때 나 자신이 아이라는 걸 알고 있었을까? 나는 지금 무엇인가?

너는 이제 물고기들을 건져 비닐봉지에 옮겨 담는다. 초록빛 물풀이 너울대는 텅 빈 수조가 슬퍼 보인다. 물풀이 눈물을 흘

---

*페터 한트케의 〈아이의 노래〉 중에서.

린다. 너는 물풀을 달래기 위해 물고기 두 마리를 수조 속으로
풀어준다. 다시는 물풀이 슬퍼하지 않도록 세상에서 가장 안전
한 은신처를 찾겠노라 다짐한다. 그런데…… 알 수 없다. 공책
을 소중히 배낭에 넣으며 깊고 깊은 사색에 빠져드는 너는 대체
누구인가. 네가 되기 전의 너인가? 그렇다면 그때의 네가 지금
의 너일 수 있는가. 지금의 너는 또 어떻게 너인가.

최고의 선물

거울은 나를 보여 주고 있는데, 정녕코 내가 아니다. 등 뒤에 다른 누군가가 있나 싶어 뒤돌아본다. 아무도 없다. 나는 다시 거울을 본다. 나도 모르게 몸이 흠칫, 떨린다. …… 내가, 맞는 걸까? 방망이로 흠씬 두들겨 맞은 것처럼 온몸의 근육이 욱신 대고 있으니 이 또한, 왜일까.

까닭 모를 그리움이 밀려든다. 무엇에 대한 그리움인가. 슬 픈 감정인 듯싶기도 하다. 그렇다면 나는 왜 슬퍼하는 걸까. 볼 이 축축이 젖어 온다. 가슴 저 밑바닥으로부터 올라오고 있는 이 수상한 감정의 정체를 알 수 없듯, 흐르는 눈물 또한 원인을 모른다. 그러나 이것만큼은 똑똑히 알겠다. 세상이 내 눈에 담 기게 된 것이, 나의 눈을 뜨게 만든 것이, 뺨을 적시는 물기의 자극 때문이란 걸.

생소한 광경이 눈앞에 펼쳐진다. 여기가 어딜까. 동공을 조도에 적응시키고자 애써 본다. 흐릿하나마 천장이라 여겨지는 널따란 것이 맨 먼저 눈에 들어오는 이유는 내가 누워 있기 때문이리라 짐작해 본다. 안온한 느낌을 주는 이유는 형광등 불빛 때문일까. 나는 모포 같은 걸 덮고 있고 그 안쪽으론 옷을 입고 있는 내 몸이 들어 있다. 고슬고슬한 촉감으로 볼 때 청결하게 세탁된 무명천 같다. 푸른 스웨터를 입은 소녀들이 조용조용 오가고 있다. 그녀들은 걷는 걸까? 나는 걸까? 한없이 가벼워만 보이는 소녀들을 나는, 유령이라 생각해 버린다. 물론 이유는 알 수 없다. 갑갑하다. 숨을 쉬기 힘들다. 뭔가가 잔뜩 코와 입을 틀어막고 있는 것만 같다. 떼어내 버리고 싶지만 옴짝달싹할 수 없다. 나는 묶여 있는 모양이다. 혹시 납치란 걸 당한 것인가? 더럭, 겁이 난다.

깨어나셨네! 할머니, 정신이 드세요?

어딘지 모를 아득한 곳에서 말소리가 들려온다. 옆자리 어딘가에 노인이 있나 싶어 고개를 돌리고 싶지만 몸이 말을 듣지 않는다. 이 짧은 순간, 온갖 상상이 나를 찾아든다. 몸을 움직이게 한다는 운동 신경이란 것이 제구실을 못하고 있음에 틀림없다고 추측해 보기도 한다. 딴엔 한껏 힘도 줘보고 몸부림도 쳐보지만 손끝 하나 움직일 수 없다. 자세히 보자니 푸른 스웨터가 내 쪽을 내려다보고 있다. 나는 갑자기 어리둥절하다. 지금 나더러 할머니라고 했는가? 어이가 없어 잠시 처지도 망각한 채 실소한다. 웃었지만 근육이 움직인 것 같진 않다. 그래도 우습다. 다소 만혼이긴 하지만 아직은 꽃 같이 고운 새댁더러 할머니라니 어찌 웃지 않을 수 있는가. 이곳은 이상한 곳임에 틀림없다. 푸른 스웨터의 정체 또한 수상하기 그지없다. 소녀야. 넌 누구니? 이렇게 묻고 싶지만 입을 벌릴 수 없다. 입술 주변이 몹시 가렵다. 긁고 싶어 환장하겠다. 헛소릴랑 집어치우고 긁어 주기만 한다면 어떤 망발이든 다 용서할게.

할머니! 제 말이 들리시면 눈을 깜빡, 해 보세요. 푸른 스웨터가 큰소리로 말하면서 제 눈을 시범 삼아 감았다가 뜬다. 나, 귀 안 먹었다. 소리 좀 지르지 마라. 젊으나 젊은 나더러 할머니라고 부르는 너는 대체 누구냐니까.

잠시 있자니 훤칠한 키에 피부까지 뽀얀 젊은 남자가 다가온다. 하얀 가운 차림에 윗주머니엔 볼펜 여러 자루가 빽빽이 꽂혀 있고 학생처럼 명찰 같은 걸 달고 있다. 뭐라 씌어 있는지 읽을 수만 있다면 이 이상한 상황을 다소나마 이해할 것 같다. 그러나 사물이 겹쳐 보이면서 어릿한 것이 영 정신을 차릴 수가 없다. 김명자 할머니, 여기가 어딘지 아시겠어요? 어딘지는 둘째 문제다. 할머니가 아니란 사실을 알리고자 고개를 가로저으려고 하지만 내 몸이 영 내 것이 아니다. 할머니 성함이 김명자 씨 맞지요? 맞으면 눈을 꾹 감아 보세요. 김명자. 내 이름이다. 틀림없다. 동의의 표시로 눈 주위의 근육을 움직여 보지만 뜻대로 되지 않는다. 제 몸 하나 의지대로 움직일 수 없다는 사실에 스르르 맥이 빠진다. 대체 무슨 일이 일어났더란 말인가.

욕창 상태는요?

흰 가운의 물음에 푸른 스웨터가 모포를 들추더니 바지를 끌

어내린다. 이내 서늘한 기운이 아랫도리를 파고든다. 속옷을
벗겨 놓은 것이 분명하다. 망측해라. 이럴 수는 없다. 어떻게든
가려 보고 싶지만 손이 말을 듣지 않으니 내버려 둘 수밖에 없
다. 푸른 스웨터가 허리 아랫부분을 들어 올리는가 싶더니 조
심스레 모로 세운다. 상체와 하체의 불균형이 나를 고통스럽게
만든다. 호흡이 빨라온다. 상대의 괴로움을 아는지 모르는지
흰 가운은, 제법 깊어 보이네, 이렇게 중얼대면서 미간에 주름
을 잡는다. 푸른 스웨터도 동감이라는 듯 고개를 주억인다. 나
는 그만 얼굴이 달아오른다. 새댁의 속살을 외간 남자에게 내
보이다니, 남편에겐 영원히 비밀로 하리라. 푸른 스웨터가 몸
을 원상태로 되돌리자 남자는 작은 망치 같은 걸로 내 왼쪽 팔
꿈치를 톡톡 치면서 묻는다. 할머니 아프세요? 나는, 하나도
아프지 않다, 라고 말하고 싶다. 이번엔 무릎을 똑같이 두드리
면서 반응이 궁금한 듯 내 표정을 관찰한다. 감각이 없으신 모
양인데? 젊은 남자의 말소리를 끝으로 나는 컴컴한 우물 같은
공간으로 쑥 빠져 버린다.

엄마가 눈물을 흘리네.
차가운 감촉이 나를 자극한다. 진저리를 치면서 눈을 뜨니 여
자 하나가 내 얼굴을 만지고 있다가 반색한다. 눈 떴어! 여보,
엄마가 눈을 뜨셨어! 격앙된 외침과 함께 여자가 손수건을 꺼
내더니 내 눈가를 지그시 누른다. 기억조차 없는데 눈물을 흘렸
던가? 소리도 없이 다가온 푸른 스웨터가 링거액을 조절하면서

내게 묻는다. 막내 따님 알아보시겠어요? 할머니 보러 매일매일 오셨었는데.

　푸른 스웨터는 계속 할머니라 하고, 막내딸이라는 여자는 나를 엄마라고 부른다. 이제 막 결혼 삼 개월째에 접어든 나한테 딸이 있을 리 없다. 혼란스러움에 그만 눈을 감아 버린다. 무슨 일이 일어났는지 알 길은 없는 것일까? 막내딸이라는 여자가 소리 내어 흐느끼자 그녀의 남편이란 자가 달랜다. 환자 앞에서 울지 말라고 했잖아. 정신은 없어도 다 알아듣는다잖아. 벌써 짐작이야 하고 있었지만, 환자라는 단어를 두 귀로 똑똑히 듣게 되자 이제야말로 내가 어떤 신분으로 이곳에 놓여 있는지 정확하게 깨닫는다. 내가 병에 걸렸던가? 막내딸이라는 여자의 반응으로 볼 때 심각한 상태임이 짐작된다.

　나는 가능한 범위 내에서 온갖 상상을 마다하지 않는다. 여기는 병원이고 나는 중환자다. 나는 서른하나다. 내 나이를 내가 모를 리 없다. 그럼에도 사람들은 나를 노인 취급하고 있다. 막내딸이라 불리는 이가 있다면 다른 자식도 존재한다는 의미로 해석된다. 그렇다면 이 상황을 어떻게 이해해야 하는가. 생각에 골몰하느라 골이 지끈거린다. 갖은 궁리 끝에 나는 한 가지 결론에 다다른다. 내 영혼이 잠시 길을 잃어 다른 누군가의 육체에 스며들었음에 틀림없다고. 그렇지 않고서야 새댁인 내가 어찌하여 하루아침에 노인이 될 수 있을 것이며, 내 나이보다 족히 열댓 살은 더 들어 보이는 여자가 무슨 까닭으로 나를 엄마라고 부를 것인가. 나름대로 의문이 풀리는 듯하자 제법 느긋해진다. 순간, 쇳덩이를 얹은 듯 눈까풀이 무거워져 온다. 나는 그 무게를 견딜 수 없다. 컴컴한 동굴이 아가리를 벌리고 나를 삼켜 버린다.

할머니, 식사하실 시간이에요.

푸른 스웨터의 속삭임이 나를 일깨운다. 산소 호흡기 때문에 입으로는 드실 수 없으세요. 유동식이 콧줄을 통해 할머니 위장으로 들어갈 거예요. 그 말을 듣노라니 시장기가 엄습한다. 코와 연결된 관을 통과한 미지근한 액체가 내 안으로 들어오자, 몹시도 언짢다. 유동식은 꾸역꾸역 잘도 밀려 들어온다. 지금 물론 시장하지만 이런 건 싫다. 혀로 맛이 느껴지는 맛난 음식이 먹고 싶다. 내가 좋아하는 음식을 꼽아 본다. 동지 팥죽, 굴전, 부추김치 그리고 또 뭘 좋아하더라? 아! 닭백숙이 먹고 싶구나. 나도 모르게 침이 고인다. 입안 가득 모여든 침을 목구멍으로 넘기려고 하자 갑자기 가슴 쪽에 격심한 통증이 온다. 나는 얼굴을 있는 대로 찡그린다. 푸른 스웨터가 얼른 어른다. 아프세요? 식사 후 진통제 놔 드릴게요, 할머니. 제발 그 할머니란 소리 좀 하지 말았으면……. 부아가 치민다. 하고많은 육체 중에서 하필이면 아픈 노인의 몸에 스며들다니 운도 참 없구나. 어차피 뒤바뀔 운명이라면 튼튼하고 싱싱한 육체로 들어갔으면 좀 좋아.

이제 곧 괜찮아지실 거예요, 할머니.

말끝마다 할머니다. 망할 년. 아파 죽을 지경인데 곧 괜찮아질 거라니 나더러 그 말을 믿으란 말인가. 억울하고 원통해서 환장하겠다. 상심에 빠진 나는 모든 게 귀찮고 싫어 눈을 질끈 감아 버린다.

다시 잠이 들었거나 정신줄을 놓았었나 보다. 어쩌면 여러 날이 흘렀을 수도 있다. 이번엔 노파 하나가 연신 눈물을 훔치고 있다. 어찌나 서럽게 우는지 말간 콧물이 모포 위로 뚝뚝 떨어지는 것도 모르고 있다. 적이 안된 마음에 손수건이라도 건네고 싶지만 가능할 리 없다. 이 노파는 날더러 뭐라고 부를까. 불현듯 호기심이 동한다. 제법 재미난 영화 한 편이 펼쳐지는 것 같잖아? 이것이 영화라면 나는 간절하게 해피엔딩을 원한다.

노파의 얇디얇은 입술 주위는 온통 자글자글하고, 눈가 또한 굵은 주름이 가득하여 자리가 모자랄 지경이다. 두 뺨에는 크거나 작거나 둥글거나 길쭉하기도 한 거뭇거뭇한 반점들이 자리하고 있다. 필경 싸구려임에 분명한 폴리에스테르 갈색 코트는 소맷부리 부분이 해지고, 반백의 푸석푸석한 머리칼이며 갈퀴같이 거친 손가락 모양새로 미뤄 보건대 순탄치 않았을 노파의 일생이 한눈에 보인다. 나는, 노파가 가엾다.

티슈 한 장을 빼내 코를 팽 소리 나게 푸는 노파의 손등에도 검버섯이 드문드문 나 있다. 휴지를 버리려던 노파와 내 눈이 허공에서 만난다. 노파의 눈이 반가움에 확 벌어진다. 언니, 나 알아보겠어? 아이고 어쩌다가! 말라가던 노파의 눈에 다시 물기가 어린다. 내가 모르는 사이 얼마나 울었는지 주름진 눈가가 벌겋게 짓물러 있다. 그런데 노파가 날더러 언니라고 한다. 그렇다면 이제야 이 육체의 나이를 가늠할 수 있겠다. 노파는 얼핏 보기에도 칠십이 훌쩍 넘은 것 같으니 내 영혼이 실수로 깃든 이 육체는 필경 그보다 많을 것이다. 나는 그 어느 때보다 더욱 절실하게 내 모습이 궁금하다. 이 얼굴에도 노파처럼 검버섯이 있으려나. 아무렴 그렇겠지. 팔에도 손등에도 피어 있겠지. 삼십대 초반에 검버섯이라니, 남편이 알면 뒤로 나자빠질 노릇이다. 내가 아내라고 주장한들 그가 믿어 주기나 할까. 남편이 어떤 반응을 보일지 걱정이 태산처럼 밀려온다. 그래, 더 이상 이대로 맥 놓고 있을 수만은 없는 노릇이다. 당장 확인하지 않으면 안 된다. 시간이 없다. 나는 노파에게 애원한다. 여보세요. 내게 거울 좀 보여 주세요. 깨진 거라도 상관없어요.

언제 왔는지 푸른 스웨터가 링거를 교체하고 있다. 그녀는 늘 발자국 소리도 없이 다가와선 제 할 일을 하곤 하는데, 아마도 그녀가 신고 있는 간호사용 샌들 덕이지 싶다. 푸른 스웨터가 노파에게 말을 건넨다.

김명자 할머니께서 말씀이 하고 싶으신가 봐요.

내 입술이 움찔거렸을까? 그랬을 수 있다.

언니. 무슨 말이든 해 봐. 나 기억나? 명순이.

제발 제게 거울을 좀 보여주세요. 은혜는 꼭 갚을게요.

김명자 할머니께선 산소 호흡기 때문에 아직 말씀은 하실 수 없어요. 할머니! 동생분 기억하시면 고개를 끄덕여 보세요.

나는 다시, 거울을 보여 주세요, 라고 말했는데 지나치게 용을 쓴 탓인지 입술이 꿈틀한 것과 동시에 머리 부분이 움찔댔다. 아이고, 언니가 나를 알아보네. 노파가 다시 훌쩍이더니 이 때부터 주저리주저리 말을 쏟아 놓기 시작한다. 언니가 얼마 만에 정신이 돌아온 건지 알우? 이 주 동안 혼수상태였어. 이대로 영 가버리는 줄 알았네. 그렇게 되면 언니한테 잔뜩 신세만 지고 살아온 내가 너무 미안하잖우. 큰놈 사업이 그렁저렁 회복되고 있는 거 언니도 알지? 제일 먼저 언니 빚부터 갚자고 다짐해 놨는데.

이 육체의 주인인 김명자 할머니가 제법 덕을 쌓은 모양이네. 못사는 동생의 뒤도 봐주고. 잠깐이나마 내 마음이 흐뭇하다.

언니. 형부는 팔다리가 골절되서 당장은 꼼짝 못하지만 걱정하지 않아도 돼. 그나마 다행이지 뭐유. 두 사람 다 중환자 신세가 됐더라면 어쩔 뻔했어. 대체 이게 무슨 난리야.

김명자 할머니와 그 남편이 동시에 사고를 당한 모양이고, 그때 내 영혼이 이 육체 안으로 들어온 게 틀림없다. 서른한 살 새댁인 내 육신엔 김명자 할머니가 자리 잡았을까. 아니면 또 다른 넋이 번지수를 잘못 찾아들었을까. 그렇다면 얼마나 많은 영혼들이 사방에서 혼란을 겪고 있을까.

한 달쯤 전에 우리 내외랑 언니 네랑 온천장 다녀왔잖우. 목욕하고 나와서는 갈빗집 갔었지. 추가로 이 인분 더 시켜 먹고 물냉면까지 먹었잖수. 맛있다며 언닌 국물까지 다 마셨지 뭐유. 오는 길엔 부모님 산소에도 들렀었는데, 기억나지? 그런데 그새 이런 일이 일어나다니…….

부모님 산소에 들렀다고? 엄마가 우리 신혼집을 방문한 게 최근인데, 무슨 소리를 하는지 원. 그날 일찍 귀가한 남편이랑 셋이서 빈대떡에 어리굴젓 얹어서 푸짐한 저녁 식사 시간을 가졌건만. 엄마는 찰떡이니 깨강정이니 손수 만든 음식들을 바리바리 싸 왔었지. 보자기가 분홍빛이었던 것까지 기억하는 내게 부모님 산소라니 가당키나 한가. 하긴 내가 냉면을 좋아하긴 한다. 김명자 할머니 식성이 나와 비슷한 모양이군.

　나는 이동 중이다. 바퀴의 놀림이 유연하게 느껴지는 걸로 봐서 바닥이 매끈한 모양이다. 주위는 어수선하다. 이런저런 소리들이 공중에서 부유하고 있지만 딱 꼬집어 어떤 언어라고 단정지을 순 없다. 사람들이 느린 화면으로 내 곁을 스쳐가고 있다. 어린아이도 있고 환자복을 입은 사람도 보이는데, 하나 같이 찌그러져 있거나 길쭉이 늘어난 상태다. 사물이 왜곡돼 보이는 이유가 무엇인가. 상태가 악화된 게 틀림없어. 드디어 죽음이 다가온 것일까. 혼미한 의식 속에서도 나를 태운 침대가 멈춰 섰다는 걸 나는 인지한다. 침대 가장자리에 서 있는 몇몇이 내 얼굴을 내려다본다. 다시 움직이기 시작한 침대가 이번엔 육중해 뵈는 커다란 문을 통과하고 있다. 약품 냄새로 가득한, 내가 알 수 없는 장소에서 침대는 마침내 정지한다. 녹색 수술복에 같은 색 수술모와 마스크를 착용한 사람들이 나를 주시하고 있다. 눈까풀이 절로 닫히지만 나는 깨어 있고 싶다. 내 눈은, 저 혼자 떴다 감기를 되풀이한다. 눈까풀이 천근이란 말은 이럴 때 사용하는 것이구나 싶다. 무엇인가가 목을 간질이는 것도 같고 딱딱하고 차가운 것이 피부를 찌르기도 한다. 느낌은 있되 고통은 없다. 달그락, 금속끼리 부딪는 소리도 들리고 작은 웃음소리, 속삭임들이 이어진다. 나는 깊은 잠에 빠져들 것만 같다. 꿈결인지 현실인지 하나의 영상이 눈앞에 펼쳐진다. 인적이 드문 저녁 무렵의 국도인 듯하다. 날씬한 자동차 한 대가 시야로 들어온다. 나는 무심히 그 광경을 굽어보고 있다. 수상한 점은, 또 하나의 내가 누군가와 동승하고 있다는 것이다. 이것이 가능한 일인지 잠시 궁리하려는 찰나, 몸뚱이 하나가 튕겨져 나온다. 왠지 그것이 나라는 사실을 나는 이미 알고 있다. 자주색 윗도리에 베이지 색 통바지를 입고 있는 몸뚱이는 도로에 가차 없이 내동댕이쳐진다. 희디흰 구두 한 짝이 멀리멀리 날아간다. 나는 그걸 보면서, 마치 비둘기 같군, 이렇게 중얼댄다. 나는 튕겨 나온 내 육체에서 어떤 고통도 느끼지 못하면서, 타인인 양 그 모양을 내려다본다.

환한 빛이 눈 안으로 쏟아져 들어온다. 눈이 부시다고 느낄 사이도 없이 나는 다시금 칠흑 같은 어둠 속에 갇혀 버린다.

얼마인지 알 수 없는, 그러나 긴긴 시간이 흘렀음을 본능으로 감지하며 눈을 떴을 땐, 입술을 막고 있던 호흡기가 사라져 버렸다는 걸 알아차린다. 나는, 내가 아직 살아 있음을 느낀다. 그러자 내 감정이 환희로 넘친다. 생존의 기쁨이 이렇게 대단한 줄은 미처 몰랐던 일이다. 호흡기가 제거됐으니 드디어 말을 할 수 있을지도 모른다는 사실에 기대를 가져 보기도 한다. 이제야말로 내 신분을 밝힐 때다. 시험 삼아 우선 조그맣게 아, 라고 소리내 본다. 그러나 아직도 말소리가 내 귀에 들리지 않음에 나는 무척이나 실망한다. 기쁨은 쏜살같이 내빼 버리고 그 자리는 분노와 비통함 같은 복잡한 감정들로 채워진다.

할머니 정신 드셨어요? 기관지절개 수술을 해서 기관지에 호스를 연결했어요. 이제부턴 여길 통해서 가래도 빼 드리고, 산소 공급도 해 드릴 거예요. 답답해도 참으셔야 해요? 푸른 스웨터가 어린아이 어르듯 상냥하게 말한 다음 멀어진다. 기관지가 잘려 나가도 살아 있을 수 있더란 것인가? 난 무슨 얘기인지 도통 알아먹을 수가 없다. 나더러 기관지가 절개된 상태로 살아가란 애긴가. 나는 못내 좌절하고 만다.

시간 개념이 없어진 지가 오래되어 얼마큼의 날들이 흘렀는지 나는 알 수 없다. 눈꺼풀을 밀어 올리듯 어렵게 눈을 떠 보니 이번엔 오십대로 보이는 바싹 마른 중년 남자와 비슷한 연배의 뚱뚱한 여인, 그리고 그보다는 아래로 보이는 파마머리 여자와 이십대 중후반으로 보이는 생머리 아가씨, 이렇게 넷이 나를 내려다보고 있다. 그 가운데 중년 남자는 내 손을 꼭 잡고 있다. 손이 참 따스하게 느껴진다. 이 사람은 누구이기에 이렇듯 온 마음을 다해 내 손을 잡고 있는 것일까? 어머니, 정신이 드세요? 사람들은 하나같이 정신이 드느냐고 내게 묻고 있다. 내가 상상하는 이상으로 훨씬 자주 의식이 들었다 나갔다 하는 모양이다. 갈 날이 머지않았다는 의미일까. 그렇다면 본연의 내가 죽는 것인가, 아니면 육체의 주인인 할머니가 죽는 것인가.

큰아들 기억나요? 중년 남자의 말이 끝나기 무섭게 그 옆의 뚱뚱한 여인도 뒤질 새라 입을 연다. 어머니, 희수 어미예요. 큰며느리요. 희수 졸업식이 다가오는데 얼른 일어나셔야지요. 어머니가 키우신 손녀니까 졸업식은 보셔야지요. 이번엔 파마머리가 내 다른 쪽 손을 잡고 말한다. 엄마, 나 첫째 딸이야. 얘는 엄마 외손녀 민희. 알겠어? 나는 멍할 뿐이다. 생머리 아가씨가 내 외손녀란다. 원 세상에. 차라리 친구라고 하는 편이 더 가깝겠다.

낯익은 젊은 의사가 걸어온다. 이젠 명찰의 글씨가 제법 선명히 보인다. 신경내과 김수빈. 습관인 듯 여러 색상의 볼펜은 여전히 윗주머니를 채우고 있다.

혼수상태가 워낙 오래 갔어요. 뇌손상이 있을 수 있습니다. 기적적으로 의식을 회복한 듯 보이긴 하지만 아직 안심할 수준은…… 자제분들 알아보시는 거 같아요?

나는 의사의 말을 귀담아 듣고 싶지 않다. 내 애기가 아니기 때문이다. 나는 어디까지나 서른한 살의 새댁일 뿐이다. 그래서 나는 그들에게 간곡히 말한다. 거울 좀 갖다 줘요. 얼굴을 확인하지 않고는 답답해 살 수가 없어요. 엄마, 할머니가 무슨 말씀을 하려고 해. 입술이 움직였어. 생머리 아가씨의 말에 파마머리는, 기관지 수술을 해서 말씀 못 하셔, 라고 대꾸하면서 휴지로 제 눈가를 꼭꼭 누른다. 이럴 땐 젊은 사람이 나이 많은 어른보다 낫군, 나는 애꿎은 파마머리를 원망해 본다. 엄마, 말하고 싶어요? 안타까운 목소리로 내 얼굴이며 머리칼이며 하염없이 쓰다듬는 파마머리를 나는 애타게 바라본다. 아주머니, 제발 거울 좀 보여 주세요…….

집중해서 사람을 보자니 기력이 금세 쇠한다. 내 목구멍에서
갸룽갸룽 고양이 소리가 새나온다. 소리는 점점 더 잦아지고 커
진다. 호흡이 가빠온다. 드디어 최후의 순간이 닥칠 모양이다.
나는 살고 싶다. 너무나 살고 싶다. 살고 싶은 나는 내 처지가
안타까워 눈물을 흘린다.

푸른 스웨터가 어느 틈엔가 다가와 가는 고무관 같은 것을 절
개된 기관지에 집어넣는다. 보호자에게 하는 말인 듯, 가래흡입
용 연결관이에요,라는 말이 아득한 소리처럼 들려온다. 제법
엽렵한 간호사임에 틀림없다. 고무관이 목구멍을 쑤시니 머리
맡 위쪽에서 금세 시끄러운 소리가 난다. 다시 푸른 스웨터가
말한다. 석션 기로 가래 빨아들이는 거예요. 소음 때문인지 가
래 때문인지 골이 지끈대고 짜증이 난다. 그러나 무엇보다 참을
수 없는 것은 밀려 올라오는 욕지기다. 차라리 눈을 질끈 감는
다. 또다시 눈물이 흘러내린다. 시도 때도 없이 나오는 눈물도
나는 이제 성가시다.

고무관은 목구멍을 계속 쑤셔대고 기계 소음도 여전하다. 파
마머리가 안타까운 마음에 아! 탄식하자 푸른 스웨터가 설명한
다. 가래를 빼내는 것은 매우 중요한 일이에요. 가래가 있으면
열이 올라가서 위험해지거든요. 내 얼굴은 더욱 더 고통스럽게
일그러진다. 파마머리는 차마 그 꼴을 못 보겠는지 고개를 돌려
버리고 생머리 아가씨는 한 손으로 입 주변을 가린 채 울먹인
다. 아가씨의 눈자위가 붉어지는가 싶더니 눈동자 가득 눈물이

어린다. 이 육체의 주인은 이들 모두에게서 사랑받았음에 틀림 없다. 할머니, 당신의 인생은 제법 괜찮았던 것 같아요. 그러니 이대로 세상을 하직한다 해도 너무 슬퍼 말아요. 나는 육체의 주인에게 진심어린 위로의 말을 건넨다.

착잡한 표정의 네 사람은 약속이나 한 듯 말이 없다. 여덟 개의 눈이 하나같이 내비치고 있는 것은 절망이다. 애잔함과 비통함과 서글픔과 회한이 저마다의 얼굴에 드러나 있다. 저들의 표정에서 내 영혼의 새 주인이 돼 버린 육체의 심각성을 읽는다. 나는 이 사람 저 사람 번갈아가며 눈을 맞춰 본다. 아무리 기억을 더듬어도 생면부지의 인물들이다. 다시 곁으로 다가온 푸른 스웨터의 손에 네모난 기계가 들려 있다. 잠시 후 펌프 돌아가는 소리가 난다. 또다시 소음이다. 정말 견딜 수 없군. 나는 귀를 막아 버리고 싶다. 푸른 스웨터가 조금 전 가래를 뽑아냈던 자리에 호스가 연결된 투명 플라스틱 분사기를 갖다 대자 시루떡을 찔 때처럼 김이 풀풀 난다.

네블라이저라는 의료기인데요, 요 아래 키트에 들어 있는 청색 액체 보이시죠? 이 약품을 기관지에 직접 투여하는 거예요. 가래를 묽게 만들어 기관지에 들러붙은 가래들을 떼어 내는 거죠. 가래 석션을 하다 보면 기관지 손상이 와서 피가 나오기도 하는데요, 이럴 때 생길 수 있는 염증 치료에도 효과적이고요. 하루에 세 번 하고 있어요.

세 번씩이나! 탄식처럼 내뱉는 중년 남자의 말소리에 힘이라곤 하나도 실려 있지 않다. 그만큼 시름이 깊다는 의미일 것이다. 푸른 스웨터는 친절한 성격임에 틀림없다. 간호사가 천직인 듯 묻지 않아도 면회 온 이들의 궁금증을 알아서 풀어 준다. 덕분에 내 육체가 어떤 치료를 받고 있는지 이해할 수 있어 최소한 답답하진 않다. 어느새 깜빡 졸았는지 나는, 할머니 이젠 시원하시죠? 하는 소리에 눈을 뜬다. 푸른 스웨터가 네블라이저라는 기계의 코드를 둘둘 말아 손에 들고 멀어진다. 목구멍이 개운한 것도 잠시, 욕지기가 밀려 올라온다. 이래도 살아 있는 게 나은 걸까, 나는 잠시 회의감에 젖는다.

아! 그런데 오른쪽 팔을 움직일 수 있을 것 같은 기분이 든다. 나는 한껏 기대에 부풀어 손가락을 쥐었다 폈다 하다가 천천히 팔을 들어 본다. 큰 움직임은 불가능하지만 내 시야 내로 팔의 모습이 들어올 정도만큼은 올라온다. 퉁퉁 부어 금방이라도 터져 버릴 듯 팽팽한 팔이 눈에 보인다. 그간 손목 부분이 왜 이렇게 거치적대는가 싶었는데, 팔찌처럼 생긴 셀로판 이름표가 감겨 있기 때문이었다. 셀로판엔 신상명세가 적혀 있다. '김명자, 여자, 85세', 이 정도는 흐릿하나마 알아보겠으나 그 다음 이어지는 숫자와 영문은 알 길이 없다. 김명자, 나와는 동명이인이다. 불현듯 육체가 뒤바뀐 이유가 이름 때문일지도 모른다는 생각이 든다. 그러나 여든다섯이라니! 마음이 청춘인 내가 어떻게 늙은 육체를 감당할 수 있을 것인가. 그래도, 그래도, 만일 생명이 연장된다면, 이런 모습으로나마 살게 되었다는 걸 감사해야 하는 걸까. 나는 어떻게 해야 옳은가.

시끄러운 소리에 정신을 차려 보니 십대로 보이는 당돌하게 생긴 여자아이가 동그란 눈으로 내려다보고 있다. 그 옆엔 아이와 꼭 닮은 둥근 눈의 중년 남자가 서 있다. 큰아들이라고 자기를 소개했던 먼젓번 남자는 아니다. 아빠, 근데 이건 뭐야? 아이가 내 종아리를 가리키면서 묻자 중년남자가 대답한다. 그건 혈전방지 스타킹이야. 여자아이가 종알댄다. 예쁘다. 나도 이런 스타킹 신었으면 좋겠다. 그런 말 하면 못써. 중년 남자가 아이를 나무란다. 여자아이가 내 다리를 만지작댄다. 종아리에서부터 허벅지까지 천천히 쓰다듬듯이. 간지럽다. 하지만 웃을 수도 없는 처지에 다시 나는 절망한다. 한숨이 절로 나오지만 또한 한숨도 쉴 수 없다. 남자가 아이의 행동을 나무라는 뜻으로 짐짓 눈을 부릅떠 보인다. 대체 무슨 스타킹이기에 탐을 내는 것일까? 나도 볼 수 있다면 좋겠네.

갑자기 아이가 욱 하더니 코를 감싸 쥐면서 뒤로 물러선다. 할머니 똥 쌌나 봐, 아빠. 어느 틈에 아이의 말을 들었는지 푸른 스웨터가 다가와 선다. 할머니, 실례하셨네. 깨끗하게 해 드릴게요. 그러자 남자가 고개를 외면하는데, 주르륵 두 줄기 눈물이 뺨으로 흘러내린다. 푸른 스웨터가 익숙한 솜씨로 뒤처리를 하는 동안 내내 남자는 먼산바라기를 하고 있다. 기저귀라는 물건이 나를 부끄럽게 만들지만 동물적인 시원함이 더 강하다. 이렇게 이 육체에 적응해 가나 보다 생각하자니 서운하면서 안타깝다.

어머니, 저는 둘째 아들이에요. 애는 내 딸, 엄마 친손녀고.

기억나세요? 둘째 아들이라는 이의 말이 끝나기 무섭게 아이는, 선희예요, 할머니. 빨리 일어나세요, 라고 말하면서 연신 손을 나댄다. 그러자 내 아랫도리에 찌릿찌릿 자극이 온다. 건들지 마. 그런 거 함부로 만지면 안 돼. 할머니 소변 받아 내는 관이야. 둘째 아들이라는 이가 아이에게 역정을 낸다. 아이가 상당히 부산한 성격이지 싶다. 할머닌 기동할 수 없기 때문에 이렇게 소변을 받아 낸단다. 여기 비닐주머니에 소변이 차면 내다 버리고 또 받고 하는 거야. 아이가 왕방울 눈을 더 크게 치뜨더니, 그럼 대변 소변 다 못 가리는 어린아이네. 나는 와락 자존심이 상한다. 철없이 나불대는 아이가 미운 마음에 멀리 내쫓아 버리고 싶다. 버르장머리 없기는! 이 사람은 제 아이 교육을 대체 어떻게 시킨 것인가. 나는 이담에 아이를 낳으면 예의범절을 제대로 가르치겠다고 다짐한다.

이 육체의 할머니는 자손이 몇이나 되는 걸까. 지금까지의 분위기로 봐선 제법 다복한 집안처럼 여겨진다. 자녀들도 모두 출가시켰을 연세니 눈을 감는다 해도 여한은 없겠군. 하지만 진정한 나는 이 나이의 삼 분의 일 정도 살았을 뿐이고, 게다가 신혼이다. 아! 어떻게 한 결혼인데, 제대로 살아 보지도 못한 채 늙은 육신을 가지게 되었구나.

남편과 나는 동갑내기 부부다. 오랜 연애 끝에 어렵사리 결혼했다. 친정집이 있는 시골 군청에서 동료로 만나 사랑을 키웠지만 우리 엄마가 후취 댁이란 이유로 남자 집이 먼저 반대하고 나섰다. 그러자 자존심이 상한 우리 집도 맞서기 시작했다. 나

이 어린 동생들이 주렁주렁 달린 가난한 집 맏이한테 딸을 보낼
수 없다는 게 우리 집이 내세운 반대 사유였다. 그러나 두 사람
다 서른이 넘도록 선 자리는 물론이고 다른 누구에게 눈길조차
주지 않자 천생배필인 모양이라며 양가 모두 결국 손들고 말았
다. 이처럼이나 아픈 사연을 간직하고 있는 우리 부부니 만큼
생각만 해도 서로에 대해 애틋하다. 그런데 이렇게 어이없는 일
을 겪게 되다니. 나는 슬프고 애통해서 다시금 눈물이 솟는다.
눈물은 눈꼬리를 타고 귓속으로 파고들면서 베갯잇을 적신다.

깨진 거울을 나는 다시 쳐다보고 있다. 거울 속엔 두 얼굴이
있다. 거울이 보여 주는 두 얼굴 가운데 어느 쪽이 내 것인지 가
려낼 재간이 없어 답답하다. 난 혼수상태와 수면과 현실 또한
분간할 수 없다. 의식이 시키는 대로 이편과 저편을 맥없이 그
저 왔다 갔다 할 뿐이다.

이번엔 주름 가득한 얼굴 하나가 처연한 표정으로 나를 보고
있다. 링거를 달고 휠체어에 앉아 있는 늙은 남자다. 여든은 훌
쩍 넘겼지 싶다. 오른쪽 팔다리에 깁스를 하고 있는 것이 큰 사
고를 당한 모양이다. 깁스한 다리가 허공중에 저 홀로 솟아 있
어 불편해 보인다. 자식이라 주장하던 사람들이 죄다 낯선 얼굴
이었던 데 반해 이 사람은 왠지 익숙하다. 누구던가? 나는 기억
저 너머를 헤매 본다. 남자는 어떤 말도 건네지 않는다. 단지 수
심 어린 표정으로 바라볼 뿐이다. 이토록 내게 익숙함을 주는
이 노인은 대체 누구란 말인가. 남자가 마침내 닭똥 같은 눈물
을 뚝뚝 흘린다. 울고 있는 이 남자에게 애정이 솟는다. 이상하

다. 나와는 어떤 관계일까. 나는 남자를 바라본다. 오래오래 보자니 힘에 부친다. 어느새 다가온 어둠이 나를 빨아들인다. 다시 암흑이다.

나는 어느새 깨진 거울을 보고 있는 나를 다시 발견한다. 반복되고 있는 현상이지만 이 상황에 대한 해석은 불가능하다. 그럼에도 끈질기게 나를 잡고 놓아주지 않는 의문에 사로잡힌다. 육체가 깨져 나가면서 내 기억의 어떤 부분도 함께 빠져나간 것일까. 내가 나라고 인식하고 있는 게 과연 진짜 나이긴 한 것일까. 혹시 이 육체의 주인과 내가 동일인이라면?

불현듯 인간의 육체란 게 하잘 것 없을 수도 있다는 생각이 든다. 그렇다면 죽고 사는 것도 별거 아니지 않을까. 문득 마음이 편해지면서 살그머니 눈까풀을 밀어 올려본다. 아직도 남자의 눈은 젖어 있다. 언제까지라도 울고 있을 것만 같다. 남자는 그렁그렁한 눈으로 애처롭게 나를 보고 있다. 퍼뜩 이 남자가 내 남편과 닮았다는 느낌이 온다. 양쪽 볼이 푹 꺼지고 입 주변이 늘어지고 눈 가장자리에 주름이 많은 것만 제외한다면 길쭉한 눈매하며 외까풀에다 툭 튀어나온 이마까지 모두. 남자가 왼손을 천천히 치켜들어 흘러내린 제 머리칼을 쓸어 올린다. 바로 이때 내 눈을 사로잡는 것이 있다. 주저흔! 남편의 손목에도 같은 상처가 있다. 우리는 결혼 반대에 상심하여 자포자기 심정으로 자살을 시도했었다. 우리가 양가 허락을 받아낼 수 있었던 결정적 사건이었다. 아! 이…… 이, 무슨 일인가! 절망한 서른한 살의 나는 끝 모를 나락으로 추락해 버린다.

나는 어떤 강력한 힘에 압도당하고 있다. 새로운 세상이 나를 잡아당기고 있다. 그 세상은 내가 몸담았던 이곳과는 본질적으로 다르다는 걸 나는 본능적으로 터득한다. 필경 죽음은 깜빡 잠드는 것과는 다를 것이다. 그렇다 해도…… 그래, 억울할 것 없다. 누에가 고치를 벗고 새롭게 탄생하듯 단지 껍질을 떠나는 것일 뿐이니. 문득 나는 내 기억에 저장돼 있는 여러 장례식을 꺼내 본다. 그리 나쁘지 않게 다가온다. 이제 나는 거의 준비가 다 된 듯하다. 그렇게 생각하자마자 더할 수 없는 평안함이 나를 반겨 맞는다. 젊고 아름다운 두 남자가 나를 향해 미소 짓는다. 아니, 내가 헛것을 보고 있는 것인지도 모른다. 서른하나인 동시에 여든다섯이기도 한 나는 떠날 채비를 한다. 이제 나이 따위 중요하지 않다. 영혼에는 나이란 게 없을 테니까.

나는 이렇게도 깃털처럼 가뿐한데, 침대에 누워 있는 늙은 육신은 주렁주렁 달려 있는 호스들로 어수선해 보인다. 오랜 세월 살아오느라 힘겨웠을 육체다. 누워 있는 육신은 눈을 꼭 감고 입술은 반쯤 벌리고 있다. 이제 나는 늙은 육신의 메마른 얼굴과 여윈 손과 헐렁한 환자복 안에 감춰 있을 몸통을 모두 볼 수 있다. 나는, 몸에 속해 있는 각각의 부위에서 내가 기억해 내지 못하는 긴긴 세월의 흔적을 본다. 수고 많았어요, 나는 나에게 속삭인다. 나는 이제 온전하게 여든다섯의 내가 돼 보기로 한다. 그러자, 알고 싶다. 노년의 내 삶은 어땠을까. 나로 인해 불행해진 사람이 없었기를……. 신혼 이후의 기억들이 뭉텅 잘려나가 버린 연유에 대해서도 나는 궁금하다. 그럼에도 모른 채로 떠나는 것도 나쁘지 않을 것이라 생각한다. 단 한 점의 미련도 남아 있지 않음에 스스로 놀란다.

껍데기를 벗어난 나는 지금 참으로 편안타. 그래서 자신도 모르게, 야, 참 좋다, 이렇게 소리 내어 감탄한다. 내 육신과의 인연은 여기서 끝나지만 더 멋지고 무한한 세계가 나를 기다리고 있음을 나는 알고 있다. 진즉 깨달았으면 좋았을걸. 그랬다면 애면글면하지 않았을 텐데. 가벼운 흥분이 내 안에 번지자 나는 그 느낌에 자신을 완벽하게 맡겨 버린다. 이제 좀 더 잘살기 위해 아귀다툼을 벌일 필요도 없으며, 살고 늙고 병들고 죽는 것에 대한 번뇌 역시 할 필요가 없어졌다. 그 가운데 무엇보다, 죽는 것을 두려워하지 않아도 되니 이것이야말로 최고의 선물이 아닐 수 없다.

늙은 남자, 내 남편이 오열하고 있다. 내 마음이 더할 수 없이 평온하여 그에게 미안하다. 혼자만 편한 곳으로 가는 것 같아 더더욱 그렇다. 난 애정과 연민에 가득한 마음으로 늙어 버린 내 신랑을 어루만진다. 당신을 기억하고 떠날 수 있어 얼마나 다행인가요. 내가 혹시 당신을 아프게 하진 않았나요? 그랬다면 부디 용서해 줘요.

감각과 정신의 사이

구중서 (문학평론가)

소설은 삶의 이야기다. 그런데 인간의 삶은 단순하지도 않고 어떤 시대 상황에 정체되어 있는 것도 아니다. 그러니까 인간의 삶은 계속 변모하고, 발전해 가고 있다.

이러한 삶의 상황에 대해 이야기한다는 것은 작가가 세계의 총체성에다 개인의 구체성들을 연결해 꿰매고 다림질하는 형상화를 통해 할 수 있는 일이다. 작가는 이 일을 하지 않고는 못 배기는 본능을 타고났으며, 작가가 적어 놓은 이야기를 독자는 읽기 시작하면 끝까지 읽지 않을 수 없게 이끌린다. 성공한 소설의 경우가 그렇다는 말이다.

작가 신중선의 소설은 폭넓은 일상의 세계에서 다양한 이야기를 제공한다. 그는 현실적인 감각에 영혼의 세계까지 연결해 이야기를 펼쳐 나간다. 신중선 소설은 일정하게 성취된 견실한 문체로 인해 어느 작품이나 독자에게 순탄하게 읽힌다. 읽고 나서 생각되는 것은 그 다음 문제다. 문제는 소재와 주제에 연결되는데, 이 점에서 신중선 소설은 변모 발전하고 있어 의미의 갈피와 폭이 넓다.

이 상황을 다른 말로 하면 아날로그 시대와 디지털 시대가 연결되어 있는 소설이라는 것이다. 작가에 따라서는 양쪽의 어느 한쪽에 정주해 개성의 세계를 형성하기도 한다. 그러나 시대의 변화는 사람들이 굳이 거부하거나 피하기가 쉬운 일이 아니다.

어차피 신중선 소설은 변화하는 시대의 최근과 지난날에 함께 걸쳐 있으니, 앞쪽의 최근 경향에서 시작해 뒤쪽의 지난 시대로 거슬러 올라가며 작품의 의미를 밝혀 보아야겠다. 신중선 소설에서는 일상 속 인간 생활의 구체성들이 근거를 이루고 있으니 의미의 체계가 끊어지지는 않고 관점에 따라 오히려 다채로운 인생 지대를 음미하는 일이 가능할 수도 있다.

우리가 원하든, 원하지 않든 디지털 시대, 컴퓨터의 인터넷 사회가 도래한 것은 엄청나고 심각한 사실이다. 전에는 사람들이 자유를 부르짖었어도 그것이 관념적인 한계에 갇히는 수가 많았다. 그런데 이제는 컴퓨터의 인터넷 세계에서 모든 것이 자유로이 개방되고 소통된다.

예로부터 사람이 마음속으로 생각하는 것은 남이 알아차릴 수도 없고 금지시킬 수도 없다는 것은 다 잘 안다. 이것은 인간의 생래적 자유권이며 인간 기본권과 동의어다. 그러나 그때에는 이것이 양심의 자유를 뜻하는 것이고 칸트의 실천 이성이고, 인간이 하느님과 마주 앉는 다락방이라고 생각하였다.

그런데 현대 사회에 와서 무한 경쟁의 분업화 사회, 물질주의, 인간 감각의 말초화는 책임을 동반하지 않는 일탈의 자유를 사회에 촉진하였다.

소설 〈파이트 클럽〉에는 가정주부가 외간 남자와 컴퓨터로 채팅하는 문제가 나온다. 이것이 원인이 되어 남편은 일종의 격투기장인 파이트 클럽에 가서 때리고 얻어맞는 이벤트에 참여한다. 그리고 '싸워봐야 진정한 자신을 알 수 있다'는 생각을 한다. 인간 본성이 얼마나 마모되었기에 아픈 충격에 의해서 자신을 발견하려 드는가.

아내의 채팅, "빌어먹을 정보화 사회! 대체 이게 무슨 조화속이란 말인가. 사적인 외출조차 꺼릴 정도로 가정적이던 아내에게 밀어닥친 이 사건을 인터넷 강국으로 부상한 우리나라의 정보화 바람 탓으로 돌려야 한단 말인가. 남자가 목격한 채팅의 문구에 의하면 아내는 폰팅까지 하고 있었다는 얘기가 된다."

소설은 윤리 교과서 투로 해답을 내지는 않는다. 파이트 클럽에서 빈사 상태가 되도록 얻어맞고 돌아와 현관 마루에 쓰러진 남편의 눈에 흐르는 눈물을 닦아 주며 아내의 가슴이 아려 온다. 남편은 한 방 갈기고 박수를 받았고, 그리고 결국 빈사 상태가 되도록 맞았다. 때리고 맞고 싸워 봐야 자신을 안다던가. 남편의 무관심에 의해 아내도 맞았고, 아내의 채팅에 의해 남편도 너무 아프게 맞았다. 그래서 부부는 각기 자신을 알게 되었다. 자신을 알고 나면 또 어떻게 할 것인가. 어쩌다 그들은 이처럼 죽을 만큼 아프게 되었던가.

고대 그리스의 어느 신전 문턱에 새겨져 있었다는 말 "너 자신을 알라"가 소크라테스를 거치면서 그리스 철학의 명제가 되었다. 일차적으로 절실한 말이다. 그러나 나 자신을 안 다음에는 과연 어떻게 할 것인가. "진리가 그대를 자유케 하리라." 역시 많이 들어본 이 말에서 이성과 영성이 만난다. 이때의 자유는 더 따라붙을 조건도 없다. 의미 있는 모든 정신 활동과 더불어 문학 예술도 이만한 차원의 자유에 동참한다.

그러나 문학은 한낱 개념으로 정주하려 하지 않고 살아 움직이는 생물이고자 한다. 그러므로 소설은 같은 가치를 가지고도 그것이 자유라 부르기보다는 그 어떤 창조적 '전망'이고자 한다. 소설은 적나라한 노출로 충격을 주면서도 종국에는 정돈하고 승화하는 전망이다. 이것이 바로 '창작'이다.

소설 〈파이트 클럽〉에는 충격적인 위험도 있고 아픔도 있다. 그러나 이 성찰의 현실을 통해 은은하게라도 창조적 전망을 향해 통로를 열고 나아갈 수 있는 조짐이 있다. 이 통로에서 눈을 떼지 않는 데에 신중선 디지털 시대 소설의 가능성이 있다.

〈아내의 방〉은 예민한 자의식의 소설이다. 소박한 일상에서 삶이 시작되지만 불임과 입양과 강아지 기르기와 관상용 열대어 기르기 등의 진전 과정에서 남편의 사소한 무의식이 젊은 아내의 폐쇄성을 조장해 간다. 파양을 하고, 기르던 것들이 다 사라진다. 부부가 다른 방을 쓴다. 그러나 장모의 방문을 맞아서는 정상적이고 다정한 부부의 분위기를 연출할 만큼의 기반은 남겨 놓는다.

어느 날 아내는 모처럼 아름답게 성장을 하고 외출을 하며, 남편 쪽을 향해 미소의 기미도 보여준다. 남편은 아내의 방을 열고 들어가 폐쇄적 공간이 풍기는 엽기적 음습성을 느낀다.

"아내는 방안에 웅크리고 앉아 사랑을 기다렸는가?" 이것이 남편의 새로운 인식이다. 이렇게 신중선 소설의 문제의식들은 치밀하고 치열하게 전개되면서도 끝에 가서 어떤 구원의 통로를 내비친다.

〈환영 혹은 몬스터〉야말로 괴기한 분위기에 좀 통속적인 직언들이 섞이지만 역시 문체의 기반이 견실해 순탄하게 읽힌다. 이른바 황금만능주의 사회에서 거액의 대가를 걸고 자살 방조를 의뢰하는 인물이 있다. 큰 재산을 받기로 하고 남의 자살을 돕던 계획이 실패로 끝나는 스토리의 황당한 통속성에도 불구하고, 결말이 무위로 환원되는 회화 속에 신선한 쾌감이 있다. 어차피 돈도 끝까지 가지고 갈 수 없으며, 자살을 하지 않아도 당연히 죽음을 맞게 되는 유한한 존재가 인간이다. 그러므로 철학에서는 인간의 운명 지어진 죽음을 '형이상학적 소외'라고 한다. 가장 충실한 인식에 의하면 '인간은 본질적으로 소외되었고 죽는 존재'다.

이러한 죽음을 헛되이 맞이하지 않는 것, 가장 잘 죽는 방법은 무엇일까. 그것은 '가장 잘 사는 것'이다. 그런데 자살 클럽을 만드는 사람들이 있다니, 또 남의 자살을 도와주는 대가로 큰돈을 받기로 하는 약속을 하다니. 이러한 계획에서는 실패해서 맨손으로 돌아오는 것이 최선이다. 이 최선의 결말을 보여주는 것이 소설 〈환영 혹은 몬스터〉의 주인공이다.

여기까지가 크게 보아서는 디지털 시대의 소설이다. 시간을 거슬러 올라가면 경제가 덜 발달했던 시대의 가난한 삶들이 소설에 담긴다. 소설의 성격도 아날로그 풍이다. 빈부의 격차가 양극화 추세로 가는 현실에도 불구하고 사람들은 한국이 세계 10위권에 오르내리는 경제 대국이 되었다는 관념에서 허영에 들뜨는 현상이 있다.

소설도 한때는 한국 산업화 과정의 가난한 삶들을 왕성하게 그렸는데, 허영의 부자 의식에 영향을 받으면서 가난을 다루는 소설들은 현격히 줄어들고 있다. 그러나 가난해도 물질화에 덜 감염된 상황 속의 삶들은 오히려 인간의 채취를 더 짙게 풍기고 있다. 신중선 소설의 또 다른 큰 부분은 이 가난 속의 인간적인 체취를 탁발하게 그리고 있다.

〈몸의 기억〉은 착하다 못해 용렬해 보이는 인간상의 제시다. 남편이 중동에 가서 고생하며 벌어 보낸 돈을 사촌 남동생에게 빌려주었다가 내내 돌려받지 못하는 사촌 누님은 계속 가난에 시달리며 몸에 병까지 생긴다. 그래도 동생에게 섭섭해하지 않으며, 동생을 심하게 나무라는 작은어머니를 말린다. 누님의 용렬한 거동들이 작품에 종횡으로 진하게 칠해져 있어, 재래 조선 사람의 심성이 이러한 것이었음을 절감하게 된다.

〈가장 유능했던 세일즈맨〉은 난쟁이 체격으로 대학 캠퍼스에 드나들며 외판을 하는 한 남자 상인이 등록금을 못 내고 있는 한 여대생을 도와주는 이야기다. 이 외판원은 아무런 야심도 공치사도 없이 여대생의 학비를 대납한다. "공부는 마쳐야지." 이것이 도와주는 명분의 전부다. 외판원의 인생유전은 한 술집의 꼽추춤 출연장에까지 이어지며 불운한 처지다. 그 광경을 발견하고서도 지난날 막대하게 도움을 입은 여대생은 은혜를 갚지 못하고 눈물을 머금은 채 지나친다. 삶의 갈피갈피에 은혜 갚기인들 도리에 맞게 이행이 되던가. 주든 받든 그 자체로서 신비에 묻히고 만다. 그 의미와 여운을 곱씹는 것은 별도의 문제다.

신중선의 가난 소재 소설들은 궁상 자체로 말미암은 피곤함을 비치지 않는다. 그것은 인정의 심오한 차원에 대한 곰살궂은 조명이다. 인정(人情)은 다른 말로 하면 '인간본성'이며 이것은 변하지 않는 것이다. 이것은 아날로그 시대와 디지털 시대를 통해서도 마찬가지다.

변화무쌍한 것들의 흐름 속에서 돌파구라든가 '전망'을 트는 것은 무엇인가. 그것은 '변하지 않는 그 어떤 것'을 발견하는 것이다. 다채한 소재와 탄력 있는 문체를 가지고 있는 신중선

소설은 변하는 것과 변하지 않는 것을 분별하는 안목의 상황을
전개해 간다.

인간의 문제는 가난이라든가 애정이라든가 가시적 일상 속
의 일들로 끝나는 것도 아니다. 리얼리즘 평론가인 루카치도
말하기를 가시적인 외연의 총체성 외에 인간 내면의 끝없는 깊
이라는 내포적 총체성이 있으며, 더 중요하기로 말하자면 이
내면의 정신적 깊이 쪽에 비중이 있다고 했다. 여기까지를 아
는 것이 리얼리즘에 대한 진정한 인식이라고 했다.

이 내면의 깊이는 본질에 관한 문제이며 정신적 차원이기도
하다. 작가 신중선은 그 발상이 종교에 직결되어 있는 것은 아
니지만, 과연 인간이란 본질적으로 어떠한 존재이냐 하는 데에
의문을 제기하기도 한다. 한 개인이 타고나는 운명적 불공평의
문제에 착안한다.

자녀가 많은 가난한 집에 신체적 장애마저 지니고 있는 소녀,
집에서도 천덕꾸러기이고 학교에 가서는 왕따를 당한다. 〈고요
의 저편〉에 등장하는 아홉 살 소녀 수은은 나름으로 인생에 대
해 의문을 갖는다. 수은은 남자 고등학생이 공책에 적어 준 한
트케의 시 〈아이의 노래〉를 읽고 또 읽는다. "왜 나는 나이고
네가 아닐까 / 시간은 언제 시작되었고 우주의 끝은 어디일까 /
악마는 존재하는지 / 악마인 사람이 정말 있는 것인지 / 과거엔
존재하지 않았고 미래에도 존재하지 않는 다만 나일 뿐인데 /
그것이 나일 수 있을까"

종교에서 말한다. 세상에는 빛이 있지만 어둠도 있다. 비옥한 밀 이랑이 있지만 거기에 몰래 가라지씨를 뿌리는 훼방꾼도 있다. 이러한 관계는 세상의 처음부터 끝까지 끝나지 않을 것이라고도 한다. 그러면 인간은 어떻게 주체적 존재로서 자기의 가치를 긍정하며 살아갈 수 있는가.

비록 어린 나이지만 수은은 불우한 자신의 처지에 대해 반발하며 회의한다. 그리하여 불공정하고 억울한 자신의 처지로부터 탈출하는 모험을 감히 저질러 본다. 비밀히 이러저러한 악행을 저지르며 가출을 한다. 어느 모르는 마을에 이르러 지쳐서 쓰러진 후 경찰에 의해 구제된 후에는 기억상실자로 자처한다.

보육원을 통해 어느 부잣집에 양녀로 들어간 수은은 능청스러울 정도로 자신의 운명을 개조하는 길로 적응해 나아간다. 이 과정에서 작가는 장기인 구체적 일상성의 묘사를 충실히 함으로써 이 환상적 허구의 소설에 리얼리티를 삽입하기도 한다. 수은이가 양녀로 부잣집에서 생활하는 한 장면이 있다.

"그날도 양엄마는 네가 좋아하는 자반고등어를 구워 식탁에 올렸다. 고등어의 푸른 등에서 반들대는 윤기를 보자 네 입에선 군침이 절로 돌았다. 찜통에서 알맞게 익은 호박잎은 보기 좋게 접시에 담겨 있다. 네 양엄마는 청양 고추를 잘게 썬 다음 다진 마늘과 멸치젓에 버무려 종지에 담고 냉장고에서 김치와 명란젓, 시금치 무침, 쇠고기 장조림을 꺼낸다. 명란젓에는 참기름과 참깨도 살짝 뿌린다. 자글자글 끓고 있는 걸쭉한 강된장을 식탁에 올리기만 하면 오붓한 저녁 식사가 시작될 참이다.”

그러나 주인공 소녀 수은을 가리켜 ‘너’라는 대칭적 서술로 스토리를 전개해 나아간다는 자체가 무엇을 뜻하는가. 이 소설은 공중에 떠 있는 듯한 환상의 전개이다. 그러면서 윤회전생의 분위기 같은 데서 미약한 개인의 부조리한 운명에 반발과 회의를 제기한다. 비밀 속의 악행까지 저지르며 운명으로부터 일탈하고, 그것으로 정착하는 것도 아니고 이어지는 추적과 탄로에 쫓기며 또 다른 일탈의 연속이 기도된다.

이것은 작가 신중선의 의식 세계가 결코 단조로움에 갇히지 않고 해방과 실험과 질문을 동반하고 있다는 뜻이 된다.

〈공중전화〉도 이채로운 분위기의 작품이다. 분위기만이 아니고 인생과 일상의 실질이 넓고 깊게 펼쳐져 있어 어떻게 보면 시의 세계 같기도 하다. 그러나 이 시는 감미로움을 뜻하는 것이 아니고 외로움과 아픔을 보게 하면서, 인간의 세계에는 이러한 구석도 있다는 것을 가슴이 당기면서 느끼게 한다. 이러한 구석을 모르면서 감각으로만 빛난다든가 요설로써 말재주 경쟁에만 빠져 있는 소설은 오히려 값싼 화장처럼 보이기도 한다.

분명히 이곳에도 아파트의 신축이 밀고 들어온다. 그렇지 않고 버려지고 잊혀진 땅이 어디 있겠는가. 그러나 채 아파트가 들어서기 이전 황폐한 모래 언덕 같은 인생 지대의 삶도 있다. 빚쟁이에 쫓겨 도망친 사람, 평생 곡예단에 있었지만 몸이 망가져 더 이상 곡예를 할 수 없어 떠도는 사람, 그들의 가족도 있는 것이다.

　길가의 공중전화 부스는 하나 있지만 번지도 전화도 없는 사람들이 판잣집을 얽어서 사는 마을이 있다. 곡예단에서 아내가 곡예 중에 떨어져 죽고 남편과 어린 아들이 찾아든 마을이 소설 〈공중전화〉의 마을이다.

　판잣집들 중에는 주인이 떠나가 비어 있는 집들도 있다. 곡예단의 남편과 아들은 그래도 사람이 살고 있는 집을 찾아 들어가니 한 여인과 어린 딸이 살고 있다. 외로운 사람들은 초면에 한데 얼려 산다. 어른 남녀도 끌어안고 자고 어린 소녀와 소년도 끌어안고 잔다.

　공중전화 부스는 소식의 상징이다. 곡예단 남자는 아들도 버리고 어느 날 갑자기 마을을 떠나지만 그래도 언젠가 돌아온다면 이 공중전화 부스를 기준으로 해 찾아올 것이다. 그 기약 때문에 소년은 이 황폐한 마을을 떠나지 못한다.

　과연 아버지는 돌아왔다. 아버지가 돌아온 것은 쇠약한 몸이 죽음을 맞이하기 위해서였다. 애써 장만한 아들의 양복 한 벌을 들고 왔는데, 그 옷 속에는 아들에게 주는 편지를 들어 있다.

　"— 애야. 나는 겁이 났다. 겁이 난다는 것은 잃고 싶지 않은 소중한 것이 있다는 얘기지. 잃을 것이 없는 사람한테 겁이란 있을 수 없을 테니까. 내게 소중한 것은 바로 너다. 내 육신이 네게 거추장스런 존재가 될까봐, 나는 그것이 정말 겁이 났다. 너를 위해 떠났으며, 또 너를 위해 돌아왔다. 지금도 나는 몹시 겁이 난다. 알겠니? 너를 사랑하기 때문이란 걸. 그런데 참으로 이상하지. 세월이 흐를수록 좋지 않은 일이란 차츰 흐려지고, 즐거웠던 기억만 남는구나. 애야 너도 내 나이쯤 되면 좋은 기억을 가질 수 있을 것이다." 이것이 아버지의 편지다.

마침내 아파트촌은 들어섰고 담을 높이 쌓아 몇 채의 판잣집들은 보이지도 않는다. 존재하지 않는다. 그나마 공중전화도 사라져 버렸다. 그러나 아버지는 그 공중전화의 기억을 표적 삼아 돌아왔고, 아들에게 좋은 기억을 가지라하고 세상을 떠난다. 아들은 이제 존재하지 않는 판자촌을 떠나기로 하지만, 아버지가 권고한 긍정적 눈길을 가지고 숨을 쉬며 이 지상에 존재해 갈 것이다.

아들의 긍정적 사고는 꽤 튼튼하다고 할 만하다. 지난날 언젠가 아버지가 아들에게 들려준 이야기가 있다. 그 시절에는 종종 소리개가 동네 변두리 야산을 빙빙 돌며 나는 때가 있었다. 한 농부 내외가 밭에서 감자를 캐며 어린 아기를 밭가에 눕혀 놓았었다. 감자 한 바구니를 캐고 보니 아기가 없어졌다. 아버지의 이야기는 소리개가 어린 아기를 채 가지고 날아가 버렸다는 것이다.

아들의 생각은 달랐다. 아버지, 사실 소리개는 그렇게 모진 새가 아닙니다. 기껏해야 어느 집 병아리나 채 가고 개구리 정도 잡아먹는 새랍니다. 그러니 그 밭두렁에서 없어진 아기는 아기를 가질 수 없는 어떤 이가 데려다가 잘 키웠을 겁니다. 이렇게 생각했다.

성격이 팔자라 듯이 긍정의 힘이 없으면 미약한 인간들이 어떻게 살아갈 수 있을까.

신중선 소설은 관념이나 말초적 감각에 휩쓸리지 않고 일상의 숫된 언어로 이야기한다. 그렇다고 결코 무디지 않으며, 섬세한 분위기를 피워낸다. 다시 〈파이트 클럽〉에 대해 이야기해보자. 부부가 외식을 하고 돌아오는 차 안에서 발단하는 한 대목, 아내가 갑자기 차를 세워달라고 한다. "왜 어디 들를 데라도 있어?" 남자가 이렇게 묻자 아내는 "그냥. 좀 걷고 싶어서"라고 답한다. 촉촉이 내리는 부슬비가 왠지 사람 마음을 흔들어 놓은 밤이긴 했다. 그때 남자는 아내의 변모를 눈치챘어야 했다. 사춘기 여고생도 아니고 삼십대 중반에 접어든 여자가 밤비를 맞으며 혼자 걷고 싶어 한다면 그건 충분히 위험한 신호일 수도 있다는 너그러운 생각으로 아내를 순순히 내려 줬다. 그날 아내는 이십 분 정도 늦게 집에 도착했다. "이젠 좀 나아졌나?" 고개를 끄덕이는 아내의 얼굴이 다시 밝아져 있었다.

아무리 현대 사회의 부부 관계라 하더라도 남편의 이만한 절제는 섬세한 배려임에 틀림없다. 그러나 그러했음에도 아내는 다시 밤중에 일어나 외간 남자와 인터넷 채팅을 한다. 그것도 적나라한 내용으로. 역시 남편이 알게 되지만 작가는 이 문제를 흔한 방식으로 끌고 가지 않는다. 이 비상한 상황의 전개는 다 이른바 아이티 강국이 된 한국의 사회적 문제다.

　남편은 우연히 알게 된 파이트 클럽에 들르게 되고 어느 날 실전을 치르게 된다. 소설은 내내 '싸워 봐야 진정한 자신을 알 수 있다'는 말을 하고 있다. 이러한 자학적 위상의 남편이나 이 남편에 대해 연민을 느끼는 아내의 성찰이나 모두 한국 현대 사회의 현실이다. 소설 〈파이트 클럽〉의 문제의식이다.

　원래 신중선 소설은 〈몸의 기억〉이나 〈가장 유능했던 세일즈맨〉 등에서 목가풍의 재래 한국 사회에서 사람들이 살아가는 심성에 대해 잘 밝혀 놓았다. 〈몸의 기억〉에서는 사촌 남매간 의 돈거래가 빚은 낭패를 통해 염치지심과 너그러움에 대해 웅숭깊게 다루어 놓았고 〈가장 유능했던 세일즈맨〉에서는 대학 구내에 드나드는 책 외판원이 사심 없이 한 여대생의 등록금을 담당해 주는 일과, 그 세일즈맨 자신도 어렵게 생존의 곡예를 하는 장면을 통해 인생에 대한 연민을 느끼게 한다. 이 세일즈맨 이야기에서는 장인 의식의 문체를 느끼게 할 만큼 장면 묘사가 돋보인다. 이 작가는 다른 작품들을 통해서도 장인 의식의 문체를 느끼게 한다. 그리고 곤경에 처한 세일즈맨을 지나쳐 가는 여대생은 그로부터 받은 은혜에 대해 아무런 보답을 하지 못하는 형편을 또한 있는 그대로 드러내 보인다. 응보의 문제라든가 윤리 의식의 어떤 도식성이 어설프게 개재되지 않는다.

　신중선 소설에 연면히 흐르고 있는 이 작위가 없는 삶의 서술을 가리켜 '일상성의 미학'이라 부르고 싶다. 일상을 분식하지 않고 미화하지 않으며, 아리고 뿌듯한 대로 일상을 일상으로 존재케 하며 그 안에서 감당하는 것이다. 여기에 냉소나 회의를 굳이 끌어다 붙일 필요도 없다. 있는 그대로의 상황이 지켜지는 데에 서리는 어떤 의미가 있다면 그것은 인간과 삶의 참모습일 것이다.

1

"그러므로 모든 글은 본질적으로 고백이 된다"는 한 중견 작가의 의견에 전적으로 동의한다.

2

일 년 전쯤 일이다. 당뇨와 고혈압을 지병으로 가지고 계셨던 엄마가 돌연 혼수상태에 빠진 일이 있다. 주무시다가 그 상태 그대로 정신줄을 놓아 버린 것이다. 병원에선 원인 미상이라고 했다. 산소 호흡기에 의존해 숨 쉬길 2주, 그러다 기적처럼 의식을 회복하긴 했지만 다시 2주간을 중환자실에 더 계셨다. 처음엔 아무도 알아보지 못했다. 가족과 친지들은 저마다 자신의 존재를 알리려고 애썼지만 엄마의 눈동자는 공허하기만 했다. 차차 정상으로 돌아오기 시작하면서 엄마가 맨 처음

인지하게 된 이는 당신의 큰아들이었다. 큰아들을 알아본 순간 엄마는 눈물을 흘렸다. 한 달을 누워만 계셨으니 근육이 굳었고 욕창도 심했다. 물리 치료를 병행하면서 일반 병실에 석 달인가 더 입원했다. 물론 간병인이 줄곧 붙어 있었지만 우리 형제들도 시간표를 짜서 그에 따라 움직였다. 지팡이에 몸을 의지해야 하는 처지가 되어 퇴원했는데, 불편하다는 점만 감수한다면 하늘에다 감사의 절이라도 해야 할 정도로 지금은 비교적 양호한 편이다. 그런데 나는 어느 순간 깜짝 놀랐다. 병실에서 이뤄지는 모든 상황을 면밀히 살피고 있는 나 자신을 발견하게 되었기 때문이다. 환자 상태나 표정의 변화, 간호사의 말과 행동거지, 방문객이 보여 주는 반응, 약물 투여 과정, 병실 구조, 각종 의료기기의 이름과 성능, 의사의 말 한 마디에 이르기까지 카메라로 찍듯 머릿속에 저장하고 있었던 것이다. 왜 그랬겠는가. 병원에 들락날락하는 동안 소설 한 편을 완성했다. 쓰면서 생각했다. 나는 참으로 징그러운 사람이구나.

3

　요 몇 년 사이 급격하게 변화된 내 환경에 적응해 가면서, 스스로를 향해 되뇌는 말은 '착하게 살자'다. 어느 영화에선가 '차카게 살자'란 문신을 새겨 넣은 조직폭력배를 보고 웃은 기억도 나지만 되도록 그렇게 살아 보고 싶다. 뒷담화하지 않기, 양보하기, 상처 주지 않기, 조금쯤은 손해 봐도 툭툭 털어 버리기, 가능하다면 웃는 얼굴로 상대방을 기분 좋게 만들어 주기, 물욕 버리기 등등이 내가 노력하고 있는 것들인데, 착하게 살면 내게도 좋은 일이 생길까. 그랬으면 좋겠다. 그렇게 되길 간절히 원한다. 그리고 기왕이면 소설도 착한 소설을 쓰고 싶은데, 이 책에 수록된 소설들이 착한 소설인진 잘 모르겠다. 그런데 착하게 살려고 들면 사실, 소설을 잘 쓸 수는 없다. 소설가는 가능하면 독해야 한다.

4

여기 수록된 단편들은 멀게는 10년 전에, 가깝게는 작년에 쓴 작품들이다. 부끄럽지 않을 작품을 골라내느라 고심한 끝에 간신히 추린 게 열 편이지만, 그럼에도 부끄러운 마음이 사라지지 않는다. 하지만 몹시 설렌다. 단편집이기 때문이다. 아무리 장편이 대세라 해도 나는 단편이 좋다. 10년 전이나 지금이나 내 소설은 대부분 서민적이고, 또한 세속적이다. 이는 세련된 유럽 문화보다는 저개발국의 다듬어지지 않은 문화를 좋아하고, 대도시보다는 소도시의 거친 풍경을, 화려한 백화점보다 투박한 언어가 난무하는 시끌벅적한 재래시장을 사랑하는 내 성정이 소설에도 반영되기 때문이다. "그러므로 모든 글은 본질적으로 고백이 된다"고 하지 않는가.

5

가뜩이나 인쇄물의 홍수 속에 살고 있는 일상에 책 하나가 더해져 폐가 되는 건 아닌지 적이 염려된다. 그렇긴 해도 열심히 썼고, 더 이상 어찌할 수 없을 정도로 거듭 손보면서 심혈을 기울여 쓴 글이니 많은 이들이 읽어 주면 참 고맙겠다. 그리고 내 소설을 한 권의 예쁜 책으로 만들어 준 문이당출판사 직원들께 진심으로 감사드린다.

2010년 여름
신 중 선

환영 혹은 몬스터

초판 1쇄 인쇄일 • 2010년 8월 20일
초판 1쇄 발행일 • 2010년 8월 25일
지은이 • 신중선
펴낸이 • 임성규
펴낸곳 • 문이당

등록 • 1988. 11. 5. 제 1-832호
주소 • 서울시 성북구 동소문동 4가 83 청구빌딩 3층
전화 • 928-8741~3(영) 927-4990~2(편)
팩스 • 925-5406
ⓒ 신중선, 2010

홈페이지 http://www.munidang.co.kr
전자우편 webmaster@munidang.co.kr

ISBN 978-89-7456-437-7 03810
